风一样自由

中国行吟诗歌精选

李　立/主　编

汤红辉/副主编

中国青年出版社

图书在版编目（CIP）数据

风一样自由：中国行吟诗歌精选 / 李立主编；汤
红辉副主编 . -- 北京：中国青年出版社，2024. 12.

ISBN 978-7-5153-7630-1

Ⅰ . I227

中国国家版本馆 CIP 数据核字第 2024EE2973 号

风一样自由：中国行吟诗歌精选

李　立　主编　　汤红辉　副主编

责任编辑：岳　超

封面设计：鸿儒文轩

出版发行：中国青年出版社

社　　址：北京市东城区东四十二条 21 号

网　　址：www.cyp.com.cn

编辑中心：010-57350401

营销中心：010-57350370

经　　销：新华书店

印　　刷：三河市华东印刷有限公司

规　　格：640mm×960mm　1/16

印　　张：36.75

字　　数：460 千字

版　　次：2024 年 12 月第 1 版

印　　次：2024 年 12 月第 1 次印刷

定　　价：98.00 元

《风一样自由》编辑委员会

行吟者，灵魂像风一样自由（序）

李 立

空气看不见摸不着，上天入地，间隙不留，无处不在，随时生风。大千世界，朗朗乾坤，诗意无所不至，如风般潜隐、默化、繁衍、缤纷、飘逸、激扬。边行边吟，行吟诗歌如雨后春笋，蓬勃兴起。当代行吟诗歌已呈方兴未艾、风生水起之势。

尺寸方圆，风起云涌，绵绵无穷。思想可抵达之地，便是诗情的肥沃土壤，行吟诗歌的种子就能生根、萌芽、开花、结果。

行吟诗歌，自古有之，古今中外许多伟大的诗人，留下不胜枚举的不朽之作。

"飞流直下三千尺，疑是银河落九天。"诗仙李白临风对月，纵横山水，笑傲江湖，托举金樽，嬉笑怒骂，出口成章，行吟天下。

"朱门酒肉臭，路有冻死骨。"诗圣杜甫独步人寰，嘘寒问暖，路见凄怆，有感而发，悲天悯世，铮铮傲骨，仗笔侠义，浩气凛然。

"众里寻他千百度。蓦然回首，那人却在，灯火阑珊处。"一生以恢复中原为志的南宋名将辛弃疾仿佛在描绘爱情，又好像在抒发心中的压抑。他行吟于塞上边关，出入于金戈铁马，奔波于长城内外，倾诉壮志难酬的悲愤。

行吟诗歌可分抒情诗、叙事诗、咏物诗、爱情诗等，但行吟诗歌没有泾渭分明的派别之争，没有壁垒蛊立的门第之别，四海之内的诵吟唱颂皆为行吟诗歌。行吟诗歌讲究清新脱俗、自然天成，拒绝闭门造车、丑捏作态、固步自封。马嘶狼嚎、鸟唱虫鸣、飞瀑激流等大自然发出的天籁之音，行吟诗人都乐意洗耳恭听，并欣然与之唱和。

风喜于拈花惹草，擅于推波助澜，忠于神采飞扬，形于来无影去无踪；从不作茧自缚，从不循规蹈矩，从不因循守旧，从不裹足不前。它弹拨漫山红叶，它吹奏江湖涟漪，它令蝴蝶蹁跹起舞，它让雪花款款深情，它能使春光风情万种，它亦能使黄沙骚动不安，在风面前，万物皆难以克制和矜持，不可无动于衷。

行吟诗歌热爱大自然，表达真善美，挞伐假恶丑，颂扬清风正气，赞美清平世界。行吟诗歌不是游山玩水的释放，不是游手好闲的造作，不是江山如画的拼图，不是钓名沽誉的无病呻吟。

行吟诗歌最忌讳走马观花似的敷衍，蜻蜓点水似的潦草，浮光掠影似的轻率。

行吟诗歌必须能走进峻岭悬崖的皱褶内核，必须能与江河湖海促膝谈心，必须能与大漠戈壁共枕日月，必须能与孤花独草形成心灵共振，必须能以一颗怜悯之心去撞击世俗的铜墙铁壁，必须能赋予落寞古刹崭新的生命力。行吟诗歌最先抵达的目的地，是行吟者的内心深处。

脚步触摸不了的远方，只要思想和诗意锲而不舍，行吟诗歌就永远没有终点站。

想走就走，沐风浴日，披星戴月，挥毫落纸。山川河流，都市街巷，名胜古迹，危峰峭壁，荒郊野外，田间地头，只要你悉心观察，用心灵的声音去诱捕缪斯，那么，你就会诀别寂寥和空虚，收获大自然慷慨的馈赠。行吟诗歌如风一样无处不在，但比风持重、洒脱、灵动、端庄、丰满、秀丽、壮阔，比风更讲究内涵、韵律、节奏和风情，看得透理得清，来无影去有踪。

大自然是行吟诗歌的温床。行而吟之，诗如其人。

大鹏借助风升空，诗人驾驭意境升华。

行吟者，诗意生风，目光如炬，声似洪钟，思如泉涌，行走在蓝色星球上，灵魂像风一样自由，笔随心动，诗情蓬勃，无所不及。

2023 年 11 月 1 日
于帕米尔高原新疆塔城

目录

年度头条诗人·刘年的诗

1

灯塔·2023

高峰·2023

《中国行吟诗人文库》诗人诗选

压轴诗群 · 京津冀诗群诗歌大展

22

23

年度头条诗人·刘年的诗

刘年：一路行走探寻诗境

崔丽娟 [①]

读刘年的诗，你得快速跟上这位钟情孤山大漠的行吟诗人的脚步节奏，这位长期驾着摩托车风驰电掣不停寻找诗和远方的诗人，他眼中的大地风物急遽地驶向身后漫长的过去，唯有这些文字闪现眼前感动着我们："念青唐古拉山是个人名 / 你喊，她会答应 / 喊得足够大，足够久，足够真，她会发生雪崩"，如此深情动人的诗句一定是诗人真实情感经验的再现。让我们试想一下，诗人面对巍峨苍莽的念青唐古拉山就像面对苦苦思念的情人，此情此景忍不住大声呼喊她的名字，声音足够大，足够久，足够真，任哪一位铁石心肠的情人都会泪崩。客观上，独自行走的经历为刘年提供了感悟诗意的可能，更为磨砺的则是他与众不同的联想力和想象力。文学史上可以提供很多例子，一个写作者成功或成名大都与其独特的经历和感受力、表现力有关，这在刘年身上再次得以验证。

刘年说自己喜欢落日、荒原和雪。他的诗里这些意象比比皆是，"需要五千里的雪，冰镇我的焦虑"；在《荒原歌》里能感受到刘年对待荒原的浪漫主义炽热情怀，他极力为荒原赋予诗意：

[①] 崔丽娟，壮族。诗人，兼事诗歌评论。出版诗集《未竟之旅》《无尽之河》《会思考的鱼》。在"南方诗歌"开设"崔丽娟诗访谈"专栏。诗歌、评论、访谈发表于《上海文学》《作品》《诗刊》《诗选刊》《星星诗刊》《扬子江诗刊》《诗林》《江南诗》《作家》《百家评论》等刊物。

"在茫崖沙漠，我变成了赤身的皇帝／二十公里的斜阳，是丝质的晚礼服"；《青藏高原》有异曲同工之妙，是对落日的咏叹："钟鸣安抚群山／落日赶在夜幕降临之前，给大地披上紫红的袈裟"。这些视觉意象经过语言精准描述，让读者随着诗人的眼光真切感受到荒原、落日、雪的气质神韵，从而为我们平庸的生活提供了美学参照。作为行吟诗人，刘年还热衷于在诗中镶嵌地名，在《七行》里如此："以太行山脉开头，阴山山脉／贺兰山脉，祁连山脉，天山山脉，昆仑山脉／以冈底斯山脉的冈仁波齐圣山结尾／共七行"；在《高歌》里也如此："慕士塔格，乔戈里，夏岗姜／冈仁波齐，珠穆朗玛，罗波岗日，希夏邦马／每一座雪峰，都是人间的灯塔"，没有一步步走过路过爱过这些地方的诗人，根本不会想到让这么多的地名入诗，毫无疑问，这些地名正是诗人平日里魂牵梦绕、心灵皈依之处。行走大地更易动情，刘年时而高亢，时而忧伤，时而天真，时而哲思，那信马由缰的思绪进入象形文字深处，那一行行跳跃而充满灵性的诗句也渗入读者的心隙："每天对着雅鲁藏布江说话／对着石头说话／我会养一头小棕熊／每年金秋，我会翻三座雪山，赶一次集／我害怕孤独／胜过人群"。

一个行走在苍茫大地上的诗人，不刻意营造诗的复杂表述，语言干净、凝练、简洁，在诗意的营造上却有颇为高明的出人意料之处："没有人注意，留在殿里是一个身着袈裟的诗人／走上大巴的，是一个带着相机和微笑的苦行僧"，《游大昭寺》中的这两句用对比手法不动声色地将主体与喻体互换，将"经验"转化为"超验"，仿佛一个人只要身心经过"神"的洗礼，参透了人间疾苦，由此便获得从容笑对生活的力量，这种鲜明的反差会让人生出疼痛感来。刘年的很多"行路诗"潜意识或有意识的书写，其实正是中年人上有老下有小，一路辛苦打拼不停奔波的真实生活写照。如果一个诗人抽离生活的本质，只沉迷于文字技巧的辞藻游戏，即便再炫目的修辞，最终也不过淹没在口水里。刘年的诗从生活出发回归生活，情感真挚，思想有深度，语言也体现出诗歌应有的文字本质，似口语而非口语，他以从容的气度和漫不经心的口吻将诗意夯实到内容的表达上，用真性情涵养诗歌的纯粹与高贵。刘年的独特艺术表现力无疑传达出这样的写作信心：诗歌的题材包罗万象，不应受限于文字之外的任何禁锢而丧失与历史与现实对话的可能。诗人只需要听从内心的召唤写下真诚的文字。

读万卷书不如行万里路。新诗发展史上，胡适、李金发、徐志摩、冯至等诗人均有诞生在旅途与车轮间的诗行。旅途为诗人提供了异于居住地的感觉经验，激活了他们的感受力、想象力，对诗人主体意识也会产生精神浸染。刘年以"行"为情怀，以"吟"为生命。他在一路行走的事境、物境、情境中孜孜探寻新诗的诗境，行于天地间把一首首孤独的吟咏变成生命之诗，这位"累极的行者"常常"和衣而卧"只为了感受落日承受泪眼，荒原承受落日的孤绝、苍凉与凄美。这种美学体验的追求使得刘年能够为我们时代提供一种独一无二的诗歌范本，且无法复制。

4

刘年的诗

诗人档案 | 刘年：本名刘代福，湘西永顺人，1974 年生。喜欢落日、荒原和雪。出版诗集《世间所有的秘密》、随笔集《不要怕》。

七行

以太行山脉开头，阴山山脉
贺兰山脉，祁连山脉，天山山脉，昆仑山脉
以冈底斯山脉的冈仁波齐圣山结尾
共七行

贺兰山脉最短，昆仑山脉最长
塔克拉玛干沙漠，是 33 万平方公里的留白

昆仑和天山之间，累极的行者，和衣而卧
因此多出一行

2018 年

5

雅鲁藏布江歌

爱上了这条自在、野性而决绝的江
爱上了两岸的原始森林

哪天，城市容不下我
或者我容不下城市了
就来这里，不用赶集
每天吃江鱼、松茸、虫草和雪莲花
我喜欢孤独，胜过人群

每天对着雅鲁藏布江说话
对着石头说话
我会养一头小棕熊
每年金秋，我会翻三座雪山，赶一次集
我害怕孤独
胜过人群

2018 年

熄灯号

号手似乎在怀念什么人，反复了三遍
最后一遍 没忍住，铜号，吹出了唢呐的嘶哑

6

风也在吹，峡谷是另一只铜号
整个小镇，只有我的篝火和昆仑山的月亮，没有熄

2018 年

高歌

去高处。看一看，天空是否完好
需要到六千米的高处，看一看，鹰的去向
需要五千里的雪，冰镇我的焦虑

落日滚下昆仑，四野一片漆黑
继续走，就这样走，一个人走，一直走
一直走，一直走，一直走

慕士塔格，乔戈里，夏岗江
冈仁波齐，珠穆朗玛，罗波岗日，希夏邦马
每一座雪峰，都是人间的灯塔

2015 年

青藏高原

喇嘛们做早课，做晚祷，隔三岔五地辩经
枯死多年的榆蜡树，因此长出了木耳

钟鸣安抚群山
落日赶在夜幕降临之前，给大地披上紫红的袈裟

2014 年

慢歌

一

我骑摩托很慢，拖河沙的大货车都可以超过我
但我比巴青河快
巴青河快于朝圣者，朝圣者快过青藏高原
青藏高原每年只移动两厘米，向着天空的方向

二

拖河沙的大货车是快的，三步一叩的朝圣者是慢的
朝圣者向大货车消失的方向，合十，叩拜

有些快，是没有办法的
折刀河的水，走慢一点，就会被冻住
塔里木的水，走慢一点，就会被蒸发
基湖的山笋，长慢一点，就会被孩子们采回家去

我侧身让开，祝福这个鸣着喇叭、扬长而去的时代

2016 年

黄河颂

源头的庙里，只有一个喇嘛
每次捡牛粪，都会搂起袈裟，赤脚蹚过黄河

低头饮水的牦牛
角，一致指向巴颜喀拉雪山

星宿海的藏女，有时，会舀起鱼，有时，会舀起一些星星
鱼倒回水里，星星装进木桶，背回帐篷

2015 年

羚羊走过的山冈

这里的农民都是花匠
种着大片大片的荞麦花、油菜花、洋芋花、蚕豆花
这里的寺庙，对着村庄

在这里，我空腹喝了两大杯青稞酒
倒在金黄的苏鲁梅朵中

上一次，离天这么近，还是在父亲的肩上

在这里，鹰，依然掌管着天空

2015 年

荒原歌

蚂蚁在一分钟后，长成了红岩大货车，呼啸而来
又会在一分钟后，缩成蚂蚁，钻进黄沙
一根白发，不到两小时，就长成了昆仑山脉
两小时后，昆仑山脉又缩成一根白发，被风吹走了

在茫崖沙漠，我变成了赤身的皇帝
二十公里的斜阳，是丝质的晚礼服
沙尘暴过后，又从皇帝溃败成了一个小男孩
找不到玩具，找不到钥匙，找不到姐姐，找不到父亲

还好，落日能承受泪眼，荒原能承受落日

2018 年

念青唐古拉山

走近一些　念青唐古拉山会站起来

再走近一些，青稞会为你返青，菜花会为你返黄

念青唐古拉山是个人名
你喊，她会答应

喊得足够大，足够久，足够真，她会发生雪崩

2016 年

灯塔 · 2023

主持人 姜念光

（按姓名音序排列）

林 雪　路 也　汤养宗

阎 安

当诗歌是一种行动

姜念光

　　虽说"诗无达诂"，编选诗集作为诗歌诸多评判方式之一，仍可视为一种试图达"诂"的努力。此中，除了编选者个人的视野、趣味以及诸多"无意识"并拒绝阐释的原因之外，对诗歌的水准与品质、美感与价值的判断，仍然有一个总体性的概念和规则，并让被检选的作品在这样的框架中得到辨析和认定。

　　与古今中外汗牛充栋的诗选相类，这部以"行吟"为核心概念的诗选以及本期"灯塔"一辑，虽然没有条缕清晰的裁断和严谨精细的操作过程，它的集纳与爬梳方式却是有方向的、具体的。不是以诗人选，不是以地理和时间选，不是以意识形态化的主题选，不是以流派和风格选，也不是以题材选，而是以诗歌的生发方式与写作姿态选。既然诗歌是写作主体人格和生命的发挥与表达，那么可以相信，在自然造化、人类遗存与诗歌之间必然存在一个命运法则——生活和实践赋予了写作者多少欢乐、痛苦与磨难，也会在诗歌文本中生发相应的感人力量与美学质地。进而言之，具体到"行吟"一义，在这种写作方式与完成的文本中，山水、地理、建筑、景物以及鸟兽草木踪迹的存在，将使诗歌更具"身体修辞"的性质，使得诗与人之间获得一种实际的、确凿的、此刻共在的互证关系。

　　这种互证关系，既来自传统的烛照，也来自当下的发明。

14

事实上，行吟诗作为整体中的一个部分，它与中国诗歌同样有着悠久漫长而又清楚可辨的历史传统，且有鲜明的标志和轨迹。按照通行的说法，屈原是中国第一位作为个人出现的诗人，其作金相玉质，奇幻瑰丽，乃称"辞章之祖"。同样地，屈原也是行吟诗的开端与肇始，《史记·屈原贾生列传》载："屈原至于江滨，被发行吟泽畔，颜色憔悴，形容枯槁。"他所写出的执着又潇洒、痛苦又浪漫的伟大辞章，当然有诸多崇高价值和意义，其中最为显豁的一点，是其开创并树立的"家国"这一命题，成了中国文学最重要的灵魂源泉，当然也是从古至今行吟诗的核心意象。心在远处而身在当前，行吟之途也因此是通向"家国"之路。

此后另一个重要的发展阶段是魏晋南北朝时期。当时中国与异方世界发生广泛接触，外国人和外来语大量进入中国人的生活和文化，大量的翻译和更多人远涉异乡，引起全方位的文化巨变，更多的行旅见闻和感受被书写、表达。渴望观看世界的新奇并对这种观看进行再现，成为当时重要的写作内容，加之当时的文化精英阶层沉浸于精神追求，谈玄论学，任性放达，慕高追远，由是，在外部世界中的游历和在头脑中的游历汇合于文字之中，这种"观照和想象"的话语方式，既产生了大量的地理写作、游记文学，也兴盛了山水诗。谢灵运之前，已经有了许多征行赋与远游赋，如扬雄《蜀都赋》、班彪《北征赋》以及左思的《三都赋》，它建立了描绘地理风物与途中见闻的模式。而谢灵运之所以被称为山水诗的祖师，不仅由于他不辞千辛万苦，去亲历和目击、探险和发现，更在于他的认知和书写中体现了南北朝文化的精神状态，怀着更加个人化的孤独与痛苦，看待山水以及山水中的自己。

与整体诗歌发展成就相一致，行吟诗亦是在李杜的盛唐时代达到高峰的。阅读和辨析他们的作品可以发现，一则"家国"意识贯注其间，二则汉赋风格的描景绘物在在皆是，三则胸襟与情感表现

风一样自由——中国行吟诗歌精选

为强烈的个性风格。三者的完备具足，建构、化通为语境，让诗歌成为一个人在遭遇世界和事物时做出的优美、崇高、充满理想光彩的行动。

当然，阅读和谈论当下的诗歌写作，仅以传统的汉语文学作为背景和参照或许已经不够了，现代中文新诗百年以降，多语种、多流派的外国文学影响是巨大的，尤其是思维方式和文体形式，多有追随和接受，甚至可以说，在阅读与创作上均构成了传统的一部分——如果说现代中文诗已经有了自己的传统的话，而在多大程度上是这样，何以是这样，则是另一个话题了。但不论从理论还是实践上，都应当更为肯定，对于现代中文诗来说，汉语文学的传统仍然是基本的、属己的、肉体的和原生的。此种血脉传承，从当下行吟诗的写作亦可得见，举凡家国讽咏、景物描述和人生感遇，皆表现为对汉语诗歌传统的辨识和体认，更为重要的是，它在汉语诗歌这个链条上发生发展并确立自己。

本辑所选四位诗人，无一例外早年即已诗名鹊起，一直持续创作，新意不断，行吟诗亦是各自创作的重要组成部分。他们秉持真性情，发现和观想世界的奇异景象；虽然有着不同的精神气质和职业武功，但同样都具有强大的行动能力与修辞能力；作品既蕴含着丰富独特的生命体验，形式和语言又都是值得或经得起反复"阅读"的。汤养宗的诗具有强烈的身体感，他以自己的立足为原点，探究世界和生存的渊薮，以卓越的信心和才能于"偏远"处建构起一个中心，令人瞩目地"养成了大王"。阅读林雪的诗，会被其绚丽而深邃的语言带进某种涡流式的体验，热烈、敏锐，充溢着深切的同情、热爱与悲伤，因为如此投入身心，而带有痛楚的味道。阎安的诗是虚实互参之作，他在描绘外部形象和观照内在精神中"整理石头"，并终于由修炼和雕凿让石头变为狮子，然后群狮且歌且蹈，奔腾来去。路也的诗中既有生存于眼前一隅的风波雨痕，也有跨越千山万水的踪迹，其诗或深入沉潜，或高响远逸，在自然率真和典雅温婉的言说里，有一种范例式的微妙和通透。

本雅明有言："远行的人必有故事。"对于诗人来说，就是远行者必有诗。当阅读和写作诗歌成为一种行动，每一次行吟都将变成期待，充满感受和想象的激情便是最好的向导。行动已经塑造并必然会继续塑造我们的思想和语言，无尽的时间和空间正由此展开。以此期许和祝愿朋友们的诗歌写作。

林雪的诗

诗人档案

林雪：辽宁省作家协会副主席。出版诗集《淡蓝色的星》《蓝色钟情》《在诗歌那边》《林雪的诗》《半岛》等数种。随笔集《深水下的火焰》、诗歌鉴赏集《我还是喜欢爱情》等。2006 年被《诗刊》评为新时期全国十佳青年女诗人，2008 年获《星星》中国诗人年度奖，2011 年获中国出版集团年度诗歌奖。诗集《大地葵花》获第四届鲁迅文学奖。

又见大海那虚无之睛

这一年生活快到尽头之际
30 华里外的群山、200 华里外的海湾
反季上市的人格
一直心仪的孤独、寂静
住在比喻里。在没有圣灵出现之前
唯有语言在慰藉……
又见大海那虚无之睛。犹豫不决的年份
时间热衷夸张的比喻，置身遗忘的人群
我不立传，不复仇
一切称之为过去尚未揭晓的部分
他们宰牲并不使衣服上溅上一滴血
古老的刀法犹如燔祭

不同物种有原生的磷火和晚霞
有各自的残喘之年，未竟之事

曾由谁说出，曾向谁说？又有谁曾听见过？
我是那个代她使拣选权者
谁不曾交付身心，谁就不是她要的人

星星的闪烁中有一丝责难
流亡者忌言故乡
命运和景色一同到来
我从来不崩溃瓦解
因为我从不曾完好无缺
不要谈论心痛之事。大海那虚无之睛
仿佛已替我们看过千年

2014 年

过壶口镇

两个壶口镇：西边陕西，东边山西
它们对我都一样美
导游说山西这侧可看黄河之浩浩
陕西那侧可观黄河之汤汤
黄河如此慷慨公允，捧出了自己的私酿

一级一级再一级，故土从海滨升上高原

而西边有大河在此集结中转
从源头牵出细流如牵出幼崽
一路徘徊过，迷途过，折叠过
任人间用时序体作传
而我此生也晚、所来太迟从
被俘虏的漫长岁月里一两首诗
几声夯砸号子，到被传染的墨客口吃症
借醉酒的黄河骈文

沿着哪条河航行，就唱那条河的歌
这是诗卡和谣曲的魔法教学
人、畜和工农业都渴饮你的水
你的全部意义就是奔流
电、光与能量只是人类索取的副业
你挟走土表的部分、是你溺爱的部分
而一路挑拣洒的可以再次称国

盛世流行谄文，而乱代升华风骨
你在壶口出发留下中原的、首府的、国度的身姿
汇聚出社区和乡愁的中心
跳跃在你波浪上的诗句
是历史上几个好学生的范文
他们做官、漫游，用一两首诗做台账
在水面摇曳着远去
而一大波年轻的乡愁正度过河去

2016 年

20

大峡谷

透过一朵芦花之隙看大渡河
河湾只有瞳孔宽
余下都是浅眠者的梦
这么辽阔的一觉悬挂在一朵芦花之茎
睡去的只是童话和弧度
我曾转述那一幕
说景色有大好因而怔忡不语
说景色有小毒因而懵懂嗜游
说山河如此慵懒华丽
一朵瘦芦花还兀兀穷年
说的次数一多，这朵花就有了故事
腔体里的悲喜、被毛上时代的冷漠
和被怨恨玷污的人

芦秆似笔无传，请记住亿万年前
新岩石之芽探出水面的胜利
隆起的桌状山虚席以待
什么样的灵感精灵才配邀入座？
请记住一只鹰褪喙去趾的痛苦
记住眼前的绝壁像一页写错的作业被潮汐吊打
记住破蛹成蝶时的挣扎
记住万物中所有的对号
是那一飞冲天的收束

记住当人生如岩石一掷而下

如白纸镇桌、先生不语

有风吹过芦花

2017 年

香料往事，兼致爱丽丝·门罗

"战争一开打，欧洲的香料就涨价"

她文集中少有与中国有关

这几乎唯一的一句，出自无足轻重的小人物

我摘录为记，视为亲人

一粒胡椒被阿拉伯商人文创

赛过黄金，并把欧洲熏倒熏香

《一千零一夜》真该增印香料版

加进毒蛇篇：他们说印度胡椒树林有许多毒蛇

当地人得放火烧赶

胡椒也因此焦煳干瘪

加进鸟巢篇：他们又说肉桂

长在阿拉伯高山之巅

高飞的鸟儿能把小棍子模样的肉桂

拣来筑巢。于是阿拉伯人在山脚下

摆一堆肉块引诱飞鸟叼起带回巢中

肉块太重致鸟巢坠落肉桂才能捡到

加进风浪篇疯狂篇：香料曾在泉州聚拢

也曾在泉州出发，水手和骆驼队

在漫长寂寞而危险的路上经常错乱

把波浪认作戈壁，把沙丘认成海岸

在海市蜃楼的幻境中跪倒哭泣，认错家乡

加进馈赠篇：这来自伊甸园好地方的香料

代表财富、豪爽和身份飨宴之后

香料被包成小袋礼品送给客人

如今生活中的旧气息已渐行渐退

如今那些人事久远，声名模糊

我咀嚼一粒胡椒

这贸易的骄子、史册的主角

仍然辛辣不衰，仍然等待后人杜撰

2017 年

我曾虚拟过峡谷

在甘洛有真正的高山

汇集四川盆地南缘

那向云贵高原过渡的地带

清溪峡内两岸千仞峭壁

那古木参天谷中溪流淙淙，潺响回环

花岗石嵌成的古道上，

那马蹄印深深陷于其中

我曾滥用过高山之词

如同我虚拟过峡谷

河谷地芊间那台地斜坝与河边小坝
那连绵数十里的特克哄哄山
在横断山脉的褶皱里走过
在隆起与断裂中失语
河流急屈切割出两岸
我曾滥用过奔腾之词
如同我虚拟过波浪
我们谈什么都像谈死！
寻找什么，都是在寻乡愁
我曾滥用过大美之词
如同我虚拟过爱情
我曾滥用过温饱之词
如同我虚拟过贫穷
我曾滥用过苦难
如同我虚掷过幸运
我曾滥用过沧桑之词
如同我虚拟过澄明

2016 年

畲田谣

"东去的唱着西边的歌
南方的跨走着北人的腿"

在他没开口唱歌之前
一切都是伏笔

竹枝词里的天空出乌云而不染
而在畬田之地，雨必将落下
玉米和歌手被采摘下来
身体被连枷拍打
灵魂被碌碡碾压
古老的脱粒方式
如同挑拣世仇的受害者
只为优选出饱满闪光的那一个

川江号子的高音能长成草原
低音则开出溶洞
秘密的时间不只为大地赋形
也矿化着人类和我

那开口之后呢？——我将被世界
一分为二：刚与那昔日之物确认过眼神
一个我以八百公里时速
归去。另一个我要向禹锡先生自首
我就是那个怀着乡愁、心怀大恸
在陌上痛哭的北人

2021 年

路也的诗

诗人档案 | **路也:** 济南大学文学院教授。著有诗集、散文随笔集、中短篇小说集、长篇小说、文学评论集等多部。近年诗集有《天空下》《大雪封门》《泉边》。曾获人民文学奖、丁玲文学奖、鲁迅文学奖。

太湖

天空和湖泊都用面积来表达自我
面对那么大的天,湖只有竭尽全力铺展
天低矮下来,原谅湖的有限

冷雨和暮色交融,共同定义人生
我把自己缩小成逗点,躲进命运的一角

灰云穿着丝绒的跑鞋
水边芦苇枯干,风吹着一排排不甘,一簇簇永不
在这个严重时刻,世界收拾残局
列着清单

蚕在太湖南岸的丝绸博物馆吐丝
我在潞村吃艾团喝青豆茶

26

十一月只剩下了四天
我把十一月的尾巴带到了湖州
身患甲减，随时会睡着，梦见自己并没有来

两个省张开双臂把一个湖合抱
一个湖被两个省宠爱
此刻坐在它的南端
才到达一天半，就开始想家

家要向北，再向北，湖对面遥遥对着的
只是无锡
一个人出远门，空着手
已经去过未来，如何还能生活于现在

2016 年 12 月

阳关

二十一世纪的大风吹着汉代颓圮的烽燧
唐朝的一句口语诗悬在天地间：西出阳关无故人

我看见了什么？看见少，看见无，看见时间
看见时间把多和有变成少和无

我还看见写下那句诗时，那个长安诗人哭了

那个有雨的春天的早晨
犹如一封信函，邮寄至千年后的今天

阿尔金山在远处，爱着自己的白色雪帽
一条长长大路用丝绸铺成
倒换通关文牒，下一站即楼兰
和亲的公主最后一次回头，告别青春

风在沙漠上写下一个个姓名，又将它们掩埋
一只露出地表的陶罐是断代史的注释
惊扰了整个戈壁滩

只有红柳，胆敢与骆驼刺相爱
地平线不朽，地平线折不断，地平线永远横卧在前

是谁把我逼成了徐霞客，一个人跑出这么远
再也不会相见了，再也不会有音讯
故人啊，我已西出阳关

2017 年 3 月

抵运

清晨六点
海和风都醒来了

28

飞机把我扔在一个西太平洋的小岛上
头也不回地走了
我的大陆已经远去

踩在陌生的经线和纬线上
天空是拱形的，有蓝琉璃穹顶
蓝得坚定，蓝得不妥协

免税店还没营业，折扣还陷落在标价牌上
咖啡屋等着被煮沸

太阳缀着流苏，把一切纳入它的烤箱
把石头烤得心肠变软
九重葛呼吸急促

这说查莫洛语的小岛多么陌生
这在大洋深处漂无所依的小岛多么孤零

我到这里来做什么呢
我一个人悄悄地来做什么呢
或许只是想表达一下流浪的自由

2017 年 5 月

我打算去坎特伯雷

我打算去坎特伯雷，独自去走那漫漫长途
明天动身，天不亮就上路

九月的风吹拂着头发
空气荡走了凉凉的涟漪

天空在漂移，跟英伦岛一般大
大朵大朵白云朝着海岸方向奔去

野豌豆和绣线菊手挽手，守卫乡间步道
牧场忍受着自己的碧绿

无论多么远，都要去坎特伯雷
人困马乏，乔叟先生，讲个故事听听吧

想必要途经一座老磨坊
想必会遇见狡猾的狐狸和虚荣的公鸡

在树上挖个口子，就结晶，长出琥珀
时间拖着自己的影子，想开口说话

命运跺着脚，哈着口气
在那城堡中，在那钟楼上

一个悲伤的人要去坎特伯雷
今生无论如何也要去一趟坎特伯雷

2019 年 9 月

临海的露台

从人群走失，甚至不与自己相伴
我离陆地很远，离大海很近

心悬于海面，海面伸展在臂弯之中
太阳从左臂升起，从右臂落下
面朝大海，本身就是一场伟大的对白

整整一天，在露台上看海
空着手，什么也没有带
即使怀着轮船的征服之心
也无法与大海等观

改签车票，改签人生终点站
推迟了班次，推迟了整个大海

走过的路既远又偏
我深爱着我的孤单
背包里塞满无用和不确定

放着一碗泡面和一本《奥德赛》

2020 年 10 月

临黄河的客栈

客栈临的可不是一般的河
枕着黄河入睡的人
身微言轻，也会血脉贲张
肺活量猛增

赌气睡在了黄河边
与河面只隔了一道木围栏
今夜，北中国的大动脉奔流不息
替我表达悲欢

谁能说服一个正跟天地赌气的人
去循规蹈矩地生活
谁能命令一个活成"苍茫"之同义词的人
去认领一些干巴巴的概念

星星升起在河面之上
挑灯展书卷，窗下万古流
一条大河做了两省分界线
心跳与万有引力之间可有关联

夜深了，众山在黑暗中肃穆
大水轰轰隆隆地响，风鼓起腮帮子在吹
夏天的麦克风对着
一个从世上逃离的人

2021 年 5 月

草原

只身来到草原，什么也没有带
从空旷到空旷
地平线爱我

弱小的人，在大地上总是失败
抬起头仰起脸来
白云爱我

所有没有去过的地方，都是故乡
草木也需要量体裁衣
风爱我

弄丢了爱情
只剩下独自一人，越来越孤零
大片野花初开，一朵一朵，全都爱我

2021 年 6 月

汤养宗的诗

诗人档案 　**汤养宗**：1959 年生，闽东霞浦人，中国诗歌学会副会长、福建省作家协会副主席。主要诗集有《水上吉普赛》《去人间》《制秤者说》《一个人大摆宴席：汤养宗集 1984—2015》《三人颂》及散文集《书生的王位》等多种。曾获鲁迅文学奖、丁玲文学奖诗歌成就奖、储吉旺文学奖、人民文学奖、《诗刊》年度诗人奖、中国年度最佳诗歌奖、新时代诗论奖等奖项。

人有其土

人有其土，浙江，江西，安徽，湖南，广东，江山如画
更远更高的，青海，云南，西藏，空气稀薄，天阔云淡
北为水，南为火。我之东，是一望无际的太平洋
祖国是他们的，我心甘情愿。
只收藏小邮票。和田螺说话。转眼间把井底青蛙养成了大王。
在故乡，我常倒吸着一口气，暗暗使劲
为的是让我的小名，长满白发
这多像是穷途末路！令人尖叫
现在还爱上了膝关节炎，用慢慢的痛打发着漫不经心的慢

2009 年 3 月 28 日

霞浦

一生中能看到一次大海日出，便是蜜
也是歌。可以轻轻哼唱。一生中
不断地与大海与满天彩霞同见证
自己与这轮日出正处在同一个时空中
简直就是一条值得炫耀的命。
我的地盘叫霞浦。跟踪着
文采，可认作：栖霞处，海之浦
全称叫蓝色圣地，栖霞之浦。
梦幻般的海岸是云彩出没的聚集地
稍不小心便横空出世，美成
不可一世，我常常浑身涂满色彩
喜滋滋地在天地美景中晕头转向
再木讷的人也有开花的冲动
来到这里的石头，便不再叫石头。
在闽，闽之东，天光海色中
看海的人无法断定天空在海里大海在天上
但每个都听从云霞，热血，伟大的蓝
跟着日出，或自带光芒，出场。

2022 年 11 月 29 日

虎跳峡

真是苦命的来回扯啊，大地有单边。
另一半。这一头与那一头。
同时：够不着。同时偏头痛。
请允许我，在人间再一次去人间。
允许狂风大作，两肋生烟，被神仙惊叫
去那头
拿命来也要扑过去的那一边
去对对面的人间说，我来自对面的人间

2018 年 7 月 3 日

在斜阳西照的傍晚进入一座荒芜的乡下老房子

我曾见，他们在这里搓绳，在这里
打井，在这里早起磨豆
白白的水浆灌进母猪的咽喉
雨点声掩盖过西厢吃吃的笑声，有闪电
照亮妇人的耳环和窗棂上的木雕
另几个星宿
坐在厅堂上聊天，将竹影翻到另一面
天色显得有用或者无用

36

鸣虫也像是特意养大的
在看不见的石阶下
第二房媳妇的心事有点窄也有点紧
一头牯牛以及旧墙中伸出的手
是她经常的幻象，关于在午夜
练习飞翔，不敢证实那是自己的身体
如今，一阵风就将这一切
吹得空空，这里留下空宅
几片陈年谷壳上面有脚印，也许是
屋檐前那只石兽，昨晚走动了

2006 年 5 月 6 日

报恩寺古钟

没有一种存在不是悬而未决。在报恩寺
我判断的这口古钟，是拮取众声喧哗的鸟鸣
铸造而成。春风为传送它
忘记了天下还有其他铜。天下没有
更合理的声音，可以这样
让白云有了具体的地址。树桩孤独，却又在
带领整座森林飞行。这就是
大师傅的心，而我的诗歌过于拘泥左右。
永不要问，这千年古钟是以什么

力学原理挂上去的。这领导着空气的铜。

2019 年 5 月 30 日

天马山斜塔

倾斜是一门心事。继而进入传说
说有另一条遗世的垂直之线
用于度量光阴的法则。
在这里，一个人的身姿终于战胜了八卦
并保持着大脾气
半倒的心扶住风中一切摇摆的事物
而护法的手自有天地在帮忙。
微暗的火说着半途而废的时光
许多铁石之物早已夷为平地
何为不败之身？永恒的奥义惊现惊险的斜度

2020 年 10 月 4 日

左汇右江与邕江

所有有意只的事物都暗地里想得到跳脱
比如，左工与右江也服从天命
甩掉了本名本姓，变成了邕记

所以金蝉脱壳，大地寒气暗涌

帝王蝶跨越几个国度

沿途上自己给自己一再地续命

万古的流水，赓续着原有的语言

我们掬了口邕江水，沉默

并得知，天地滔滔的势力，正在穿肠而过

2023 年 5 月 16 日

阎安的诗

诗人档案

阎安：1965 年 8 月生于陕北，现居西安。现任中国作家协会全委会委员、中国诗歌学会副会长、陕西省作家协会副主席、《延河》杂志社社长兼执行主编。出版个人专著《与蜘蛛同在的大地》《玩具城》等十五部。诗集《整理石头》获第六届鲁迅文学奖诗歌奖。此外先后荣获 2008 年度中国十佳诗人、首届白居易诗歌奖·乐天奖、第二届屈原诗歌奖等。

旧世界空成了一座空房子

像天空把山河的寂静

给了山顶偶然的白云　孤零零的鸟飞

和一次怅然若失的乌云的远眺

像山脉站住了脚跟　不惜剩下破碎的样子

以几乎等同于山峰本身的巨大的悬石

阴影　以及穿梭其中的危险的空虚

稳定了峡谷和一条越变越小的河流

像一个小面人　被女主人添上了老虎的胡须

鸟的翼翅　树枝一样跃跃欲试的巢

仿佛在一场小小的噩梦中

就可以像精灵一样飞起来
越飞越高 越飞越远
不给你说声再见

就像一只闻所未闻的鸟从远处飞来
飞过粗喉咙大嗓门的旧世界
也飞过全部的新世界
地平线之外的地平线渐行渐远
同样不给你说声再见

好多事物争相奔赴别处
旧世界就像一座用多了空城计的空房子
再一次变得空无一物
空空如也

2013 年 9 月

全世界的鸟都飞向黄昏

全世界的城市都向郊区扩张
全世界的鸟都飞向郊区的黄昏
那里有幸被竹林子包围着的桃花潭
有幸被更茂盛的树林子笼罩的旷野
是全世界的鸟选择黄昏
去会见亲人和亲戚的地方

青翠的树林子和竹林子

占据了大片的庄稼地和村庄的撂荒地

一个赶走了大批人口和住户的地方

一个用树林子半是掩盖半是装饰的荒凉地带

无数阴影般的鸟像无数个黑暗的碎片

它们铺天盖地从黄昏中飞来

在郊区和对林子特有的幽暗中

像要发动一场起义似的沸腾着

全世界的鸟都飞向黄昏

被树林子和竹林子深深占领的郊区

没有塔尖可以缠绕

也没有月亮可以缠绵的郊区

巨大的鸟群仿佛刚刚醒来一样

仿佛要把整个郊区、整个树林子

和它的全部旷野

在黑暗中的荒凉全部叫醒

带向另外的地方

2017 年 6 月

幽深而伟大的山

一座因为幽深而非高远而伟大的山

探索它就像探索秘密

或者拴着峡谷两边悬崖荡空的绳索

42

是危险的

像在悬崖上纵身一跳
用坠落追着坠落的梦境求救
幽深而伟大的山
它头顶上的白云
它的在白云上独来独往
从不向低处飞临的鸟
它的林子里住着妖怪
它的草地　有的年份茂盛
有的年份被黄风和蝗虫吹拂
渐渐暴露出荒凉的空地
贫穷而几无杂质的溪水
没有往年那么浩大　却依然洗涤着巨石
和它内部包藏的
凄惨而含蓄的白

一座因为幽深而非高远而伟大的山
它的曲径犹如曲线　犹如绳索
绞杀了很多穿越者
老虎　狮子　火山灰里拣拾珍珠的人
我已准备了多年　我也将穿越它
我也将陷落其绳索般的曲线
像太阳归山
（如果可以视之为死）

死得其所

2016 年 10 月

生活在祖国远方的石头

你要向后退去　在祖国的远方
你要像去隐居一样向着大地的纵深后退
去看看那些把时间变得七零八落的石头
它们倒栽葱似的插在沙地里
或者以整座山　以古老峡谷中悬崖的巍峨
隐居于中国北方的偏远之地
或者南方茂盛的树林子里

那是比一只狼和一片树林子
更早地到来　守着山岗和河谷
仿佛时间中的使者般的石头

那是狼和树林子
被沉默的风一片一片啃噬殆尽之后
依然固守在旷野和荒凉中的石头
它的饥渴和沙漠的饥渴一样深
它的饥渴和一口废弃的水井一样深
它的饥渴象一座帐篷
已在一座沙丘上
或者一个恐龙喝过水的湖泊边彻底颓废

一览无余

那是沉默的风和高于河流的流水
偷偷地从宇宙中运来的石头
有时候它们与河流同行　更多的时候
它们喜欢滞留在原始地带
人还来不及移动巨石另作他用的地带
任河流独自远去
或者像梦游者一样消失在远处

像一只冷峻的时间之鸟
把自己的飞翔之梦凝固在时间的心脏上
生活在祖国远方的石头
向后退　像隐居一样地向后退
你将会不虚此行　与它们猝然相遇

2010 年 11 月

我用爱远离我爱的地方

我像坠石脱离悬崖一样忍着剧痛离开的地方
我像河流推动滚石一样背叛了的地方
是我用忧郁的树荫爱着的地方

我像河流一样跳下悬崖逃走的地方
我后来沿着一条河流和它滚动不止的石头

经历鲁莽而凶险的闯荡　渐行渐远的地方
是梦境般 荒凉而又陌生的地方

与河流一同行走
有时是一件徒劳无益的苦差事
因为河流总是要去更远的地方
当我厌倦了它的随波逐流
我会像河床上一堆累坏了身体的石头
和另外一些石头一同歇息下来
望着夕阳西下　和一架飞机
在黑暗的苍穹中亮起天灯的地方
是我渐渐地安静下来
仍然用忧郁的树和它的凉荫
爱着的地方

在我们的时代　一个脑门上画满了远方的时代
我已打碎了太多的化妆间和镜子
我喜欢像野人也像野兽一样经历的地方
广大而无用　忧郁的树和它的凉荫
适宜于产生刻骨之爱
也适宜于袒开无限之爱

2020 年 5 月

浮云绘

向上看　那些浮云扔下的行踪
惊飞了一只飞鸟一天的行程
和一只蚂蚁人所不见的一生

只有飞翔才能抵达的悬崖上
那些没有泥土也能生长的柏树
松树和无名的藤蔓

只有风知道它云雾中凝结的露珠
以及昨天和今天　它所经历的
比云雾更确切的委屈

向上看　在追逐被浮云所包围的鸟巢的道路上
一条蛇褪掉了已经死去的皮囊
却不幸臃肿地瘫痪在草丛里
它在努力修复交配时　由于母蛇过分的反抗
而不慎折断的脊背
向上升腾的蛇芯子　对着浮云
滋滋作响

向上看　那些浮云总是在最高处
昨天它刚刚飘过树梢
今天它正飘过地平线

和刚刚接近地平线的一名自闭症患者
在他刚刚发现的奇异景观面前

浮云和他正佝偻着腰身
在人所不知的地方　呕吐着
一大堆比想象更古怪的事情
和在胸口上装了多年的

2015 年 3 月

西风烈·2023

主持人 郭建强

（按姓名音序排列）

沈 苇　陈劲松　郭建强

贺 中　洛嘉才让　马占祥

牛庆国　彭惊宇　宋长玥

亚 楠　杨森君　扎西才让

西风烈吗，西风不烈吗？

郭建强

西风烈吗，西风不烈吗？

于此，法国诗人苏佩维尔在《弓箭射出的一颗星》中提出过相似的问题，并予以回答："我在那里还是这里／人在世界各地都一样。"

以上当然是关于人之于某种差异和同一性的思考。西风烈，烈如酒、烈如刀、烈如鞭子和闪电；或者在大质量的高速运动中，也保留着某种宁静和温煦，全在表达者的具体语境。苏佩维尔的诗句恰恰说明，空间的差异性，是人可以感受同一的基本条件之一。空间的多样和多维作用于时间，作用于内心，展示出无限的生动和丰富。

不同的时空，不同的语境，不同的在场者和言说者，不同的阅读者和思辨者，之于所呈现出来的场景、事物、人与世界关系、人的自我感受和认识，更是千差万别的。映射于诗歌的创作和接受，恰恰显示了其不断转化和重生的涵度，正是存在于这种差异中。也许，我们可以认为——差异造就了美。如何谈论它们，则又要使用一定的坐标和尺度。不同的作品，必然地要接受种种视角和框架不同的区分。高度发展的类型学方法论，自然将地理和地域作为描述、认识、区分文学品相的工具之一。

天候、物种、地理、历史、文化、生活……使得"西部"一词在不同语境中，总是跨越某种同一，彰显出特别的构成和气质。西部诗歌同样如此。"有着不尚粉饰的拙朴基调与峻急品格。有着义无反顾的道德操守。有着面对现代文明冲击的内心困惑。有着感于文化滞距的历史反省。有着实现理想人格的恣情追求……"诗人昌耀以七个陈述句，破除关于西部诗被表象和过度装饰的僵硬模式，初步定义西部诗的形象、风骨、内涵和追求。

西部诗人着力于宏阔而复杂的时空背景下，显示光影在魂灵行走的样态；力求使无论苍峻亦或微渺、珍稀亦或普通的物事，都在诗中具有一种直指人心的穿透力。因为地貌和文化的多样，西部诗的色彩古朴而斑斓；因为接近原初、既亲切又不无冷酷的人地关系，西部诗的声息、音调和吟哦格外质感。西部诗的语言大都苍劲、简洁、深远，哪怕摹写风过须发、漠荒草枯，也致力于一种在辽阔的空间，捕捉多维世界和多重记忆的花瓣集聚于某一点的绽放。这样的瞬刻，这样的诗歌，带着追忆的温度，也是现世肉身的发声。仿佛取自冲出海水，经过风光雷电雨雪雕洗，经过种种焙烧冷淬，经过漫长积累，终于显相的层积岩，西部诗以其多质而独特的肌理和品相，扩展和深描着汉语的表达。

此次编辑的 13 位诗人，来自青海、西藏、新疆、甘肃、宁夏五省区。他们的作品既显示了西风之烈，更在"烈西风"中展示出了西部诗人从容、专注的风度。他们的作品中反驳既定，重设支架，着力聚合创造的努力，尤其珍贵。毫无疑问，这样的诗歌所着意的是诗的根本意义和价值，是带着行走、感受、思想，活着的歌吟之作。正如昌耀所呼唤的："我所理解的诗是着眼于人类生存处境的深沉思考。是向善的呼唤或其潜在的意蕴。是对和谐的永恒追求与重铸。是作为人的使命感，是永远蕴含有悲剧色彩的美。"

2023 年 11 月 20 日于西宁

沈苇的诗

诗人档案 | **沈苇**：浙江湖州人，曾居新疆三十年。著有诗文集《沈苇诗选》《新疆词典》《正午的诗神》《异乡人》《书斋与旷野》《诗江南》《论诗》《丝路：行走的植物》等近三十部。曾获鲁迅文学奖、华语文学传媒大奖、十月文学奖等。

开都河畔与一只蚂蚁共度一个下午

在开都河畔，我与一只蚂蚁共度了一个下午
这只小小的蚂蚁，有一个浑圆的肚子
扛着食物匆匆走在回家路上
它有健康的黑色，灵活而纤细的脚
与别处的蚂蚁没有什么区别

但是，有谁会注意一只蚂蚁的辛劳
当它活着，不会令任何人愉快
当它死去，没有最简单的葬礼
更不会影响整个宇宙的进程

我俯下身，与蚂蚁交谈
并且倾听它对世界的看法

这是开都河畔我与蚂蚁共度的一个下午
太阳向每个生灵公正地分配阳光

1992 年

罗布泊

游移的湖——
被大沙漠和孔雀河控制的命运
它的暧昧，它的闪烁

沙漠中的一滴，曾包容海
包容瀚海的辽阔、壮美
一个珍稀的词，在凋零之前
占有水的反光，盐的反光

游移的湖——
它的波澜，它的长叹
它的水面曾倒映伟大的楼兰
那消失的一滴却不再回来
罗布泊在死去
移居一个垂危的词中
——一具词的空壳

它的死亡
是道路、城池、驿站在死去

是胡杨、芦苇、果园、麦田在死去
是死去的沙漠再死一次！
是时光的一部分、我们的一部分
在——死——去——

游移的潮——
不再游移，不再起伏、荡漾
沙漠深处的走投无路
大荒中的绝域
留下一只沧桑、干涸的耳郭

——我们倾听的耳朵也可以关闭了

2005 年

沙

数一数沙吧
就像你在恒河做过的那样
数一数大漠的浩瀚
数一数撒哈拉的魂灵
多么纯粹的沙，你是其中一粒
被自己放大，又归于细小、寂静
数一数沙吧
如果不是柽柳的提醒
空间已是时间

时间正在显现红海的地貌

西就是东，北就是南

埃及，就是印度

撒哈拉，就是塔里木

四个方向，汇聚成

此刻的一粒沙

你逃离家乡

逃离一滴水的跟随

却被一粒沙占有

数一数沙吧，直到

沙从你眼中夺眶而出

沙在你心里流泻不已……

2013 年

火车记

铁的意志穿过戈壁驶向南疆

铁的驼队，沉浮于瀚海

绿皮车厢内，六十种沉默

坐落于无休止的铁的哐当声中

坚硬的沉默一度被酒精打开

情歌和笑话也会决堤

汉语、维语、哈语、蒙语、俄语

外加大巴扎烤鸡、自带手抓肉

汇成一锅今宵的乱炖

咣当——咣当——
体面的人头枕公文包时睡时醒
上半夜梦见塔里木虎
下半夜梦见自己被雪和沙掩埋
醒来，已在千里之外
像羊群，卸在巴楚站台
在凌晨寒风中发抖
渴望麦盖提的一碗热汤面

下车，上车，乘大巴继续南行
发现头顶多了一群乌鸦
它们不被公文驱策
却被灰蒙蒙的天空监禁
饥饿的叫声，回应初冬大地
无边无际的荒凉和孤寂

2016 年

谢安墓前遇孔雀

谢安墓前，榔榆、银杏下
一只懒洋洋蓝孔雀
卧在杂草、枯叶和阳光碎银中
倦于开屏，看上去

56

不愿东山再起了

再起的，是东山上的流云
如同上虞天空的文心雕龙
下沉的，是洗屐池残碑
一尾曹娥江蓝鳊
以死水和活水的方式追忆流年

孔雀家族也拥有流年梦境
梦里有朱雀桥、乌衣巷、堂前燕
北方吹来的胡沙、烟尘、凛风……
稀世的鸟儿，以代人者身份
微微抖动头顶簇羽
唱起一支哑默的挽歌

衣冠冢里的晋太傅
——孔雀膜拜的空
为南京梅岭的第一个墓穴
为湖州三鸦冈的遗骨
为额外的自己，再致一篇悼词

2022 年

陈劲松的诗

**诗人
档案**

陈劲松：本名陈敬松。1977 年 6 月生于安徽省砀山县，现居青海省格尔木市。中国作家协会会员、鲁迅文学院第三十九届中青年作家高研班学员，作品见于《诗刊》《散文》《青年文学》《星星》《扬子江》《花城》《作品》等刊。有作品收入全国幼儿师范学校语文课本及多部选本。曾获青海省青年文学奖、中国·散文诗大奖、《诗潮》年度诗歌奖等奖项数十次。著有诗集《纸上涟漪》等五部。

苏木莲河

风雪弥漫的深闺：

达坂山南麓，开甫托脑中山上一滴泉水，踮起脚尖向远方眺望

身影澄澈，如一个人干净的幼年

脚踝纤细足音轻快

夹岸而生的野花是你绚丽的璎珞

环佩叮咚，你一路旋舞着穿过峡谷森林草原身影一闪而过

苏木莲河，我轻声唤你时请稍停脚步

回一回你多情的浪花的眸子

东峡青海云杉良种基地，几株盛放的海棠

自顾自的，几株海棠
开得正热烈
在冷雨淅沥的早晨
无惧寒风，以及
霜粒般的雨滴

甚至，连我们热切的目光
也被它们无视
在我们的注目中
它们盛放，摇曳
在风中松开自己
零落了一地
无声无息，像那个
鬓生白发的
研究员

鹞子沟森林公园，凝视云杉

轻薄的流云
牵绕于乌铁的臂膊
静默的守望里
有青铜的年轮轰响

冷峻翘首
有谁在一株伟岸的云杉内
霍然起身
针叶簌簌而响
梦，正拓翅而动

仙米村

一场雨
把寂静洗得发亮
五月末的风
是巨大的虚无
它把仙米村轻摇入梦

群山禅定
满坡的野花
开成了自己
最想成为的模样

杏花庄村

青稞拔节
土豆花怅然开放
雨如画笔
把田野里的那抹绿

涂了又涂

杏花已落
青杏在枝头
把一腔的酸涩
正努力变成
满腹的甜蜜

郭建强的诗

诗人
档案 | **郭建强**：中国作家协会会员、青海省作家协会副主席、西宁市作家协会主席、《青海法治报》总编辑。著有诗集《穿透》《植物园之诗》《昆仑书》等多部。获青海省第六届和第八届文学艺术创作奖、第二届中华优秀出版物奖、《人民文学》2015 年度诗歌奖、2017 年《文学港》储吉旺优秀奖、第二届孙犁散文奖双年奖、《广州文艺》第二届欧阳山文学奖诗歌奖。

鹰

天空中飘扬的鹰

令人莫名的心痛

好像无骨纸屑

永远找不到岸和巢穴

可它为什么要坚持飞行？

一整日的行程

只有一只鹰相伴

当风暴隐遁，我们

沉默着相互致意

沉默着各行其路

1991 年 6 月

下拉秀：寂静

天空清亮，多像鸽阵的鸣哨
十月的草尖金黄，迎风俯下身去
一条藏狗漫不经心横穿公路
西格寺五百僧侣的念诵正好停顿

阳光敲打着车窗。你知道
无数神灵坐卧路旁，静观汽车和你——
如此完满，却又等待风生水起
寂静，正在提醒寂静的闯入者

2012 年 7 月

德令哈：喟叹

这雨水中的荒凉之城
本来就是荒凉的、幻觉的，是无城之城
是三叶草、始祖鸟、虎斑蝶的沉思属地
是雨水急来的，浑浊时光的，走向凝固的

63

而你是盲打误撞的闯入者，长发卷走沙粒
留下足迹和喟叹，喟叹思念和孤独
终究也是荒凉的，是缠绕草茎的旋风
趋于凝固的象形，石头继续掩藏渐淡的血迹

血迹一样是荒凉的，是荒凉万千自娱的图案之一
正像荒凉之城附生或者根生于荒凉
雨水弹拨着漠野，荒凉在吟唱或者嘶吼
雨水啊雨水，偶然的雨水弹拨漠野之城，弹拨着旅人

雨水升起雾气。不知何故响起
但是总要走向风，走向石头，走向象形的喟叹
暴露的是一个诗人，一个诗人喟叹
发出城的回声，雨的回声，荒凉的回声

荒凉撕扯着自己摆脱荒凉，散落的形象和声响
反证着荒凉：无可辩驳无处躲藏的荒凉
荒凉的诗篇要让荒凉显示荒凉的骨质
一个诗人来了，……下一个……

他们必须到来

2013 年 8 月

雪山颂

在能够照得出你的骨头的雪山前
冰川之水正具体地从头顶流下
脖颈和肩膀在迎接中战栗，胸腹和脊背
在快速收缩中抖动。在胯下，那冰凉多停留了一会儿
然后像江河一样凶悍地沿着大腿冲向脚底
你甚至感到水渗入皮肤，顺便让脏器仰泳了一会儿
这一刻，你无法不爱上高峻、空阔和清洁

——但是，你知道这并不是说自我已然与雪山相配
——而是恐惧。你看，即使身后只剩下童年的影子
——仍旧带着血腥深度的昏黑

2015 年 1 月

化身

大喇喇地躺在昆仑山脊
日月左升右降，身侧太平洋的开阔

蹄类羽足以云彩的形态作瞬息舞
虎齿豹尾的女王乘坐大鸳和少鸳扶驾的轻辇逍遥游

65

引驼牵马的古人面目模糊东奔西走
在你丝绸般的短梦，遽然点燃一蓬柽柳

而累世白枯骨化为齑粉，在北部的沙漠咆哮
要求一具可以沿世行走的血肉皮囊，生育古老春天

幻象丛生，盲蛛的肢节每每挪移撕裂空气
你看着它如何咬破自我，长出一株可能通天的盘旋建木

谁不是把一腔热血交予命运不可言说的排布
谁在这种铁律中化身一株桀骜不驯的带刺绿绒蒿？

2020 年 9 月 22 日

雪山：各姿各雅

没有会飞的雪山
没有打开翼翅傲慢滑翔的黑鸟
没有黑鸟在河源九十九座雪山转动眼睛

   会动的是雪山
   活着的是雪山

雪山时轮运转，沉重而芬芳

各姿各雅把雪戴在头上

66

披在身上
捂在怀里

雪的王冠，雪的袍服，雪的皮靴
雪的呼吸，雪的皮肤，雪的血液
各姿各雅是雪的父亲和母亲，也是雪的儿子和女儿

各姿各雅站在黄昏
黎明，站着各姿各雅

站着的各姿各雅：一部连接天地的唐卡

各姿各雅从高处向下书写经卷
雪山凝气成雪，雪从天上来——
雪在化为水，水乳育养草原

第三纪红色陶盆擎起，万物睁眼
卡日曲：向着春天倾注——

酒又开始喷涌了

2023 年 4 月 27 日

贺中的诗

诗人档案 | **贺中**：藏、蒙、裕固等民族混血后裔。1964 年生，又名克产·萨尔丁诺夫、琼那·诺布旺典、贺忠、米米马修等。诗人、涂鸦人和平面设计师。现居拉萨。著有诗集《群山之中》《西藏之书》《说说你，说说我》等。

雅鲁藏布江大拐弯

雅鲁藏布江一直流过地球之巅
在穿入昙脱如花的大峡谷后
忽然一个 180 度的马蹄形大拐弯
便一下子往下流进到处都是胖美人的印度
那条肉感的弯，给我们拐出了很多非分之想

曾经暗自揣度的云雨迟迟没来

曾经暗自揣度的云雨迟迟没来
喝的酩酊的晚风刮没了礼帽

春天从牦牛结霜的背脊溜走
清寒的草地，响彻金盏花的吠叫

68

喜马拉雅蓝罂粟引诱梦游者
千里迢迢而至。不过——虫草，就是虫草

正消失在六月的山峦，成群的牧人
将失去明眸，变身为
阳关大道的盲者或劫匪

被寒风拧紧的冰塔松开流响

门隅来的布谷吹响圣城的法螺
被寒风拧紧的冰塔松开流响

绿色的叫喊起伏拉鲁
向日葵的脸，马兰的头
更有枝杆饱满的芦苇
齐刷刷朝向太阳

马蹄消失，酒糟四溢的暮色时分
风会成为孤单的异乡人

高高在上的拉萨

高高在上的拉萨，像我手持的经书
滑下一座座废墟和往昔的桑烟

——我是个委顿的人，迈步向前的很多日子
并没有体会的神的存在、神的伟大

喜马拉雅山脉

你弯曲的脊背反射着雪的光芒
巨大的影子笼盖田野。夜晚降临

天和地浑然一体，我躺在帐篷
发现蜷缩的身体小过牧羊人眸子里的一粒尘埃

洛嘉才让的诗

诗人档案 | 洛嘉才让：藏族，中国作家协会会员、青海省作家协会第七届、第八届委员会委员。出版有诗集、译著。作品收入各种诗歌选本。现居西宁。

那么轻：关于恰卜恰午夜的一场雪

覆盖着草。唯一的野草。那么轻——
覆盖着呼吸。跟一群麻雀
练习最后的倔强。
覆盖着青春的虚幻的忧伤的肉身和过往。
禁不住自问：我的魂灵为何薄如雪而咸如盐？

那么轻——
覆盖着空寂的青海湖大道。和九十九扇窗户。
暂且不表，它英雄的女人和子嗣。
日月山路的野鸽摆下深夜的筵席。
一爿残月，斜坐上席
鸟兽们沉默地享用着白餐布上的黑葡萄。

如月亮抖落的烟尘，那么轻——

覆盖着鹰的思想的穹顶。

从环城东路到西城路，亮着无数神话和传说的灯火。

午夜的雪，落在时光的超市里

那么轻——

广场上洁净的羽毛，

覆盖着上街，而我更热爱下街纷扰的烟火。

覆盖着冷月亮，那么轻——

覆盖着白月光下的恰卜恰河，

覆盖着过路的黄河，和它幽明含混的部落史。

那么轻——

因为午夜。因为成长的细节纷纷扬扬。

因为前世和今生在此相遇。命运的交响曲由此铺展。

雪一直下，一直下，我趁夜清点寒意袭人的每一根肋骨。

这河，她是黑暗中一枚抒情的钻石

这河，一路向西，向西。

她是日月之舌，吐出蓝色的火焰。

她是光芒之花，是黑暗中一枚抒情的钻石。

她是最早的西行者，怀抱扎念琴，走向瘦骆驼。

而那个男子骨子里的决绝，

最终被三条河定义。

而她们是有名有姓的：倒淌河、巴音河、湟水河。

她们都拥有斑斓的皮毛。她们惯于挥舞

夕阳的长袖。

迎着凌厉的风。向西，

迎着成片成片的荒凉和丰韵。

向西，向西，也迎着给予力量和筋骨的白色盐巴。

这个羊粪蛋大小的镇子就坐落在河畔。

神情落寞，犹如在一场溃败中被谁遗落的鞋子。

她取出铜镜，在河边濯洗。

沾着鱼腥。四面漏着带着刀剑的风。

挥之不去的独孤气息，

一直在传说中迤逦向西。

忧伤却也不失优雅地流淌在历史的记忆中。

这是我的河，我的镇子。

我小小的故乡。

藏历铁鼠新年夜听闻青海湖解冻

春风系着铃铎，穿过空荡荡的哈拉库图城堡。

临近子夜打开一卷无字书，

传来冰封的青海湖

从内部开裂、破碎、分崩离析的声音

我倾听，我明白这意料之中的崩塌。夜空高悬颤抖的寒星。

秋天，这尊老物件

秋天也是一种罪过，陶醉也是
我们无非一边被喂养
一边嫉妒
秋天自由的乳房
把奶汁奉献给大地，果实烂在地里

秋天的辽阔也是一种罪过　那些从不
言语的人　从不流露爱憎的人
挤在秋天的樊笼里
习惯于天空长满荒草　浊浪越过心头

秋天的罪过在于它是一面古老的铜镜
照往昔依稀可辨
看今朝面目全非
这样一尊旧物件，容纳过多少罪人
反刍过多少肝肠寸断

对我而言，这一夕秋天
过于肥大
穿在身上空空荡荡
既感觉不到愧疚，也感觉不到宽恕
唯一的不安来自
多年以后，再把它写进诗里，竟不知从何说起

刻在印经板上的德格

去印经院之前，我在桥上看了一会儿夕河。

公元 2021 年，秋，一缕前尘的阳光
透过窗户
刚好照在印经的少年身上
坐他对面的老者
一脸淡然
经历多少岁月的淘洗方获得这等恩典
我站在他水系般纵横的皱纹旁　稀薄如空气

穿堂风送来隐秘的气息　浓烈而晕眩
正是文明的血脉
被一刀一刀
刻进
红桦木的硬朗
最后倾泻在狼毒花千年不朽的深情中
每个字
都凝着千年的风霜
每个字都张开翅膀　随时振翅欲飞

我明白，一切赞美都是谬赞
世间的词

无法表达此刻的痛

而你隆起如大地的脊梁，取一册，读一世

马占祥的诗

**诗人
档案** | 马占祥：男，70后，回族，宁夏同心县人，现居银川。

过黄河

云朵分开南北，流水横贯东西。
变旧的行程里，有雨在催促落日。
河水的血是蓬勃的，
轰隆隆地流过城市。
我知道，那城市里有个人，
在傍晚，守住自己的灯火，
数着一天积攒的词语。
河水呵！抖落一身风尘，
散开的骨架里，
有一段弯曲的忧伤，
有一节搁浅的夜晚。
这是初二，我路过的河流，
在天空留下的影子里，
只剩下哗哗的流淌。

山有野风

我喜欢山里的野性的风。
我到山腰的时候，山花必须是开的。
若是北风，白色的山花会盖住沟壑。
我到山腰的时候，山是沉默的，
像我想起往事的样子。
几棵老椿还能想起去年的茂密的雨水。
几只岩羊，面对远处的河流，
眼神轻车荡漾。我看夕阳慈悲。
一阵锋利的风吹了过来，夕阳低头，
看了老树新发的叶片最后一眼。

山色青

云朵是从水里复活的——
这一世，它们依然很白。今天傍晚，
它们还是在西山上等最后的光芒。
那山，其实是人间泛着青色的诗行，
我到这里时，它给我的诗意是绯红色的——
我会回到诗句描摹的古代：一座山，
一动不动，在夕阳下藏住身影，
留给现代最后的隐喻。

忽然间

我以为贺兰山又浪费了一朵白云，
其实不然，它只是将云朵藏在山腰。
忽然间，一只岩羊在山顶抬起头，
逆光中，它黑色毛发阻止了一小股风。
这具体的细节里，有一部分是真实的：
岩羊身后的白色，才是云朵的颜色。
岩羊不在山顶，其实，它飘在天空。
我只是在那一刻，
忽然间，看到了虚构的画面。

牛庆国的诗

诗人档案 | **牛庆国**：中国作家协会会员、甘肃省作家协会副主席、甘肃省文史馆研究员。出版诗集《热爱的方式》《字纸》《我把你的名字写在诗里》《持灯者》《祖河传》《北斗星下》等。部分作品被译介到国外。

在甘南

谁在照看这无边的小草

谁在照看这星散的牛羊

谁在照看这草色护围的寺院

谁在照看那些磕长头的人

风吹动经幡

雨打湿金顶

云一直在头顶上奔跑

而牛羊如此安静

一个行色匆匆的旅人

那天在黄河边放慢了脚步

若尔盖的星空

在若尔盖
可以给每一颗星辰重新命名
他们从很远的地方走到我们的头顶
有着各自的籍贯和出生地
他们的光芒　有着神圣的力量
听说他们曾陷入沼泽
之后又是怎么回到天上的呢
我听见了他们的呼啸
是无数的灯盏飞向天空深处
背影如草地上的花朵

大夏河边的花事

感谢春风的指引　那些迷路的花们
终于自己找了回来
大夏河边的花事　感天动地

那第一朵开口说话的
多年前我就认识
这是一片土地和我之间的秘密

我见证了那么多蜜蜂

在河边们奔忙
它们是在替花朵们搬运一部浩大的诗集

能分一些花粉给我吗
我只需要那么一点点就够了
就像蜜蜂带走的那么多
这是我第一次向一朵花请求

我听见花朵们的欢声笑语
来自一座巨大的幼儿园

野麻滩的黄河

沙河流入黄河
还在沙滩上奔跑的石头
像一群渴极了的羊
大的那几块　像牛

对岸的山上
来自远古的巨石
大象　狮子　虎豹　马群的巨石
它们的脚步　在一片小花前停住

黄河依然不慌不忙地流着
流过那段红层地貌时
可以把那里看成是石头里渗出的血

也可以看成是一片晚霞　或彩虹

站在波涛起伏的野麻中间
我看见一条铁皮船
正在黄河里打捞落日

看见一只鹰

一个人在河边徘徊
傍晚在徘徊
河也在徘徊

一只鹰在天上盘旋
暮色在盘旋
群山也在盘旋

人看了一会儿鹰
不知它今夜飞往何处
但鹰还在盘旋

鹰看见了那个人
不知他今夜去哪盏灯下
但人还在徘徊

据说今夜有暴风雨

鹰还在天上吗

灯光下　他为一只鹰担心

彭惊宇的诗

诗人档案 | **彭惊宇：**中国作家协会会员，新疆生产建设兵团作家协会副主席，《绿风》诗刊社长、主编。曾进修于北京大学中文系、鲁迅文学院第五届高研班。在《诗刊》《星星》《飞天》《延河》《长江文艺》《作品》《文艺报》等报纸杂志发表作品。出版诗集《苍蓝的太阳》《最高的星辰》《西域诗草》、文学评论集《北国诗品》等。曾获第三届昌耀诗歌奖、第六届天山文艺奖等。

访朗德上寨

苗岭主峰雷山山麓，有一块最美的
人间璞玉，它的名字叫朗德上寨

风雨桥，廊桥轩敞挺阔
横卧在浅浅碧水的乌迭河上
河畔坪田，青稻微黄，缕缕穗花香

笙歌四起，十二道拦门酒
高高向上的石阶，白银角冠的俊美姑娘
一道拦一道，端起米酒，长长的牛角杯
让迤逦登寨的人群，沉陷于苗家的盛情

背靠护寨山。松杉与茂竹，葱葱郁郁
一棵棵千年古香樟，荫庇苗寨子民

铜鼓坪，一场集会歌舞的盛宴
阿爸、卡老们吹起高排芦笙，迈起
向前的慢方步。犹见一白须长者
瘦小，驼背，他虔诚的弯身格外醒目

一队藏青色服饰的老阿妈
合唱一支苗人古歌，那么深沉、远奥
她们安详的表情，俨然大地母亲的音容

欢快的锦鸡舞。银角头冠，盛装长裙
年轻苗女们那青春、蓬勃的肢体，佩饰叮当
仿佛是降落这凡间，翩翩起舞的银色凤凰

鼓笙齐喧，人神同乐，汇入坪场之中
手挽着手，脚跟着脚，同步转成白日的光轮
在铜鼓坪地面石条十二道光芒里
团结的匡舞，已聚成我们自身小小的太阳

2019 年 9 月

小白犬引导森林火车

小白犬看上去像一只吉娃娃

娇小玲珑的，浑身白绒毛。那一对
耸立的耳朵，听到一大拨人杂沓的脚步
就异常兴奋起来，用一双黑豆子的眼睛
欢迎始发站上车的旅客，观光小火车鸣笛启动
小白犬在轨道边开始领路，轻轨伸向密林深处

这是南疆轮台国家级胡杨森林公园，一只小白犬
在一颠一跛地引导袖珍版的观光小火车
它奋劲奔跑的可爱模样，令乘客们一片惊呼
小白犬仿若一块白色鹅卵石，向前滚动、飞跃
在轨道边的小径上，在灌木丛林间
它忽隐忽现的身影，又仿佛白色精灵的闪电
长镜头的相机纷纷聚焦按动快门，瞬间抓拍定格

回途中，小白犬遇到一群羊正蹚起蒙蒙夕烟
快接近小火车的当儿，小白犬狂吠着向领头老山羊扑去
真像雄赳赳气昂昂的小卫兵，在保卫它的观光小火车
小白犬带着胜利者的雀跃，返回轨道边的小路
小白犬在横挡的桥墩下，纵身一跃就跃上桥面

五公里的车程。忠实的小白犬累得直吐舌头
旅客们开始不停地追问：这是谁家养的小神犬
一位保安——蓬乱着一头卷发的维吾尔族小伙被叫前来
他在众目睽睽之下，略显羞涩而笨拙地
在沙土地上用汉语写出自己的名字：沙德尔

此刻，小白犬正吐着舌头，插在人群前定睛看着地上的名字

2020 年 9 月

在扎鲁特山地草原

纵深阔远的坡岭，甸野青青
过膝的牧草横挡住我们的前路
让我这般拥有了欣欣于怀的迷途

草海蔓延。游人渐成鹰隼之豆影
扎鲁特敖包五色经幡召唤谁们的魂灵

今生何其微茫。草木轮回，人亦轮回
且放一块虔诚的心石于鄂博之上

苍狼山厓一片野山杏林的微红祷告人间
我必得前去。山路只有些许的崎岖
我脚力倍增，且无视山麓妙龄魅女们的呼喊

夕阳，为苍狼峰镶上块垒峥嵘的金牙
金鬃苍狼，恰似一群酒神与歌者的卷蓬发
是他们面对穹谷那几声悠长而空寂的啸嗥

请一定记住，那只来自星星的蝈蝈
在夕晖暗淡下的草原，披挂红绸长巾曼舞

88

忽而他仰面挺躺，并发出蝈蝈舒畅的欢笑

这北国的苍穹，银河横贯于中天
一盏盏酥油星灯，从亿万斯年的宇空传递
如此临近、硕亮而温暖，仿佛额吉慈祥的眼睛

今夜，东山皎月，神鹿之树悄然站立
今夜，牧草疯长，辽代军马群已潜回故乡
今夜，青春远逝，而那动人的情歌，仍由我们低声哼唱

2019 年 3 月

唯有宝古图沙漠苍远如幕

这是一个值得怀念的黄昏
我们站在宝古图沙漠腹地的丘梁上
宛如一群散漫的南极企鹅，黑豆之影
向着天地玄黄的尽处，徘徊，复张望

唯有宝古图沙漠苍远如幕
只见那黛青色云霭，几抹浓浓淡淡的秋叶黄
一派苍灰大野，波状起伏地铺向遥遥天际
那星星点点的绿沙蒿，可是洪荒面孔的几撮髭须

千年古城遗址，沉陷埋没于沙海
金戈铁马早已锈蚀如酥，如腐烂的虫草之根

头举枝丫的雄鹿全无踪影，怀孕的母鹿遁于何方
老哈河岸，少女诺恩吉雅的远嫁悲歌恍若隔世

在宝古图，细微的黄沙从我指缝间簌簌流下
何止是恒河沙数呢。谁说每一粒沙不是一个地球人
不是他心底之繁花，不是头顶宇宙深空那颗旋转的星辰
谁说每一粒沙没有自己的记忆、疼痛与无声的呐喊

远处沙梁上，我们分乘的两辆迷彩越野大卡车
在逆光中越发威武。骑驼人悠悠荡荡地晃动
滑沙者释放出怪异的欢叫，和狂野的激情
那些赤着脚丫的资深美女，正舒展红长巾展露风姿

而此刻，唯有宝古图沙漠苍远如幕
铅灰云层下，远眺蒙古汉子牵骑数峰骆驼哑然奔去

2019 年 3 月

宋长玥的诗

诗人档案 | 宋长玥：青海湟中人，中国作家协会会员。从 1987 年开始，先后在《人民文学》《诗刊》等报刊发表诗歌、散文一千四百余首篇。诗歌入选数十部选本；作品被《星星诗刊》《散文诗》等重点推出。出版诗集、散文集十一部（其中一部合著）。获二十多项文学奖励。

在玉树

重返草原的人，灵魂没有停止流亡。

在茫茫大地上，除了忍耐

还没有绝望的人。我领着最后一颗星星

经过巴塘，有谁能够理解

相爱的人们已经遗忘？用不了很多日子

黑帐篷落满白雪

空弃的马鞍

独自在风中完成对一颗心的埋葬。

玛柯河林场之夜

西北的星星去看望亲人。一个星星在回家的路上遇见了骑风的男子。

是的，没有谁是孤单的。今夜，没有谁更加空旷。

只有他向西北把黄菊花开在路口，黑暗耀眼，

看得见那么深远的故乡。风把月亮的情书送到山冈，

假如靠近河流和桦树林，迎亲的宫殿。

唯一的告别，也是唯一的重逢。

在男人两指宽的心尖，鲜花赶在子夜前建好

此后，大地繁荣，有谁如太阳被宠？

阿尼玛卿雪山下

一个寻找自己的人，心向天空走去。

这条通往太阳的路，

阿尼玛卿雪山搭好梯子，洁白地高。

但不能以飞翔的姿态上升。

神看着他，

这个大地上孤单的深入者，

听见石头念经。

直到黑夜的孩子提着露珠翻过垭口。

直到转经桶下面雪莲梦见寂静的春天。

最后，一切归入沉默。

疲惫的人间，飞过鹰和几片白云。

只有风

一个人停在冰川石上面。

在果洛：午夜听风

黑夜的黑孩子看见了亲人。
它们背着红月亮轻轻唤我：黑帐篷里藏着金鞍子，
白帐篷里藏着银鞍子。
尕哥哥，
尕哥哥，
奶茶熬成牛血了，
心想成一张纸了。

如果闪电的翅膀把我送到阿尼玛卿雪山脚下，
我打开的宫殿，
究竟隐藏了多少泪水和春天？

班玛的两条河流

一条大河背着天空。
柯曲高地：最后一顶帐篷
送走九月，留下自己
静候风雪。

往甘肃，
一只鹰是流浪的孩子。

出果洛，
一个脚印是不灭的莲花。
众神孤单
人间困苦，
阳光在更深的夜里。

另一条河流收养草原。
马蹄下的所有花朵，经历悲欢，
她们骑着月光
走向四川和雪。春天在花蕊中复活，
人们含辛茹苦
又过了一年。

只有悲欣，
没有狂欢。

在黄河和长江广阔的草原地带，
她们看见了我：
大风中央，生活者无言。

亚楠的诗

诗人档案

亚楠：本名王亚楠。新疆伊犁州作家协会主席。已在《诗刊》《星星诗刊》《人民文学》《中国作家》《青年文学》《十月》《钟山》《花城》《西部》《山花》《作家》《作品》《大家》《上海文学》《人民日报》《光明日报》等报刊发表作品二百余万字。多次获得全国诗歌、散文诗奖。

在荒漠中

陈年的颅骨在尘世间若即若离。
而忽然到来的风，吹皱
一池秋水。紧接着草都枯萎了，
荒凉深及骨髓，就像一次初恋留下的
残梦。可我根本来不及想，

野骆驼是怎样生存的？也来不及
等待一次灵魂淬火。

只是，我看见的凄风苦雨
都在荒漠中停下来。
它们把根朝上，并用另一种方式
让情绪变得舒缓，温润——

仿佛一次朝觐。我也只能够用虔诚
温暖自己。
用一抹亮色呼唤……而不远处
黎明正在让记忆
变得愈加澄澈、明晰。

2013 年 9 月 16 日

白驼

我忽然看见的骆驼雪白，
就是一种月光的白……纯银的白
能够让草原变得安静

可是，我内心的潮汐奔涌着
把岁月激荡。因此我也
在辽阔里驻足，在青青草色中
把自己簇拥得更紧

而骆驼只是在低头吃草
偶尔也会抬起头来
看我
仿佛打量陌生人，又迅疾埋下头去
岁月让我们彼此陌生

可是不经意间，我却学会了遗忘
只保留内心淡泊，宁静和
足够抵御严寒的
体温

2015 年 3 月 21 日

远逝的风

我看不清的部分总是
在另一个语境
凸起

海平面上金枪鱼
掠起的飞沫
承载了一个飞碟的重量

空旷源自内心
此刻，我与信天翁砥砺前行
互勉的风
让一丛浪花绽放在天上

但大海从不忧伤
动与静
这永恒的律动只记录了
太阳的光芒

词语被瞬间照亮
如同
午夜的海面

闪电凿空了无尽的
轰鸣

2020 年 3 月 23 日

白哈巴的月光

我无法想象白哈巴
清脆的鸟声
会离我那么远，那么远
就像久违的心绪
在水面漂浮
耳语般，被爱滋润
山杨吐露秋色
就像从前的晚霞把火焰
安置在心里
小木屋依旧沉湎于
往昔
它们从月光中萃取巨大
的想象力
似乎天空弥漫着

一种谁也看不见的情绪
此时此刻
我在月光里啜饮，就像
神话里的仙鹤

2020 年 8 月 17 日

山谷里

流岚起伏，大地上
折叠的影子苦难深重。你种植的
红珊瑚
在岩石中休眠
如同黄昏埋进了山谷

他进入叶脉的纹理
起伏，如一只蚂蚁穿梭于
古堡的幽暗
又旋即折回。而意志力
响彻整个幽谷……和一群
乌鸦的晚祷
北山羊随夜幕而来
用它的蹄
占卜人间凶吉

但眼下，水是静止的音符

铺展在月光里

也好让生命

在寂静中复归寂静

2022 年 7 月 1 日

杨森君的诗

诗人档案 | **杨森君**：宁夏灵武人。出版诗集《梦是唯一的行李》《砂之塔》《西域诗篇》等。诗作获第五届叶圣陶教师文学奖金奖等。作品《父亲老了》曾被国际教育机构 IB（International Baccalaureate）国际文凭组织中文最终考试试卷采用。

秋风起

起风了
苜蓿地里的蝴蝶
还不知道隐藏

你不必担心
蝴蝶知道如何驾驭它自己
它只是表面上不谙世事

风在吹

我来到了这个下午
来到了风中，但说不出风的形状

101

这是风。我指着遍地奔泻的青草说
这是风。我指着石块上移动的灰色光线说

一个被风感受到的人，骑在马上迎风而立
一个感受风的人，被寂静掌控
这是风。我指着俯冲而下的黑鹰说
这是风。我指着射出红花的灌木说

远处是一个被风灌满的农庄
更远处是一块被风款款送走的落日
风在吹。风在无边的旷野留下
一座降温的山冈

这是风。这是风的预言——
风掏空的树根，晒在太阳底下
这是风。一只死去多年的牛头
只剩下一副高高抬起的骨架

站在青海湖边看青海湖

我看见——
湖水在天空中漂移

这不是我的错觉
事实可能本来如此

我相信有人
也会这样觉得

只是
他没有说出来

阿拉善神驼

不是所有的泪水都意味着悲伤
当你看到一匹立于雅布赖草原上的骆驼
在安静地流眼泪
真相也许仅仅是——
它在用泪水清洗眼里的沙子

鄂尔多斯

我只是希望能遇见一个人，在鄂尔多斯
他骑不骑马没关系，但他必须是一位老者
一位喝羊奶、吃米谷长大的红脸汉子
我想听一听关于鄂尔多斯的传奇

在这方圆几十公里的地方
一只死在石头上的鹰，出乎我的想象
它的眼睛为什么从来没有空过
也许，它只是在等待自己失踪的爱人

一架上世纪的木轮马车，让我感到新奇
它的下半部埋在土里，青草与花朵
比别的地方更荒凉，它们在大地特有的
宁静的暮色中分享着彼此的色彩

也许，这里曾经有过一片湖
湖水被风吹干了，吹向远方，从此
再也回不到这块洼地了，当光与影再次临近
活在前世也活在今生的蝴蝶寂寂无声

黄土筑起的烽火台依然坐落在山包上
它空无守兵，俚有我熟悉的威严
这必定是前朝的白骨，不管是英雄还是
败类，请允许我为他们祈祷

我开始确信，我希望遇见的人，找不到了
他永远也不会再出现，我来晚了
在一片祭祀过的火场，两件没有烧尽的遗留物
格外醒目：一把铜壶，一只牛皮靴子

什川梨园的秋天

在两根粗大的树干之间，在更多
粗大的树干之间，是树干；是光影斑驳的空隙
一个下午，我都在漏光的树冠下走动

104

有没有第二种时辰，有没有第二个人
像我一样对着苍老的梨树沉思默想
树疤更像一块块硕大的骨节
我把手从一张粗糙的树皮上抽回来
我摸到了脸与树皮的相似之处

落叶有点重，至于秋末
梨园会是怎样的景况
青草最终要毁掉多少只蝴蝶
都是我离开梨园以后的事

扎西才让的诗

诗人档案 ┃ **扎西才让**：藏族，1972 年生，中国作家协会会员。著有诗集《桑多镇》《甘南一带的青稞熟了》等多部。作品曾被《新华文摘》《小说选刊》《中华文学选刊》《散文选刊》《诗收获》《诗选刊》转载，获第十二届全国少数民族文学创作骏马奖、甘肃省敦煌文艺奖、甘肃省黄河文学奖。

格桑盛开的村庄
——献给少女卓玛

格桑盛开在这村庄
被藏语问候的村庄，是我昼夜的归宿
怀抱羔羊的卓玛呀
有着日月两个乳房，是我邂逅的姑娘

春天高高在上
村庄的上面飘舞着白云的翅膀
黑夜里我亲了卓玛的手
少女卓玛呀，你是我初嫁的新娘

道路上我远离格桑盛开的村庄

远离黑而秀美的少女卓玛

眼含忧伤的姑娘呀

睡在格桑中央，是我一生的故乡

1993 年

高原的阳光把万物照耀

渐绿的草地上。雪豹被迫从梦中醒来。

羊脂的灯，被迫移于亚洲的高原。

纯粹的爱，植被下深埋着命根和爱。

我从异地归来，目睹了现代文明下的古王国。

可是是谁打马驰过，不屑于年轻的热血？

是谁从我身后的秋天里，抱走活命的青稞？

青海。千万只清澈眼睛积成湖泊，

千万只粗糙手指掘出草药。

一个人内心焦急，他始终不能继续大师的短歌。

但马兰平静盛开，但这里的石头涂上鲜血。

但藏民族的爱情：

一万对精致银牌，被众多的少女佩带。

青海啊，

我是在阿尼玛卿山下，

厮守着高原的阳光，看它把万物照耀。

1994 年 12 月

世外的净地

当我沿着桑多河又回到山中，我便再次目睹了这世外的净地：
一座寺庙前，晚课的钟声使山林更寂；
一轮月晕下，修行的喇嘛已汲取了山泉。

欢喜佛的子民们，
像树叶一样闭上了眼睛，舒展着他们暗藏血脉的身子。

在白天，那些异性的山神们，让风温柔地吹拂着树梢。
让草轻手轻脚绕过岩石，
让飞禽走兽安详地沉睡于自己的领地。
而在夜里，因为倾慕与向往，它们偷偷地让山体相互移近了几许。

我把寂寞掏出来，我的寂寞与尘世无关。
但在这万物一脉的净地里，
我的寂寞仿佛那些沉入桑多河底的沙子。

2004 年

佛慧山：历下度母

皮肤幽碧的她，有怠倦的淑女之美。
她那舒适的卧姿，使游人的心神，更在红尘之外。
远处传来鲁地民谣，是那种哀怨的调子。
侧耳倾听时，她已经成为传说中的佛国净土。

我安静地坐在她的身旁，仰望着她，
像仰望着来自圣地的度母。
我曾是一个浪漫的骑士，也曾心怀天下，
而今在她面前，我不过是个归来的游子。

2015 年

远观喜马拉雅

来自加尔各答的塞缪尔，于 1783 年春
行走在喜马拉雅山麓。他看到：

宽阔而高贵的树叶装饰的山麓，
是被针叶树覆盖的高高的神山。
被稠密的植物所拘囿的河道里，
奔腾的激流发出沙哑的咆哮。

陡峭的山崖间长出的松树，
经受了四季风的……袭击与抚慰。
降落在山岩上的百年狂雪，
以巨浪的样子，吟诵着流逝的残梦。

2019 年

达娲央宗从飞机上俯视桑多草原

广袤的草原缩小为一方碧绿的地毯，
低缓的山脉，如交颈的游龙一般。
那白色黑色的斑点，已不是她记忆中
牛羊的样子，是蚂蚁在搬运它们的卵。

桑多河，真的是一条白练，在绿色里
隐身，又走现。她觉得：千百年来
这小小的世界一片静好，这天然牧歌
还能在今后的世纪里，轻飏又回旋。

但也深知　这世界，早已悄然改变，
在这桑多河源头，定会诞生新的文明
——铁路　机场、超市、高校、医院
古老的土地上，将是黄金打造的家园。

2021 年

高峰·2023

主持人 远人

（按姓名音序排列）

阿垅　艾蔻　艾子　安琪　包临轩　包容冰

北塔　陈啊妮　陈泰灸　程维　大枪　邓朝晖

方文竹　方雪梅　冯娜　浮石　高若虹　古月

谷语　郭辉　呼岩鸾　霍竹山　江苏哑石　姜念光

敬丹樱　乐冰　冷眉语　李松璋　李浮　梁永利

林忠成　鲁橹　陆岸　保保　马端刚　马启代

马永波　梅苔儿　梦天岚　慕白　聂泓　聂沛

青玄　如风　石玉坤　索菲　谈雅丽　汤红辉

唐月　凸凹　涂拥　王爱民　王桂林　望禾

温青　吴乙一　向以鲜　徐丽萍　雪鹰　杨碧薇

应文浩　远人　远洋　张笃德　张绍民　张岩松

张远伦　赵雪松　钟静

追寻汉语的节奏

远　人

布罗茨基和博纳富瓦在不同的场合说过意思相同的话，他们都认为自己的母语是最适合诗歌写作的语言。我不懂俄语和法语，不能就他们的结论发言，但我相信，每个汉语诗人都会无一例外地认为汉语最为适合写诗。《淮南子》中就有汉语诞生时伴随着"天雨粟、鬼夜哭"的神秘反映。如果说这一为语言诞生所做的独一无二的记载不无神话色彩的话，那么从事实看，早在两千多年前的《诗经》时代，汉语就已经作为成熟的诗歌语言登上了人类文明的开端。

就此而言，汉语天生就是为诗歌准备的语言。

从《诗经》的四言体到汉代的五言体，再一步步发展为后来的七言体和词，汉语在它的每个发展阶段，都异常谨慎地朝自身的裂变迈出了沉稳至极的步戈。这是语言本身的要求，也未尝不是诗歌发展的要求。

谨慎的原因无非是诗歌要求每个汉字都应具有每个汉字的准确节奏，从近体诗词的平仄上也非常容易看出，如果不是追寻汉语的节奏，汉语不会对平仄提出近乎苛刻的要求，它精确到每个字所占据的位置，甚至还要求它与音律匹配。音律诞生的目的之一，又恰恰是为了完成诗歌的传播。而且，也正是汉语的严格，使它从公元7世纪开始，逐步建立起诗歌的伟大标准。环顾当时全球，西方世界远没有像中国这样，贡献出一代代伟大的诗人。

步入现代以来，汉语发生的变化是全球各种语言变化中最为猛烈的。当它从文言文一步跨入白话文时，汉语以闪电样的速度进入了前所未有的脱胎换骨，随之而来的表现手法的更新令第一代白话诗人们有措手不及之感。在这时候反观西方诗歌，在近数百年的探索中，完成了诗歌的现代化。如果放在更广阔的背景上来谈的话，从 19 世纪开始，中国的一切都处于西方的笼罩之下，它导致的结果是一段漫长岁月中的文化自卑。

自卑带来的是埋头学习。当西方的浪漫主义、现实主义等林林总总的各种主义纷至沓来之时，对汉语造成的冲击尚在其次，最主要的是现代汉语诗人普遍抱上了急功近利的实用心态，以为读几首翻译诗就可以让今天的汉诗一步到位地步入现代，殊不知这恰恰妨碍了对什么是现代的认识，也妨碍了对现代语言的认识。

从 20 世纪 80 年代至今，摆脱襁褓期的现代汉诗又走过了半个多世纪之长的道路。到今天，总还不断有人提出"诗歌向何处去"的问题。但诗歌从来就没有一个"去往何处"的问题。诗歌的功能就是表达和呈现。这其实也是汉语最为辉煌的唐宋时期的准则。和唐宋时相比，汉语固然有了变化，但每个汉字依然是每个汉字，每个汉字依然有每个汉字的指认和节奏。所谓指认，是运用时的精确；所谓节奏，是独属汉语的音律。诗歌的标准从来没变，变化的只是手法，是对语言的运用方式。今天的汉语诗人们最应该去做的，就是如何保持汉语内在的从容和节奏，如何从诗歌标准中找到现代语言的对应位置。

汉语的发展功能已经说明了它自身具有的节奏功能。一首越是成熟的汉诗，越是具有鲜明的节奏。节奏当然不是唯一的标准，但它是极其重要的汉语本质的体现。本卷"高峰"栏目的行吟诗歌，无不体现了这一节奏的成熟。

2023 年 9 月 24 日夜

阿垅的诗

诗人档案 | 阿垅：原名王卫东，中国作家协会会员，祖籍河南尉氏，现居甘肃甘南。作品被《诗刊》《上海文学》《长江文艺》《中国诗歌》等文学刊物推荐及转载，入选各种年度诗歌选本。著有诗集《甘南书简》《麝香》等。

阿尼玛卿

晕眩、咳嗽是次要的。
干瘪的行囊是轻薄的。

从阿尼玛卿回来
只要有月亮，就不停流泪。

我怀疑自己，是不是把那座雪山
不小心揉进了眼里。

2013 年 9 月 2 日

在黄龙

不看别的，只来看水
只来看看我们的初心
多少年过去了，在大地端起的盘中
它们依旧保持着
柔软、欢喜和平和的模样

现在，已不比从前
无须埋头走得太快
只需放缓脚步，去穿越
消失殆尽的童年时光

在清澈见底之中
我们都是自己的身外之物

2014 年 5 月 18 日

甘南的羊

就这样走着，背着一个个村庄的名字
在草叶上晾晒经书，四处传播春天的福音

就这样走着，只穿皮袄

裹紧人烟，抵御早晚的寒凉
令一路的石头虔诚，蹄花泥泞

就这样走着，不知还要走多远，走多久
不知要走到何年何月何日，才是尽头
它们就这样走着，漫游在众生的精神世界里
一直在等，那个从天边来的取经之人

2017 年 4 月 8 日

瑞莲坞的睡莲

水的床清凉又柔软。
细密的蛙鸣覆盖其上，足以舒展入睡的叶子。

在梦里开花也是一种修行。
只因这一觉睡得太长。
从春到夏，探出头的莲子，长满了东瞧西望的眼睛。

2018 年 9 月 7 日

艾蔻的诗

诗人档案 | 艾蔻：本名周蕾，中国作家协会会员、鲁迅文学院第三十一届中青年作家高研班学员。参加《诗刊》社第三十三届青春诗会，曾获中国出版政府奖图书奖、华文青年诗人奖、长征文艺奖、扬子江诗学奖。

骑龙坳

山下的人总是走得很慢

沿着山路收集野草

据说，轻嗅它们银白色的绒毛

就能通晓未来

草束在胸前摆动

稻田里蚂蚱碧绿，泥巴乌黑

曾被祖先采摘过的回忆

如今垂挂在南坡橘园

我们牵着想象中的坐骑

快速穿越丘陵地

有时上坡，有时下坎

有时不得不转过头

查看各自的尾巴

然后，一遍一遍不知疲倦地
赞美那些好看的弧度

有人一口气把货车开到了山顶
几十年就这样一闪而过
连绵起伏的穹窿
根本望不到尽头
他呆立良久，找不出任何破绽

2018 年

凉风镇

困在镇上的人们
并不想到别处生活
尤其是夏天
汗渍黏稠，蚊虫肆虐
大口喝下藿香茶
视野一片模糊

这里有无花果树
有青石板铺筑的下山路
这里的孩子列着纵队
泥鳅般钻进河沟
鸭子们不动声色
站在对岸吃草，看热闹

人们困在这里
就在这里活着
日出到日落
伸个懒腰就过了
到了晚上，风中飘荡着白光
谁在外面走
谁就闪闪发亮

2019 年

黄荆沟

废弃铁轨，由杂草
铺筑出一条闪亮新通道
树莓绽开苞芽
要等到六月果子熟透
才是最好玩的时候

1986 年，我见过矿区小火车
头顶一条白色巨蛇
带着慑人的蒸汽
呼啸而来，又缓缓驶离

我舍不得外婆
不肯上车，把自己埋进旋复花丛

许久，汪痕干透
抓挠着胠上的刺痒

小火车又来了
它制造的风，还有风里的香气
在蚊蝇的嗡嗡声中
反复将我掀起

2021 年

海边库尔勒

上好的棉被，盖在身上
是感觉不到重量的
上好的棉花，来自她多年挚友
亲手打理的沙瓦农场
农场坐落在遥远的库尔勒
那里棉花又细又软
就像塔克拉玛干的沙
她随便抓起一把，听由它们
于指缝间西落

在海边，人们遐思翻涌——
游客一波又一波
戏水，拍照
呆望着海天交接处

库尔勒

她抬起头，发出清晰的舌侧音

库尔勒便从那混沌里显现

旱季就要到来

礁石边的冲浪者猫下腰

期待这一天最为猛烈的浪头

2021 年

艾子的诗

诗人档案　艾子　二十世纪七十年代出生于海南，毕业于海南师范大学　中国作家协会会员、海南省作家协会副主席、博鳌国示诗歌节副主席。出版诗集《寻找性别的女人》《异性村主》《静水深流》《向后飞翔》等。曾获 2019 两岸诗会桂冠诗人奖、世界华文诗歌优秀奖、第三届博鳌国际诗歌奖、2020 年度十佳华语诗集奖等。

黄石寨的树

岁月把黄石寨的砂岩峰柱

清洗得很干净，犹如

新劈开的木头

颜色清亮

擦拭不出尼土和水分

有些树，不但能扎根峭壁腹部

还给大多数峰柱顶端

戴了绿帽

我在峰峦间仰望

赞叹这些对意志力的同时，也惊叹

它们的情商

2021 年 10 月 19 日

深夜穿越华北平原

月亮被蒙住眼睛，一张黑棉被

捂住万物的声源

唯有火车

以它的钢铁意志

一生唱一个旋律，一生只讲

一个故事

我仔细、虔诚地分辨它的表述，就像

听僧人诵经，从中寻找

浩瀚宇宙的奥秘

但火车的节奏从不为某个人改变

它只是在一个叫安阳的站点

屏住声息，让我自己听

大地的心跳

2014 年 7 月 19 日

咖啡之乡的爱情

在万宁，咖啡之乡

不知是咖啡喝多了
还是别的原因
她在睡眠中醒着
想着他主夜色柔和的夜晚
陪她去拿外套

那天的星星全部聚集在他们的周围
青蛙全部亮开嗓子
唱起乡村清新的童谣
他小鹿一样敏捷，带着她的愉悦
在夜色中奔跑
沾满露水的鲜花
拥簇着睡眠
天色泛白的时候
她依然在心跳中醒着

白天，他们终于可以靠在一起了
背对着青
脉脉温情传遍她的身体
她明白这些冲撞的欲望
并非出自一场预谋，它们
比肉欲少
比友情浓
就像他腼腆时
浮现出的微笑，一丝暖意

在咖啡的香气中若有若无

2007 年 10 月 11 日

安琪的诗

诗人档案　安琪：本名黄江嫔，1969 年 2 月生于福建漳州。中国作家协会会员。《诗刊》社"新世纪十佳青年女诗人"。出版诗集《极地之境》《美学诊所》《万物奔腾》《未完成》《秘境之旅：内蒙古诗篇》《你无法模仿我的生活》等。主编《第三说》《中间代诗全集》《北漂诗篇》和《卧夫诗逆》。

康西草原

康西草原没有草，没有风吹草低的草，没有牛羊
只有马，只有马师傅和马
康西草原马师傅带我骑马，他一匹我一匹，先是慢走
然后小跑，然后大跑，我迅速地让长发
飞散在康西草原马师傅说
你真行这么快就适应马的节奏
我说马师傅难道你没有看出
我也是一匹马？
像我这样的快马在康西草原已经不多了。

2005 年 3 月 26 日　北京

126

春天在后面

我又一次来到宋庄
熟悉的口哨、小巷，星星一样密集的灵感
你看
喝醉的人悲伤的人
狂欢的人构成这个下午的局部
我伪装成一首歌混进霓虹闪烁
的新年现场
新年了
宋庄，你好吗
你好吗？为什么我这么喜欢你
我是喜欢你的颓废
还是喜欢你的激情。我是喜欢你的
瞬息万变的情感还是喜欢你
今天不知明天在哪里的生活？
孩子们都有清澈的笑容
宋庄的孩子
总是比别处更美、更艺术
亲爱的朋友
你抱着孩子站在那里
你给了他 / 她一个宋庄的今天
请你再给他 / 她一个宋庄的明天！

2018 年 1 月 10 日　宋庄

民谣之夜

在西宁
夜高于月，但不高于
吉他和酒
不高于悲欢离合
不高于爱

在西宁，风冷于星光
冷于青稞，冷于沉默
冷于草原上
黑石头一般的牦牛
它吃草
移动，恍如梦幻

风冷于玛积雪山
但不冷于你

在西宁
我写下这首诗献给子虚乌有
的你——

风在风中奔跑

夜在夜间寻觅

2022 年 7 月 5 日　北京

春天，杏花

守不住了
春天浩荡，率领春风、率领春雨
一夜之间，拿下了守口堡

再高的城墙
再厚的城墙也守不住了，春天没有腿
没有翅膀
却翻山越岭，一日千里，杀进守口堡
堡内的杏树纷纷响应
举着白色的杏花旗起义
"我在这里"

守不住了
杏花倾倒杏香，作为迎接春天的礼物
杏花探出木门紧闭的农户，向春天示爱
春天春天
快带我去往远方，我也有睁眼看世界的梦想
我也要像你一样，满面春风，走遍大地

2019 年 4 月 26 日

包临轩的诗

**诗人
档案**

包临轩：中国作家协会会员。吉林大学哲学系毕业，曾参与创立北极星诗社，主编《北极星》杂志。知名媒体人。作品见于国内外报刊，出版诗集《包临轩诗选》《蓝钟花》《高纬度的雪》等多部。曾入选"2012诗探索·中国年度诗人"。

雪与铁

当雪在大地铺开，犁与剑的沉着
更像是不动声色。
雪落的过程，和落下后的无垠
没有任何响动

那些铁器，从前何等锋利
此刻，只以斑斑锈迹，和雪
保持着默契

这就是冬天！风在雪上面，跑来跑去
无法吹散遍地银色
即使看起来，雪是轻盈的

铁器，隐身于雪下
但锈迹，铁的一层外衣
可以随时褪下
期待的，不过是某个契机
来一场新的磨砺

这大地隐含的牙齿，会撕碎
踏上来的铁蹄
或者，重铸为一柄
倚天长剑

但现在，只有无际涯的雪
覆盖冻馁的植被
雪之下，散落的冷兵器们一声不吭
似乎等一个惊天时刻，破雪而出

2016 年

冬天的景深

在雾霾和冷屋子之间
怎样选择
好在，雾霾散了，露出了天空
这冬日的景深

假如，你想看久违的蓝天多么寥廓

在空无中，为眼睛搜索一丝安慰
请逃出房间

朝南的墙根下
几个胖瘦不一的老者
正露出没牙的嘴，抖动着花白胡子
谈论似懂非懂的时事。冷吗？
这是一个相互取暖的话题

高大楼体，多么好的屏障
没有谁，打算再钻回洞里去

日头，这盏黄色铜盘，看不出移动
也决不刺眼，相反
那似乎是和煦的照耀，让他们
萌生一缕初春的幻觉

2017 年

雪地钢琴

穿过白色斜拉桥，走下缓坡
雪地上的钢琴，覆盖着一层薄薄的雪
像谁家女子，披起了婚纱

琴键隐藏着激情，和乐音，是否期待

寒风那无数莽撞的手指，前来弹拨
或者，某个练琴的少年，偶然从琴边走过
突然驻足，发出一声惊呼
然后，触碰琴键

岛上的钢琴，守在岛上，看取了晨昏与季节
放置它的人们，早已音符般走散
而今，我独自站在琴旁
代替那些落英缤纷的怀念，行注目礼

游人稀少，喜鹊低飞
岛外的江面，托举着长长的钢铁大桥
列车穿梭其上，来来去去，却再无汽笛的鸣叫
似乎为钢琴的激越之声，腾出了时空

这冬日的寂静，看来是一段留白
雪地钢琴，所有人，都在等你奏鸣
岛上的森林，渴望被音乐洗礼
全部沉淀的记忆，要重新发出呼啸

钢琴，响起来吧！

2017 年

大觉寺

冬日的阳光
均匀地散布于京郊的山岭

大觉寺
在山的褶皱里悄悄裸露出来
像一个离群索居者

三百年前，香火缭绕
行走于山路的络绎不绝的朝拜者
已然走尽
三百年后的我们
乘着一辆红色轿车
悄然驶入寺门

古树参天。白玉兰花是寂静的
朋友女儿的欢笑声
萦绕于错落的石板路上
倘若他们的声音再大一点
会震落写正题词的牌匾
老皇帝也被吵醒
醒来的，还有屋檐上悬挂的风铃

在茶室一角

和朋友静坐品茗
间歇时，我专心倾听寺院外
满山苍松的涛声

真不想返回城里
我怕被庞大的城市之兽
重新吞没

2001 年

车过松潘古城

屋顶上起起落落的褐色鸟群
在一抹夕阳残照里
颤动如一首低徊的凉州词

高高的古城墙
斑驳而厚重
行走于窄街的藏民
仿佛漫步于一帧老照片里
栈桥凉亭上，喝酥油茶的老者
以及石板上的棋盘
游走着秋月春风

这是青藏高原险峻的边缘
这是九寨沟一脉流淌的余韵

那个叫孔雀蓝的海子
映照着眼前一一闪过的
高原人黑红色的面庞

过松潘古城
一车的乘客目不转睛地望着窗外
都未出户

2000 年

包容冰的诗

诗人档案 包容冰：中国作家协会会员、定西市作家协会副主席、岷县作家协会主席、《岷州文学》主编。作品见于《朔方》《飞天》《诗刊》《诗歌月刊》《扬子江诗刊》《诗选刊》《延河》《青年文学》《星星》等。出版诗集《我的马啃光带露的青草》《空门独语》等多部。曾获中国当代诗歌奖贡献奖、黄河文学奖等。

嘉峪关

河西走廊的风一吹再吹
大漠的空旷和辽远
是我记忆不朽的故乡
登上击石燕鸣的嘉峪关城楼
东张西望。关里关外
烈日下的沙漠停止喊渴
我骑上一峰老骆驼转了一圈
骆驼回头深情地看我
仿佛有什么话要说
我从它水汪汪的眼睛里
读懂了它一世的辛酸与苦难

城楼上的两门铁炮
像被战争遗弃的两个患难兄弟
任游客的手左抚右摸
再也发不出愤怒的吼叫

嘉峪关，我不想
找文朋诗友话长道短
只想一个人坐在城楼里
度过安静的一晚

2013 年 6 月 16 日

从扎尕那到迭部

自郎木寺到扎尕那的路上
佛光照亮我心中的暗影
满山的牛羊漫不经心地吃草
抑或抬头张望

王珂微睡
王觅打盹
数不尽的野花小草松柏给我
使劲拍手，欢笑致意——

迭部，在一条狭小的沟里
郁郁寡欢

138

我以报桃投李的心思
大喊三声
希望至少有一个人出面
造一点文人相亲的浪漫场景
谁料，可怜的迭部楼少物希
把一个写诗的人吓得
猫在家里再没敢吭声

一只孤独的乌鸦不停地鸣叫——

细雨淅沥的傍晚
我和王珂走在迭部萧条的街道上
有一种落荒寂寥的感觉
泅上心头……

2015 年 7 月 1 日

登泰山

自岷州出发的那一天
我就想到五岳之宗的泰山
心中的波涛汹涌，激荡拍岸
来到泰山脚下，旅途的疲惫
使我望山却步，感慨兴叹

友人接风的琼浆玉液摆上餐桌

我不敢沾唇。矜持地坐在一边
浮想联翩……

一步一步登上泰山
只能是一种奢望的浪漫
坐在悬空的索道缆车上
如临万丈深渊，有些惶恐不安
遥想两千多年前，孔夫子
来到泰安，是怎样的情景
他登东山而小鲁，登泰山而小天下
也许比我看得更远……

走在南天门的天街上
我没有碰见一个天人和神仙。到碧霞祠
圣水井已近干涸。达至玉皇顶上
有置身霄汉的感觉
确实，我昂首天外
把齐鲁大地尽收眼底
可惜，我不是当年周游列国的孔子

2016 年 4 月 14 日

红碱淖

在红碱淖，我首先与美女昭君谋面
和亲的路上风尘仆仆，你沉鱼落雁的姿容

140

惊羡万千翩翩翔舞的鸥鸟
给你伴舞，久久不愿离去

这是遗鸥的故乡吗？碧蓝的湖水
养育蒙汉民族千年姻缘
在这里幻化为昭君七天七夜的清泪
回望长安，三千宫女浓妆艳抹着
西汉的江山，摇摇欲坠。在红碱淖
我听到王嫱弹拨琴弦，奏起悲壮的离别之曲
南飞的大雁忘记扇动翅膀
纷纷跌落这里，成为众鸟翔集的乐园

陕北的风吹起我的衣袂
神木尔林兔在毛乌素沙漠内的一汪情深
擦亮我干涩的眼睛。我看到
七仙女挥舞的彩练像七条河流
汇聚在这里壮大了昭君思乡的泪水
我坐着飞快的游艇，在红碱淖
捕捉渐渐委顿的诗意，一只遗鸥
在我头顶鸣叫三声，远去
剩下无边的空旷与思念，叫我失眠

红碱淖，在你周遭沙漠打底的草原
我不敢迈步，怕踩伤众多忙碌的蚂蚁
触犯无名的罪业，于心不忍……

2019 年 7 月 27 日

北塔的诗

诗人档案 北塔：生于苏州，现居北京，已出版诗集《巨蟒紧抱街衢——北京诗选》《滚石有苔——石头诗选》、学术专著《照亮自身的深渊——北塔诗学文选》和译著《八堂课》等约三十种，有作品曾被译成十余种外文。

奥赫里德

一

翻过崇山峻岭
才能到达你的波纹

你和我之间隔着黄昏
我愿意走向黑暗更黑处

我知道，你在那里，起伏着胸脯
还没有入睡

二

幽黄的灯光
雕刻着人影与酒香

今夜，我的枕头里将塞满你的涛声
我的梦里将挤满你的鱼群

如果你在半夜里坐起来
那被淹没的将不仅仅是梦幻宾馆
诗歌共和国斯特鲁加
将成为另一个阿特兰蒂斯

那么，我就有可能
在海底
用一根自己的白骨
写诗

2013 年 8 月　马其顿斯特鲁加国际诗歌节

西贡战争遗迹博物馆留步

被废弃的大炮把我轰入战争
历史像一艘登陆艇，力图
把我送上真相的滩头阵地
坦克的脚步碾过记忆的屋顶
正义的脸面被一通集束炸弹
扫了个稀巴烂。我用手捂住
公理的胸口，鲜血正在喷涌
大地的衣裙被燃烧弹剥个精光
草木的精灵赤裸着奔跑在老鹰的

凶视里。那被派来灭火的河流
转身逃向了海洋。丰收的镰刀
手腕一翻，割断了一垄垄生命
战争在这里仍是生活的一部分
连艺术的庭院都布满怨恨的根

2014 年　越南

菩提树

我是一颗五百年前被乌鸦遗弃的种子
意外落在天使的肚脐眼里
我的萌芽是石头的狂喜
我的出生是艺术的剧痛
我的成长是历史的支离破碎

我的根在时间严密的缝隙里
抖翘
我去拥抱一堵墙
却被一扇门吃掉

我用自己的叶子伪装
终究被另 人的阳光戳穿
我用自己的阴影做墓穴
却被一声 鸟鸣肆意挖掘

我是否不能倒下，退出？
否则，文明的蛋将碎落一地！

2015 年　吴哥窟

谒斯特林堡故居

咳嗽是北欧寒冬施予你的最重酷刑
一声声，凿击着墙壁和天空
如同雷霆
被闷在小市民的蒸笼里
贝多芬的命运像紧身衣
裹着你病痛的喉咙
那一个个琴键如白色的鬼魂
半夜里被你的咳嗽声惊醒
暴跳起来，与正襟危坐的曲谱
打斗得你死我活。连你刚刚吞下的
药片都从胸腔里蹦跃出来
在破碎的镜子前狂舞
在鸡鸣之前，在它们乖乖
回到那小小的玻璃瓶中之前
波罗的海始终随着你的笔
剧烈摇晃

2016 年　欧洲

清溪湖的黄昏

我们所有的笑容都堆积起来
也抵挡不住天空的脸阴沉下来

我们吵，我们闹，我们唱，唱破嗓子
也打不破两岸无猿的沉默

初秋的众树死守住翠绿
只有一片叶子兀自变黄

狮子表演舞蹈累了，探下身子喝水
羊群被惊吓得忘了还有羊肠小道

鸳鸯尚未开始吻颈，只因天还不够黑
雏鸡般的月亮刚刚登场，只是个点缀

我们俩的船一再被波浪分开
还没抵达终点，就得悻悻返回

2017 年　贵州绥阳县

坐5小时车，只为去临津阁读一首笑脸诗

和平的裤脚管在一再撤退的途中
已被荆棘扎得千疮百孔
还要被风的牙疯狂地撕咬
直到战争的白骨在血海中载沉载浮

一群群苍狗骤然占领了黄昏的屋顶
暗淡下来的前景，我依然前行
周五下午如同战时，公路繁忙
大巴车如失血的躯体，一慢再慢
供我欣赏的却只有围墙和铁丝网

那被毁掉的京义铁路尚未修复
那被用来分割的三八线仍旧荒芜
而坦克的履带随时可能重新转动
战机的大嗓门时刻准备着起哄

我这首诗是三国分治时的笑脸
在统一公园里无处安放
哪怕我没有在现场读出
它也是深藏于鱼腹的尺素

这条鱼能否直接沿着临津江
或者绕道西海和东海

像核潜艇替我捎去和平的原子弹
在所有被战火烧成的沙漠
炸出绿洲，炸出花朵

2018 年　韩国

陈啊妮的诗

诗人档案　陈啊妮：中国化工作家协会会员、陕西文学研究所特聘研究员。作品在《诗刊》《星星诗刊》《扬子江诗刊》《诗潮》《诗歌月刊》《诗林》《延河》等百余家期刊发表并入选多部选本。评论入围第六届《诗探索》中国诗歌发现奖。获第二届《油脉文学》理论评论提名奖。著有诗集《与亲书》（合集）。

枯萎的玫瑰

我喊她。并不能阻止她的枯萎

就像枯萎本身是一件不过寻常的事情

时间也阻止不了时间

流水照常起床，一些小昆虫

在草丛中爬来爬去

是找寻，同样也是失去。倘若有风

在模仿一只飞鸟掠过水面

惊起生活的小小波澜。易失的事物

总在眼前晃荡

像我经过一座幽静的巷口

那满目飘落的花瓣

无法将还原成它的载体

抑或它以灌木的身份藏就一颗孤寂的心

2019 年 10 月

寂色

对着群山打响指
相信这响指声
现实和未来都能感知到

白云和马匹在指尖上
一座老房子也在指尖上
一株蒲公英在风中回旋
像是神的某种暗示

一群蚂蚁
在它的森林里继续迷失
远处　一条直立行走的河
一直默默走着

它们都像异乡人一样　互不打扰
只在各自的寂寥中一直走着

而这条路　我也默默走着

并没有想打扰它们的意思

2021 年 6 月

黄昏

不知何时喜欢上这黄昏

喜欢坐在河岸的长椅上冥想

或者以灞河水永远流动的方式

去证明一颗心的恒久

远处一只水禽停在水面之上

与我出神地对视

水的晃动像生活带给我的责难

并没能改变什么？——在它们从水面一跃而起的时候

又显现出我们的不同

它用叫声在空中呼喊

——委婉而机敏。现在我要模仿它

抑或一只归巢水禽的羽翼

有一道闪电般的问候和一双红手套

2019 年 11 月

克莱因蓝

仿佛来自另一个世界

蓝色带来了谜语
为了古老的信号与执着
风变成水晶的耳朵

湖畔边　你敛起羽毛的动作
像触摸我脸颊　仿若温柔的指尖
敲响欲望的鳞片
和那些依旧翻滚的浪花一起

在你的小城观看
——克莱因蓝　是吻住的芒
哽住无法流泪的眸角
那么多隹儿从车站进进出出
幽兰深处　我像个溺水之人

从凌晨第一列慢时光开始
在遗忘中迸发　跟随誓言的索引
沉浸克莱因蓝和一只雄鹰
约好了的羽翼下方熟知的故乡

2021 年 7 月

私语

人间疮痍　黑色的沉默孤立着
一些叹息在动荡中变形

如爱着的事物　悄悄地逼近又收回

疲倦了的时间在漫无目的地流着
你在点燃的烟卷上安顿
人声，喧哗，哀嚎——

桌上的橘子递出清亮的目光
原谅我因为无力
因为错失季节而无法完成一次旅行

北方，或者更北的暮春里
帆和小船开始用瞳仁对话
我们顶着豹纹的月亮
将一些言辞推向彼岸

2022 年 5 月

陈泰灸的诗

诗人档案 | **陈泰灸**：中国作家协会会员，作品见于《人民日报》《人民文学》《诗刊》《中国作家》《创世纪》《澳门晚报》等。出版《为爱流浪》等诗文集六部。曾获中国当代散文奖、《现代青年》十佳诗人、西班牙伊比利亚国际诗歌节金奖、第五届郭小川诗歌奖、第四十二届世界诗人大会诗歌创作奖。

布拉格就像你的爱

卡夫卡肯定在这对过表

不知和瓦茨拉夫的心灵会晤有没有迟到

老城广场不用做旧就很像历史

一对中国恋人想用婚纱遮住提恩教堂不该露的部分

人很多但不拥挤

就像我们初恋时跟谁都想发展感情

鸽子像妓女一样见谁都很熟

你的每个爱抚的动作都是她的食物

我们这几天必须上下午各穿过一次老城广场

第一天第一次就像新婚之夜

虽然听人讲过网上看过匆匆而过却印象深刻

这就是布立格

创造了许多放弃了许多也期盼过许多的布拉格

面对过去的自己

自己也成了看客

在有时差的夜雨中

我知道你仍在徘徊

布拉格就像你的爱

不是没有而是在什么时间醒来

2016 年 9 月 18 日

德劳马场 奥地利的宁静

刚刚醒来的阿尔卑斯山正在用白云洗脸

偶尔探出头来看一看山脚下小河边这片麦田

成熟的麦子被母菊花慈爱的微笑紧紧拥抱

欧洲七叶树用七个手指鼓掌欢迎客人夜半到来

天亮了才知道昨夜路边排队迎接的是高大的意外的苹果树

第一次看到这么大的苹果树

结出的果子小得就像夜空的繁星点点

德劳的早晨空气甜得就像初恋

小鸟的叮咛让人懒懒的不想考虑出发的事情

真想不到这里原来为奥匈帝国培训战马

唯一的痕迹是有两匹专吃女诗人喂的草的种马

真应该让战争和心灵一起平静

这样多好

让草尖上的露珠打湿裤角

然后在薄雾中幻想和茜茜公主一样的爱情
德劳的旦晨
我记住了草地上三只猫咪一往情深的眼睛

2018 年 6 月 14 日

雨中罗马　今日不放假

梵蒂冈的太阳很毒
喷泉的顶层有两只海鸥喝水淋浴
和圣彼得大教堂外观合影后
我和几只鸽子一起在国境线圆柱回廊纳凉
风在罗马和梵蒂冈间传递天上人间的消息
我估计信使就是这场雨
我曾跟着嘉宝的电影到过罗马古城度假
她伸进神洞的那只手在我几次失恋时都曾经在梦中给过我温柔
君士坦丁的凯旋门洒满早期圣徒的鲜血
斗兽场的空旷处至今还住着无法超生的灵魂
大教堂的阳光下依然有人在排队
罗古老坛雨如泪下
我在凯旋门下看吉普赛少女占卜
罗马决不会在一天倒塌
梵蒂冈其实应该送给罗马一把伞
就像罗马送给它的蘑菇松
罗马不用做旧就很值钱
所有经过和特意来的人

156

都不得不看一眼

2018 年 6 月 15 日

克拉科夫　鸽子知道许多事情

秋叶落的时候草坪还绿着

一只鸽子踱着步好像在思索

克拉科夫自从不是首都后就一直忐忑

星星点点的秋雨从南方赶来

同西斯拉夫美女同桌留学

维斯杜拉河跟着首都流向了华沙

古波兰走进大学城的课本里

"只要我们在"也走进了国歌

夕阳下面　广场上躺满了酒鬼和喝多的学生

从空中看　克拉科夫像一挂由东向西缓慢行走的马车

瓦维尔山上的王宫禁不起维斯杜拉河水的抚摸

米沃什的故居离古城墙很近

橡树下的长椅不知是否躺过他的寂寞

密茨凯维支站在老城广场

懂文学的鸽子匍匐在他的脚下

那只落在他头上的鸽子肯定是从皇宫飞来的

可能又要告诉他一些解密的事情

坐在瓦维尔王宫品尝意式咖啡

看几眼走过的美女

最后也要一壶红茶垫底

太阳终二在风的后面出现

维瓦山二眺望老城　一边是水声一边是钟声

2018 年 9 月 25 日

加尔各答的乌鸦

加尔各答最常见的鸟就是鸽子和乌鸦

胆小的鸽子需要人类喂养

小心翼翼充当和平的形象

而许多这都因为没有橄榄树枝而让和平抛锚

乌鸦在印度教神庙上空翱翔

阳光无数次穿透它黑色的翅膀

恒河水洗净了太多的历史

维多利亚宫也已无法敲醒夕阳

泰戈尔的《飞鸟集》是谁心中飞出的忧伤

经过特蕾莎膜顶的恒河三角洲依旧大篷车游游荡荡

我们几次从恒河大桥经过

一股浓烟直插云霄像极了恒河无奈的感叹

沙丽还是吸引了男人的目光

草地上肯淡的爱情可能是秋天最后盛开的芬芳

在街上看有胡子的男人都很像泰戈尔

可当地人说他在家乡并不怎么有名

想买几本《飞鸟集》回去送给林徽因现代的粉丝

印度总统的到来戒严了我们的行程

我和泰戈尔的缘分看来只是门口匆匆一瞥

坐在大巴上等待红灯的时候
两只乌鸦落在电线上看我
我开玩笑告诉诗友
看！加尔各答的太阳不但晒黑了你
也把乌鸦晒掉色了
天下的乌鸦还真不一样黑

2019 年 10 月 2 日

程维的诗

诗人档案

程维：诗人、小说家、画家。江西省作家协会第六届、第一届副主席、诗歌创作委员会主任。主要作品有长篇小说《浮灯》《皇帝不在的秋天》和散文集《画个人》《南昌慢》等。获第八届庄重文文学奖，首届天问诗歌奖，第一届、第三届、第五届谷雨文学奖、第二届陈香梅文化奖，首届江西省政府优秀文艺成果奖等。

朗读者

我赞美朗读者，用我的朗读赞美她

她是精神导师，仿佛来自天堂

文字在她舌尖上闪光，照亮心房

多少年的隐秘、抑压与幽暗

在她的朗读中生长出天使的翅膀

我赞美朗读者，她为人类打开肉体的囚室

释放自由和幻想，她是上帝派来的

任何粗暴的干预，都会在她面前投降

她的声音来自诗的喉咙

不要把它打断，不要，她的节奏

来自天体的运行，安静，请大家安静
上帝正乘着它的声音来临

1985 年 6 月 6 日

一个词

一个词
在纸上被写出
犹如雪山上的一个人
漫山之白
只为呈现一点之暗
更多空间被大脑拿走

一个词
仅仅是火焰中燃烧的
一块炭
而不是燃烧本身
当火焰被燃烧拿掉
它只是隔夜的灰烬

一个词
出现在那里
像是神在对我开口
你们要静听

词的神圣
在开启纸上之门

1993 年 11 月 20 日

傍晚的暴雨

傍晚的暴雨，黑色头发里夹着银丝。
红色双层巴士在金融街口，接上一些
乘客，匆匆开走。发光的尾灯
有些睁不开眼睛，密集的雨点在玻璃上，
击打着世界。各种颜料和水调在一起，
灰蓝色的影子，一些红的块面，耀眼的
白，砸下来的喧嚣，什么在喊痛，逃避。
躲在高楼上往下观望，雨中没有会飞的
天使。屋檐里藏着丝状的羽毛，木质
增加了重量，铁在发光，清洗黄色淤痕，
再进一步生锈。裙子以下滑的姿态，
打消提升的念头。伞扛着塌下的天空，
脚已深陷浸入水中，转过一个街口，
就是红谷世纪花园 C 区，再走几步，进入了
夜晚——布在我身体的血管，都是闪电。

2021 年 8 月 14 日

162

博尔赫斯与虎

老虎在他面前，也是一团金黄而凶猛的
想象，一座斑斓的迷宫，一篇短小说
或废墟，老虎，他失明前看见的
跟想象的，不是一个样，实体的存在物
与抽象化的幻视，没有哲学之辩
老虎从他的眼里经过，晃着脑袋，停住
它不消失，金色的光，使他什么也看不见
只剩下老虎，黑暗的笼子里关着凶猛
玫瑰街区拐角发生一起斗殴，匕首
跟匕首都在寻找宿主，小径交叉的花园
奥古斯都·凯撒被刺的翻版，沙一般的
书页，叙述着世界的内在恐惧
一个老瞎子的眼睛里究竟发生了什么
它被老虎霸占，虎皮花纹里藏的故事
都是不安的诗句，图书馆书架的分栏
噩梦和布宜诺斯艾利斯的一节盲杖

2023 年 8 月 15 日

大枪的诗

诗人 档案｜**大枪**：当代诗人。四川师范大学诗歌研究中心和昭通学院二学研究院研究员、《诗林》杂志特邀栏目主持人、《国际汉语诗歌》执行主编。获首届杨万里诗歌奖一等奖、《现代青年》杂志社年度十佳诗人奖、《山东诗人》年度长诗奖、第五届中国当代诗歌创作奖、2018年度十佳母语诗人奖等。

博鳌

如果需要对一个词汇进行评估，我会把博鳌

和伏羲，炎帝，颛顼，少皞，蚩尤这些上古名词

放置在同一个计量仪上，当然还有女娲

我会从中推演出，一个女人对一只大龟的战争

不过这种神认知的前提是，任何翅膀都要

高于天穹，任何土丘都要低于大海，如果

不是这样，那么需要，任何藤蔓比椰树挺拔

任何泥潭比鳞片明亮，如果不是这样

那么需要，任何口罩钟情于鼻子，任何快门

生动于眼睛，如果仍然不是这样，则需要

每一位到访博鳌的人，不会变得比他时贪婪

或富于幻想：不会因为海水蔚蓝，而摇身为鱼

不会因为天空澄明，羽化成鸟，不会因为
渔姑脚丫滑嫩，匍匐为小草或倾倒为沙粒
更不会奢望时空静止，好让你从容回忆一些
干净的事情，比如初恋，比如唱诗班的孩子
比如春天茂盛的鸟鸣。当然，如果所有的
如果都不成立，那么我只好接受一场，由神
及物的公开回应，回到 2018 年冬天，某个
温暖的下午，被博鳌的阳光押着，游街示众

2018 年 12 月 5 日

红柳

任意一个季节来到黄河入海口，它都不应
成为亮点，是我把自己作成一个唐突的发布者
第一眼发现它时，我就预谋为它勾勒一幅素描
这是一株身高和谦卑成正比的灌木，如果把
大海比作都市，我肯定在城郊结合部某个菜市场
或出租屋边上看到过它。要抵达它的声音
首先要放低你的头颅，略过你面前的一万顷大海
和海上有着完美飞行技巧的翅膀，你才能真正
抵达，抵达这细瘦的枝干，细碎的花和叶
我在某一瞬间为它的弱小感到揪心，在巨大的
蓝色板块面前，作为一个有备而来的观光客
都会感到一种突如其来的冷，或者恐惧
但当我的眼睛聚焦于它的红——红棕色的肢体

细细密密的红紫色花朵，又会释然于我的忧虑
它让我想起北方红狐，一只汉文化灵感之源的精灵
因此，当我决心低下身来时，它就注定不会被遗忘
也许我的叙述太过偏爱，但态度是恳挚的
假如有别的诗人去到黄河入海口，我甚至会担心
他 / 她将会为其消费掉一个眼神，我已经有了嫉妒了
虽然相比其他被赞美者，它可能并不是一种
值得去支高的生物。在盐碱遍布的大海边生存
或许仅仅是为了比大海拥有高一厘米的呼吸位置

2019 年 4 月 30 日

画海的孩子

如果你是山里的孩子，我建议你画傍晚的
大海，这样你就能避开很多赶海的人
他们是海的主人，第一桶鱼和第一桶霞光都是
他们的。你不能在潮水整理得簇然一新的
沙滩上留下第一排脚印，那是用来迎接披着
婚纱的女孩们，毕竟只有圣洁和蔚蓝
能够象征对贞操的信仰，婚后的生活需要
这样的画面。而在海浪最为温暖的中午
你也不能同老人争抢倾听的位置，他们已经
被生活捅浅太多，同时你需要明白
这片前所未见的广袤水面和你有多么陌生
你得先从地图上找到它，然后怀揣三张车票

才能在海鸥低旋的黄昏找到这里，你惊讶于
第一次看到海平线，在你的家乡，连"地平线"
都是被林立的山峰分割成尖刻的锯齿状的
其实很久以前你就把眼中的色彩体认为这样的蓝
你是多想像调教家鸽一样调教一片大海
现在，当渔轮驶进了码头，当你支起画架
太阳就沉了下去，海天已经让黑暗接管，不过
仍然有很多事物，值得在你瘦小的画布上留下光影

2021 年 10 月 15 日

海盐的盐

收起以往习惯的轻浮修辞，要用海豚音一样的
歌颂上限进行书写，从阳光码头的第一顿宵夜开始吧
当海盐的海流进胃和血管，海和盐就在体内生长
从杨家弄 84 号复式阁楼里传来的"活着"的口信
也在体内生长，在海盐，我要让千里之外碧环村的童话
复活，那年冬天，月亮照在白色的盐上，母亲把
月亮和盐请进陶罐，埋在白雪一样盐里的鱼和肉
就会丰盈整个冬天，邻居孩子们的童话总是比
我们的童话单薄——我幸福到愿意做一粒幸福的尘埃
在这时候，碧环村和海盐县是对称的，尘埃和盐粒
是对称的，符合事物的对称法则，像南北湖，叶家桥
像我居住在这里的对称友谊，城池是朋友们共同的名字
我喜欢这些在阳光里翻阅海浪的人，正直，善良

热忱，无畏，洁净的衣帽上恐怕连六只脚的
乌蝇都站不住，他们是海盐的盐，他们朴素
谦逊的菜谱里藏着一份保鲜秘籍，像母亲的黑色陶罐
拒绝事物腐败的声音，盖过了所有物质运行的声音

2022 年 7 月 14 日

神的加法
——致昆仑山

从低海拔到高海拔，我把加法做到昆仑山
在 5900 米的玉虚峰下，不要用巴掌
和天空比宽度，诸神在这里穿上象征无限
的天衣。所有诗句把时空从主语中剔除干净
也不需要每天祝自己长寿，祝自己在
活着的队列里，神会赐予有缘人长生不老之药
不需要为对一座山的珍爱找到合乎情理的
解释，妒忌和构陷昨天在猎人的陷阱中死去
要像信任腐烂一样信任石头上牦牛的图腾
它们在古今通行的加法运算中成为你的兄弟
你还会向山上每一块有凹陷的石头鞠躬
在上面填上仅属于同胞的名字：野驴，藏羚羊
马熊，白唇鹿，雪豹，棕头鸥，红狐，狼
鹰雕，黑颈鹤。——它们习惯像冰川一样沉默
它们是你值得尝试打手语沟通的爱人
在昆仑山，不要为了迎合风暴而小心翼翼地

收起翅膀，当神的加法让山头的蚊子献出
触须上的莲花。你尽管甩掉可疑的护身符
为万物命名的昆仑神啊，屠刀至此，已无恨意

2023 年 7 月 29 日

邓朝晖的诗

诗人 档案 | 邓朝晖：女，中国作家协会会员、鲁迅文学院高研班二十二期学员，曾参加《诗刊》社第二十三届青春诗会。八百余首诗歌见于《诗刊》《新华文摘》《人民文学》《星星》《十月》等刊。二十余万字散文、小说发表于《文艺报》《山花》《黄河文学》《西部》等报刊。获湖南省青年文学奖、红高粱诗歌奖、常德原创文艺奖等。

青蛇记

身外是青涩的芭茅苇

一如我的潜伏与低贱

它们掩饰了我的焦虑和多情

我在其中穿梭

沙沙的是风声

草叶戏弄空气

那个绝情的人来过

并没有看我

他的闪电只扫过一株盛开的蔷薇

而我此刻的欲念是轻轻缠过他的脚背

闻一闻他踩过的青草气息

二酉山多小鬼出没

170

稍一差池便陷入瓮城、迷宫

2012 年 9 月

青碧

有河水为证
这里有铜质的楼台铁打的江山
有狐妖扮作小蛮女
牛头的旗杆装点暮色的城

你偶然流落到此
苦竹寨四面都是高山
黑瓦落满银杏
寡妇十里送君
你翻唐渡宋乘木筏
明清是一匹愤怒的黑马
你越来越近越来越暗然
枯柴躲在墙角
棺木安放堂屋
生的火焰低于死的尊严

在江湖
你的羊群出现在别人的山坡
母兽出了远门

171

夜里无人安睡

2012 年 12 月

去往惹巴拉

惹巴拉是一片荒蛮之地
那里有惊扰的小兽和刺破的熊胆
洗车古镇方圆百里星空作乱
流水失去贞操
杂树乱点鸳鸯谱
八面山上大摆鸿门宴
失意的人胡须染色长发蒙面
腰配短剑更多的时候刺伤了自己

不忍退去
已入龙潭虎穴
从吉首往西
经花垣的苗女
仓皇间差点中了蛊毒
保靖的穿山之术
一百多里已经半生的九曲回肠
到清水坪风轻云淡
笑意里留心暗伤
只有里耶心怀开阔
秦时就知书简传情

你可以慢些再慢些
让酉水逆风而行
将一路的旧伤新恨绕水三周
肝肠寸断

2012 年 12 月

夜行青海湖

妈妈，我途中遇雨
青海湖的夜风也吹不走一个名字
这里的油菜比人矮只略高于泥土
不似江南的随风摇摆郎情妾意
妈妈，我收到你的信时正在青海湖的入口
大风吹走我的七岁髫年和二八碧玉
你托疯长的菩提赠我一缕衰败的青丝
你年华未老，而我已远走他乡
青海湖向北月黑风高
左手为丝绸的湖泊右手是芨芨草的故乡
一个忧郁的后生挨了牧羊女的长鞭

他和我一样习惯远行
去一个遥远的天边
寻找菩提的心脏
西部和北方都有一股莫名的大风
他们带走了风筝白色的脐带

我一去六年不返

姑娘嫁给陌生人

有了幽怨的眼神和一首心碎的情歌

我徒有歌王的虚名和大师的冠帽

众人膜拜的是一个空心的佛塔和负心的浪子

这么多年

你的子宫已不再接受欢爱的果实只研习

白旃檀的心经

树高大一天也只长一片叶子

你一天垒一块土坯

一夜修一个花儿般的来世

十五年垒成纯白的佛塔和金顶的寺院

妈妈，今晚我宿在西海镇

鞭麻草开出金露梅

青海骢踏着初生的蹄子

牛羊像野花般撒满牧场

已过十二点我还在夜风里奔驰

花姐姐开始讲烈性的情话

她的心里捂着一团迟来的火焰

我的到来如同那个眼神直勾勾的少年

那时，你年华未老，我情窦初开

2013 年 7 月

174

江山如初见

风从容地吹着

低处稻浪翻滚

渡槽很高，一口气爬上来

有点喘，有点脸红

渡槽还是五十多年前的样子

年轻且稳重

墙角有些墨绿色的苔藓

是一群墨绿的小生命

我善感、畏寒

紧了紧大衣

对着坡下那个小院树上的橘子

垂涎欲滴

这红与绿的搭配

是多么善解人意

此时的江山如同初见

是多么的善解人意

2021 年 10 月

方文竹的诗

诗人档案 | 方文竹：男，安徽怀宁人。60后写作者与批评者。中国人民大学哲学硕士。著有诗集《九十年代实验室》、散文集《我需要痛》、长篇小说《黑影》、多学科论集《自由游戏的时代》等。

广德县一宿

在有福者的眼里，月亮是一个孤儿
从另一端进入

当白昼的荣耀淹没城门
一个浪荡子
初步尝出了道德的沁凉

2006 年

一路向西

皖南的黄昏，她的骨骼真硬
敬亭山像一把青铜之剑独自峭立

176

天地在痛饮殷红的霞光
时间动手术
人间正骨肉相接

向西的白茅岭躺着，像一架摇晃的钢琴
等待谁的手指

一根锥子，钻进大地的深处
一只提篮，装进更多的果实
一盏灯，继承日光的遗产
却妄图将世界的谜封闭
一棵树，准备拔地而出
践行与另一棵树的契约：风中点灯

一路向西，谁的脚步
安排了一局活棋
十个村庄变成了一个村庄

到处泛滥生育，万物解开衣襟
自由的翅膀，有着她的来龙去脉
一个愿望变成了十个愿望
一路向西，十个人变成了一个人
一个人才敢于与明月为伍，与灵魂和亲

一万个愿望立于崖头
一片阴影被更大的阴影吞没
上帝舔着空盘子的晚餐

177

我在某处角落抚摸着时光的裂痕

2008 年

过敬亭山而不入

多少次，我过敬亭山而不入
不想打碎那里的孤独

我知道，世界空了，繁华之中的
一把虚无，被李太白抓住

杜鹃泣血，在花与鸟之间
变换天地的颜色，堆积于人世

而生活的囚徒，耽于一轮唐朝的明月
如同脱身而出的我，面对一张白纸

孤独像云根石一样冰凉
无人敢碰，我只有模仿的份儿

2011 年

暮晚辞

万家灯火将要亮起，宛溪河边的我
行走多么孤单！会思考的芦苇始终站成一排

一棵扬花的树在风中自问自答
一只入巢的鸟将天空当作故居
然后拆迁

万物已经归顺，人间的地盘已经不够用
星宿的客栈收留下少量押韵的翅膀
海面上，已无狼的传说

落日是一只巨大的提篮，此刻
却不需要我来拎着

2019 年

方雪梅的诗

诗人档案 | 方雪梅：一级作家，中国作家协会会员，长沙市作家协会副主席、湖南省散文学会副会长，资深文学编辑。出版诗集《结糖果的树》《疼痛的风》及散文集和报告文学集多部，作品见诸《中国作家》《文艺报》《中国青年》《青年文学》《人民日报》等报刊。作品多次获奖并被选入多种选本。

登浮邱山

等待了大半个上午
汽车将四面青山
安放在我的眼底
抬头　700多米的顶峰
古寺　天光和一炷香火
高高在上

我的脚力
只够到达六分之一的高度
在盘山路上
一棵桂花树下止步
把最高处的银杏　青冈树

和泼地的金黄
叠入明天的想象

我心满意足地坐下
听楠竹摇风
芭茅半枯半绿
决明子花黄似菊
告诉我
半途　也是一种行旅

一座山的情分太重
只有适度的距离
才可仰望　关注

2018 年 4 月

浏阳河西岸

从普瑞的春中返城
路过一江清碧
停下奔腾的车与心情
沿堤岸走走吧
从西岸读水
怎么看
都是星城的一段柔肠

远处 高长的楼宇
是蓝天白云下
灰色诸色白色的城市语言
坚硬 直冲 冷峻
像披甲的凯歌

浏阳河 用柳的新绿
天光与流云的柔软
将城市语言的倒影 洗净
好让我
从水的波动、打碎、融合中
看到世间不同的风景

2016 年 2 月

桃花湖

我是深秋来的
已不指望遇遇什么
这深山围着的烟波
鱼汛 低沉

桃花像谁家的女儿
被千里之外的春天娶走
留下一个空空的地名
把我引诱

我的眼神拙了
怎么看也找不到井然有序的思路
吃水线倒是逼近了河床
秋天　桃花已经打烊

2018 年 4 月

成都

头一次触碰别人嘴上
那个又辣又麻的部位
我与距故乡和湘菜
九百多里远的街巷　一见倾心
日子　在这里　居然踱着方步
落到我手心
那么柔软　那么巴适

在宽窄巷子走过的人
没有什么胡同　穿不过去
当宽处则宽
当窄处便窄
这是成都的活法

我天性文静
却对麻辣的事情

耿耿在心

喜欢它饪满我的味蕾

喜欢对它水洗过的空气

敞开深情

喜欢它的美食

随了老祖宗的姓氏

姓赖的汤圆

姓钟的水饺

还有姓龙的抄手（馄饨）

食物也是有娘家的女子呢

你一相中　便对她一世牵念

我在锦江区的某条街上

在有姓氏的美食边

想起蜀汉的烽烟

想起三星堆　都江堰

想起杜甫的草堂和金沙的古典

只可惜　时间绷紧了脚步

只够将它们仰望

那个帅气的人一语道破

成都　今春成了

我的诗与远方

2017 年 4 月 17 日

184

在大鹏湾听海

午夜
坐在海景房的阳台上
与空无一人的烟黑色水天对谈
不动用一个词汇
已调动心底十二级风暴

楼下的路灯一言不发
越过游客的梦乡
扑向一弯清空了欢笑声的沙滩
无主的风　摇动椰树叶子
钝刀般割断我的睡意

披衣独坐
与海浪比一下孤独的深度
我是那个丢失了银手镯的人
那圈相伴三十年的月晕
不辞而别
像囚在北极冰中的排浪
再也不会泼出银色光芒

从人群中拔脚而来
我在大鹏湾听到
海的舌尖上

空寂　一浪高过一浪

2019 年 10 月 28 日

冯娜的诗

诗人档案

冯娜：一级作家。毕业并任职于中山大学。著有《无数灯火选中的夜》《树在什么时候需要眼睛》等诗文集，作品被译为多国文字；另有译著十余部。参加《诗刊》社第二十九届青春诗会。首都师范大学第十二届驻校诗人。曾获中国少数民族文学骏马奖、华文青年诗人奖等多种奖项。

青海

我是未成熟的青稞地　孤独匍匐

大开大阖的疆域和湖泊

小小的一次战栗　就将水里的云连根拔起

我爱的姑娘从远方来

花儿是一种无医可治的情歌

类似黑毡帽下的回眸

我静静注视你　从地平线上升起

好几世了

青海的太阳　蒙着眼泪

2009 年

听说你住在恰克图

水流到恰克图便拐弯了
火车并没有途经恰克图
我也无法跳过左边的河 去探望一个住在雪里的人
听说去年的信死在了鸽子怀里
悲伤的消息已经够多了
这不算其中一个

听说恰克图的冬天 像新娘没有长大的模样
有阳光的早上 我会被一匹马驯服
我迫不及待地学会俘获水上的雾霭
在恰克图 你的
我多需要一面镜子啊
驮队卸下异域的珍宝
人们都说 骰子会向着麻脸的长发女人

再晚一些 露天集市被吹出一部经书的响动
你就要把我当作灯笼袖里的绢花
拍拍手——我要消失
再拍一拍，我变成灯盏
由一个游僧擎着，他对你说起往生：

188

水流到恰克图便再也不会回头
你若在恰克图死去 会遇见一个从未到过这里的女人

2012 年

陌生海岸小驻

一个陌生小站
树影在热带的喘息中摇摆
我看见的事物，从早晨回到了上空

谷粒一样的岩石散落在白色海岸
——整夜整夜的工作，让船只镀上锈迹
在这里，旅人的手是多余的
海鸟的翅膀是多余的
风捉住所有光明
将它们升上教堂的尖顶

露水没有片刻的犹疑
月亮的信仰也不是白昼
——它们隐没着自身
和黝黑的土地一起，吐出了整个海洋

2016 年

爱墙

蒙马特高地半山腰的一个小公园里
一面蓝色墙上
用 311 种语言书写着"我爱你"

——人类是多么渴望爱啊
从城市、部落到偏僻的海湾
混杂着大多数人终生不会精通的语言

从生涩的语法中得到爱
比起砌一面爱墙，更加艰辛

每个人寻找自己熟悉的语言
他们默读着自己的心
——但我知道这不是爱
太过秘密的事物，不再需要爱的躯壳

我寄望读出陌生语言中的"我"
那是看不见的阴影　旅行中的浓雾
是我感到悲伤时　"你"的音节
是建造者未完成的遗愿

我坐在一个无人说话的公园里
我替你感到悲伤

——我知道，这也不是爱！

2020 年

浮石的诗

**诗人
档案**

浮石：本名何凯，湖北荆州人，湖北省作家协会会员，1989 年开始诗歌创作。作品散见于国内多种诗刊杂志，并有作品收录《把青青水果擦红·中国新时期现代诗·湖北卷》《湖北作家作品选·2016—2017·诗歌卷》《2020 中国诗歌年选》等选集。

再到东辰草堂

春天的油菜籽

已由黑色的微小颗粒

蜕变为五月餐桌上

鲜亮的部分

一盘微红的基围虾

在正午的东辰草堂

替我们渲染彼此的醉意

窗外，垂盆草的触须

沿四合院墙壁

在庚子年的前额颤抖

劫后余生，我们在阳光中

颔首、碰杯

篱笆边的石碾

依然坚硬、沉重

它碾压过的日子

用小麦和豌豆喂养我们

2020 年 5 月 23 日

子夫

子夫在雨中

在民俗馆东辰草堂的院落里

按照预设的队形排列

雨水使之裸露出

曾经的伤痕

风霜扬起和凝结的尘埃重归泥土

如衰老而沉默的父亲

遗忘他的蓑衣

其实子夫

是铺在许多碎石中

一块石磨上凿刻的名字

它来自"张家台"

从大堂到茶室的巷道

遇到子夫
雨水刚好滴上我的睫毛
然后顺着脸颊滑落
像纠缠的命运松开了手指

2020 年 12 月 29 日

满地槐花

遥想马谡失去街亭的冬季
驻守西城县的士兵
在寒冷中乔装扫地的百姓
用雪堆掩埋一种虚空
远望城上，孔明戴纶巾、焚香操琴

司马懿在十五万大军踩踏的
白雪之上城墙之下，凝望端坐城楼的孔明
听琴！孔明冻僵的手指拨断琴弦的
弦外之音中
司马懿引兵退去，相互成全

庚子年的季春我在曾被关公
大意失去的荆州四月的城墙上
看谷雨时的槐花在眼前落！一地槐花像

曾集结的千军万马，千年后偃旗息鼓

2020 年 4 月 23 日

高若虹的诗

诗人档案　**高若虹**：中国作家协会会员、昌平区作家协会副主席兼秘书长、《昌平文艺》主编。作品散见《诗刊》《民族文学》《北京文学》等。入选多种年度选本。曾获《民族文学》年度作品奖、首都五一文学奖、红高粱诗歌奖、《北京文学》年度诗歌奖、《娘子关》文学奖、黄亚洲行吟诗歌奖。出版诗集、散文集等六部。

吕梁

至少要两张口喊的地方
才是吕梁

梁与梁站着说话
沟把它们掰得很远

阴坡是羊，阳坡是牛
灰毛驴驹被炊烟赶着爬坡坡走

箍白羊肚手巾的汉子走出东南西北口
留一孔孔窑洞把灯灯守

抿一口汾酒喝一口醋
咬住大风刮过的黄土坡不松口

漂泊在外冷的时候
喊一声吕梁暖我的骨头

1989 年 7 月 16 日

乘火车离开故乡

中午十二点一刻
一个滴滴答答流泪的钟点
在火车站
一路跟来的黄土峁突然停下来
碰着铁

那声音碎的
从一个游子的眼里
滚出来
湿了一块又湿一块

那声音重的
让火车铁的脚掌
踏出火星

只有窑洞样的车厢

不吭声

突然背过身去

像是谁喊了我一声

1998 年 6 月 23 日

八月的纳帕海

青稞架

一座梯状的海拔

八月的蓝踩着

才没有倒下

游在上面的牧人

及牧人手挥的一根鞭子

作了白云的根

如果没有一头黑牦牛

一朵压过来的云

那一株枯草就不可能把青立起来

我的目光

被转经筒般的阳光缠着

才缠到大龟山的经书上

只有硕多岗河

就像一根绳子
拽呀拽呀
纳帕海和哈巴雪山的海拔
才不会下降

2005 年 8 月 8 日

那一刻

那一刻　风把羊群从草里挑出来
一团一团的　是草孵出的会叫唤的云

一只正努力站起来的羊羔
草把它扶起又摔到
它要先学会向草和母亲下跪的姿势　多好

离群的牛犊子　哞哞地叫着喊妈
一群牛都调过头来答应
这不落下一声的爱　多好
正好被我听见　记住

骑在马背上的牧羊人
风经过他时　没把他带走
那一刻　他就是草原的一个星座
赶着群星　走着走着就走成了牛羊的样子

要说到鹰了　鹰升高　天空升高
鹰降低　草原降低
而当它停下　连草都屏声静息　不敢有一丝战栗
神的注视下　草原寂静 安详　多好

那一刻　我突然想当一回牧人
我向羊群走去　羊却背过身走了
在羊的眼里　我就是它们的远方
那一刻　我看见露珠眼里的我
那么渺小　那么茫然　那么孤独　那么空　那么不好

2017 年 9 月 16 日

李白投江处遇雨

雨说下就下　像一个人的哭
一个人对另一个人边哭边说些什么

那么多的雨　那么多的话
说给谁　自然不用我提示

跳到江里的雨　瞬间就消失了
我相信　不是溺水　是打捞
打捞谁　也不用我提示

而落在联璧石上的雨

摩擦　拉扯后又滴落江里
仿佛　石头也在抽搐哭泣

也有落在我脸上的
尝尝　有咸涩的味道
但不是我的泪

还有雨　平平仄仄地打着我们的伞
听声音　是在质问我们诗人的身份
更像押着韵走着的一首词

关于这场雨　真实的
如一场仪式　但与我无关

我们这些诗人走了
雨没走　独自淅淅沥沥地下着

树没走　三台阁没走
湿漉漉地　在收集一千多年还活着的诗句

一滴雨抱着一滴雨　无数的雨滴抱在一起
亮汪汪的　仿佛将水里的那轮明月抱起

2020 年 10 月 29 日

古月的诗

诗人档案 | **古月**：《创世纪》杂志社社长。曾获中国文艺学会优秀青年诗人奖、第四十届国际世界诗人桂冠奖。诗作入选湖南文艺出版社出版的《台湾女诗人三十家》等。出版诗集《追随太阳步伐的人》《月之祭》《我爱》《古月短诗选》《浮生》《探月》《巡花筑梦》，中、英、法三语诗集《燃亮的月亮》《夜，向你撒了谎》等。

追随太阳步伐的人

循着早行者的步履
饱和的沧桑重叠着
绘浅笑啜泣的斑纹凹浮
时不予人
却跳荡在托钵者的梦境

一朝　太阳尚垂着网膜
失去膜拜的向日葵昏厥啦
终以一枚果子诱失了心
尘世即掀起一页序曲
"人啦！你在哪里？"

在荆棘与诅咒中　如蒲公英
子民涂满彩油地适应着
由庸碌拱起的旅门　直到
尽瘁地溺于汗湿
如松弛地归回尘土　还以故我

1966 年 4 月

月之祭（之三）

我放牧我的眼
沿着你每一线光
爬行

我开展我的心
却触不到春的根

常欲乘风　脱羽而去
唯惧尘心于云中蚀化

今晚
仅有秋虫知我
伴我抚弦长吟

1969 年 8 月

痕

遄飞在秒 风中
一袭薄薄的青衫
遮不住凭栏后
流吟的佳 句
霜烟过
嶙峋的身影

况且是异乡
黄昏　临窗
细读鬓角的寂寞
泛起满眶的潮雨

拈花间
是瓣落的恋语
笔落时
是抒情的相思
如是缠绵
痕深
深成一沟不见底的
愁

1994 年 8 月

落雪

阅读一本书　并沉溺
仿佛走进一条荒芜小径
风拂过芦梢的声音
把我拉入虚境
燎起一丝火花

多么困难的领悟
读你　在彼此的逼视中
能交换多少心得
却感到灵魂蓄满的能量
随时都有爆发的倾向

宛若寂寞的爱情
陷在幻梦悲哀的温情里
心如折羽的瓢虫
仍倾洪荒之力啃噬叶脉
只为与一场孤艳冷遇

千百次　纸上落雪
是怎样的情怀
又是怎样的倾诉
只道世态隔阂
导致人心疏离和失常

落雪的时候　纠结愁肠
风借芦桔送暖
清冷中燃着慈悲之火
触动了幽微的灵魂
怜悯生息　淡了忧伤

2009 年 2 月

夜，向你撒了谎

茉莉和桂花随着月光
进入你如弦的窗子
带刺的蔷薇和月季
沉醉在窒内飘扬的音符

知了停止聒噪
以为夜的宁静似海
欲望却涂厚着胭脂
深入浅出　流窜

虚拟红尘的骨朵
在不惑的边陲植梦
开出魅幻的阴影
寒露　冷风吹醒了花儿
才知是今朝最后一季

206

夜，向你撒了谎
隐藏着晦涩的秘密

不设防的心　似
岁月利剪下的叶堕
仅剩的微光

2022 年 3 月

谷语的诗

诗人档案 | **谷语** 本名马迎春，现居四川康定。执教于四川民族学院文学院，甘孜州文艺评论家协会主席。著有长篇小说《挣扎》、诗集《遥远的村庄》《群山之间》。

在康定小饮兼致友人书

小巷很深，民国一样深，深过茶马古道
一首小令躺在三山两河的怀抱
穿藏袍的汉子用一生守护和柔情扶起婀娜的流水
雅拉、折多，一对藏家姐妹
窈窕小城岁月，一首词的上阕和下阕
有雪的晶莹和经句的透彻
小雨轻触曲径青石的琴键，柳枝悬垂马帮的铃声
轻叩门环上铜绿，打开史书扉页
老城如此丰腴，一生幽思不尽
被青稞染香了的藏文，也着藏装
像珠贝，深植一个民族的血脉深处
一幅唐卡领我在康区漫游，进入时间深处
触摸小城心跳，向一枚深广的贝叶经俯下身去
来来来，句东兄，列美师，掐一段野史佐酒

人生不过一粒尘埃，青稞酒，牦牛肉
喝尽人生不如意，醉里挑灯，从刀鞘抽出一句诗
剔掉鸡毛蒜皮，用小说，堵住生活的漏洞
一个汉人，两个藏人，碰杯的瞬间
穿汉服的汉语和捧哈达的藏语彼此致意，交融
我们都理解一粒粒饱经风霜的字符
我们都是用文字炼钢的人
在这偶然的时空坐标交汇点上
请掏出内心的风雪，打卦，酿酒，并喝醉

2016 年 9 月 20 日

在暖泉镇夜读水的史书

逢源池和佛镜。两条水的玉臂，抱暖一座城池
一手揽良田千顷，一手揽万家灯火。在暖泉镇
水是线装的史书，瘦的柳枝是躲过刀兵的狼毫
用进化的汉语在水的纸面抒写风云
古镇穿了星空的睡袍，念过私塾的青石在唱明清的小曲
灯笼涂了胭脂，是夜色下用月光刺绣的小家碧玉
在暖泉镇，手捧水的史书，穿过汉字筑成的小巷
每一粒尘土都是尧、舜的子民
每一处裂痕都是历史的深，比元曲还深
轻叩门环起过义的铜绿，丁丁的脆响直抵王的龙袍
那西古堡墙头的夜月，是玉雕的官印？
凋了容颜的民居是岁月谱写的一篇绝世的大赋

夜读暖泉镇，沿着水的古籍，看见"汉"字
由楷书而隶书而小篆而金文而甲骨
抵达汉室血脉的深处。暖泉
由商周经汉唐而至共和国的血脉
走过暖泉镇穿旗袍的古道，古道有丰腴窈窕的内涵
而我是从时光里借来的，很瘦，瘦如清代的词

2017 年 9 月 13 日

大慈恩寺前，与友人闲坐

落叶是念过经的
时间深处传来拨动念珠的声音
隐约的梵唱中，我们谈论着
骨头里的寒风和胸中的冰块

激情磨蚀后，露出心上的嶙峋
澎湃之后的干涸，尽是沧桑
我们都是大风中的赶路人，掌心的灯火
在慈恩寺前得到短暂的松弛

寺门被佛号擦亮
被走进来又走出去的，隐秘的苦难
祈愿、喜兑和泪水擦亮
佛前的油灯，容纳了世间的悲喜

把半生的苦楚交给书卷
把内心的欲望交给佛珠
在秋天，勒住胸中奔驰的马蹄
拥抱一句安静的经文

2018 年 10 月 21 日

在石桥村夜间散步

这是我们最后的夜色了
隔着一片庄稼地，山间小溪在暗夜里流淌
夏虫是有些沉默的，风吹流萤、发梢
日渐破败的老屋，风吹过去、现在和未来
这乡间的漫步掺进一丝落叶的杂音

夜行的车灯，能否照亮时间的羊肠？
雀鸟惊鸣，一定是感到即将来临的雷霆和风暴
我们期待的风景，埋藏在深深的夜色里
只有石菖蒲忧伤的气息还是那么浓烈
亲爱的，把手伸过来，夜露就要降下来了

这是我们最后的星辰了
在路的拐角处，感受遥远而模糊的事物
我怀着形而下的痛苦，寻觅着形而上的拯救
好深好深的夜呀，有门环轻轻碰撞，有夜归人

亲爱的，靠过来，秋天真的要来了

2019 年 7 月 12 日

岷江边的芦苇

它们整齐地朝同一个方向勾下白花花的头颅
像是在俯身恭送打着漩涡的江水
像是在洗耳聆听一种教诲
又像是对某种神秘力量保持敬畏

风吹过来，它们也只是摇晃几下身子
又恢复了原先的姿势
这是一种温驯的美，又足以让人担心
每支芦苇都放弃了个性，服从一致的形式

每次经过，正晚霞飞渡，岷江水涛涛
每次我都被它们集体的弯曲和谦卑所震慑
我又很希望看到，有一支芦苇扭过头来
朝另外一个方向，朝着旷野，眺望

2021 年 1 月 18 日

郭辉的诗

诗人 档案 | **郭辉**：湖南益阳人。中国作家协会会员，一级作家。诗歌散见于《诗刊》《星星》《人民文学》《十月》《中国诗歌》《扬子江诗刊》等刊物。著有诗集《永远的乡土》《错过一生的好时光》《九味泥土》等。

风中的经幡

还记得吗？那些风中的经幡
它们把虔诚的响声，揉入了我们的发际

在那梵音般的回旋反复里，我们
仿佛是被栽种在岩石上了
我们的腿骨，挤出了呻吟
至今还隐隐作痛

还记得吗？那时，我们的头发是站立的
比风更硬，比风更满

那是我们灵魂的火焰，在拉脊山山口
在青海无边的蓝下
一丝丝一缕缕，仿佛就要提起

213

生命的轮回，和能量

呵，那些风中的经幡，是不是
前世的预言，一直在为我们而等待

在那一个必然的八月，它们发出的回响
多么宽厚，多么爱！而又悲悯
还记得吗记得吗？那神的谕义，我们命中的风水

2010 年 1 月 15 日

圣西罗咖啡厅

时间中最美的那部分，往往历久而弥新
必须停下来，坐到一堆絮语的深处
必须敞开鲜为人知的角度
饮酒，饮红酒，饮前世和今生的命里桃花
那个叫神明的人，披一身春天
望着，微笑着，充满了圣西罗咖啡的老味道
门注定是虚掩的，要看得到外界奔忙
然而此刻呵，为什么
用不舍腌制的雪绒花
会同时夺眶而出
弓身相向。是出世的禅机
而我则选甲入世的哲理，穿透了隐秘的烈火
天暗下来了，有小雨敲窗

214

说着细微可人的湘北方言和声声慢
圣西罗珍贵的赠礼，多么可爱
圣西罗童话般的意境，就要离开
但是，但是呵
时间中最美的那部分，还会再来

2015 年 2 月 16 日

桃花笺

把开放的桃花栽到身上，我们相爱
桃花的颜色将进入血，成为时光铬下的疼
血涌动，布局众多的根须
桃花与它融为一体，像正在相互拥抱的诺言

我们的肉体是空洞的，桃花进来
会叫出黑暗与虚佞。会触动那些飞着的魂
会用芬芳煮酒，把记忆灌醉
这才是众神所期待的，包括爱神与未来

我们将睡下，而桃花时时醒着
在我们的骨头与脉搏里，提着灯行走
爱是浇不灭的火焰，高于静止，高于死亡
这些词汇，桃花一直羞于启齿

花所要赢得的，只是心跳

栽下了，必会在肉身里，孪生出互爱之果
大爱一场，就是桃花献出了一生
而我们的性与命，将在桃花里，回到自身

2016 年 6 月 3 日

呼岩鸾的诗

诗人档案

呼岩鸾：著名诗人，文学评论家。著有诗集《四季流放》《飘翎无坠》《呼岩鸾世纪末诗选》《碎片》《金沙粒》《呼岩鸾新世纪诗选》及文学评论等若干部。诗歌、诗评散见于《人民日报》《诗刊》《星星》《延河》《诗潮》《山花》等。曾供职于省级宣传部门和出版社。

罗布泊两棵胡杨

天上一朵白云死灭后
沙窝一汪黄水即时死灭

隔着涸洼，一棵褐色的死胡杨
似向一棵绿色的活胡杨行乞

褐胡杨像唐代西去的和尚
绿胡杨像清朝西去的士兵

夜里我听见脚步声
褐胡杨迈一步
绿胡杨迈二步
这差不多，他们相距一千年那么远

我的帐篷也在滑沙中移动
和尚遗骸不倒闪烁二三星磷火
士兵身二正在掉落甲片

2015 年 6 月 9 日

台风登陆前深圳隅相

一阵风起把高温的五个月从生活中解放
一个学走路的小孩子摇摇晃晃扑向老奶奶们
跳广场舞恨不得踩死青春舞曲的老节奏
家祭追怀自己阴魂不散的少女
已下班和要上班的造高楼的农民工
头戴黄色头盔安全地幻想街角摩登伽女

小学生喝盒奶穿校服背书包去学习天天向上
童车里婴儿吮奶嘴他的妈嘴啖大肉包子
大婶们说方言提塑料桶装刷子抹布长把拖把
站街口等客顾请给肮脏的家庭清洗
命名优秀的台风将在二十四小时登陆
大榕树每一棵都决心连根拔起

我有诗歌我有话要说我有三大把年纪

我骑着腾格里沙漠的骆驼放牧岷山千里羊

2018 年 7 月 5 日

登泰山记

我登泰山
不看日出
看太平洋鼓涌着向天际线疾奔
挟着一艘巨轮向天际线疾奔

神站在对面星球上
看天际线下面万丈瀑布
太平洋挟着巨轮扑进去
跌倒地球外面

天空已经漆黑
出现严重问题
我怎样下山才能不成为
悬崖瀑布里最易碎的部分？

2021 年 9 月 8 日

霍竹山的诗

诗人档案

霍竹山：中国作家协会会员，参加中国作家协会第八次全国作代会、《诗刊》社第二十二届青春诗会。作品见于《人民文学》《诗刊》《解放军文艺》《青年文学》《中国作家》等，著有诗集《农历里的白于山》《兰花花》《赶牲灵》等九部，曾获《诗选刊》年度诗人奖、陕西省优秀文学作品奖、第五届柳青文学奖等。

和一个成语有关

早晨，秦的大纛卷尘而至
百姓就立即穿上秦人的衣服
傍晚，楚的鼓声如潮涌来
家家门楣跟着插上了楚的旗帜

在关垭听说了一段真实历史
突然想为朝秦暮楚
这个成语重新定义
与反复无常其实无关
这只是百姓朴素的生存哲学

就让陕北毛乌素风沙线上的我

220

在平利作茶山的主人吧
早晨我在清明的山坡采茶
晚上就送给远方的你品尝

2017 年 7 月 20 日

草原

这草原，将所有的绿都包含了
让全部的野花自由开放

牦牛是这草原上的绅士
它们一个个身着鹤氅
优雅地漫步在无边的绿色之中
它们用完整的一个上午
从草原这边的绿走到那边的绿
它们的爱不含一丁点水分
甚至没有一小会睡眠

阳光明媚，白云朵朵
但谁要把羊群比作这草原上的珍珠
那他一定比傻瓜还傻
它们其实是这草原上会撒欢的花儿
跟蓝天上轻捷的云朵一样
它们没有什么功利目的
从草原那边的绿走到这边的绿

不像我们
最终要带走一些什么
去永远地讲述

从草原的这边到那边
除了绿色、花朵、牛羊
还有翅膀和歌唱

2012 年 9 月 28 日

汉中

刘邦拜将台的汉中
诸葛亮羽扇摇得的汉中
曹操写下"衮雪"的汉中
"北依秦岭，南屏巴山"的汉中
天府之国鱼米之乡的汉中

早春，我在石门栈道的一次回望里
对着几个身着汉服的女子
仿佛经历了一次轻松的穿越
不由感叹真美啊"汉家发祥地"

两汉三国一个个故事
时常挂在向阳门口老人们的嘴边
暗度陈仓好像就发生在昨天

他们又为韩信更会计谋还是使枪争吵
忽然姜维打马而来
一面"蜀"的大旗迎风猎猎飘扬

而摩崖石刻"汉魏十三品"
是历史的见证更是遥远的风骨
我在心中临摹"石虎"的时候
那虎的尾巴如一道闪电惊醒了我
还有梆子戏汉调桄桄
我曾认定是汉江激荡的水声
是我大汉民族另外的一种语言

金黄油菜花上的汉中
朱鹮鸣着飞起的汉中
我学会了写繁体"漢"字的汉中
我们共同乡愁里的汉中

2016 年 5 月 12 日

江苏哑石的诗

诗人档案 | **江苏哑石**：本名张学伟，1991 年起有诗与评等刊载于《扬子江诗刊》《诗潮》《青春》《星火》《北方文学》《青海湖》等期刊。现居江苏徐州。

龙门石窟

两千三百余尊石佛，止步于
崖壁上的窟龛。佛的智慧在于
给人空出一段自行化解的距离

跪拜和祈祷依然拥挤。佛的
悲苦在于，用于点化的手指消失于
光阴的黑洞，另有一些石质的

头颅和胳臂下落不明。肢体
完整的佛，也有解不开的困局
正以缄默守住时间的秘密

众神残缺的部分，并不为人关注
人的虔诚在于，坚信从佛的慈悲中

领回的自己都是崭新如初的

2016 年 6 月 9 日

那龙古寨

需要顺着传说的指引，方可
抵达刘三姐居住过的那龙古寨。

没能看到阿牛当年如何接得刘三姐
连同爱情一起抛下的绣球。那些消逝
的场景，勾勒于寨内路旁的展板。

斑驳的木质民居，掩住了唐时的
旧迹，仍然鲜活的多是口耳相传之物。
世代沿袭的偏方，可以疗治让人变声的
鼻炎，预防侵蚀骨关节的风湿之疾。

不限于此。寨内人说，山有山神，
水有水神，热爱歌唱万物的人会长寿。

2017 年 7 月 7 日

乐山大佛

沿大佛一侧的石阶向下
小心翼翼，步入曲折的传说。

佛闭眼的场景，我未曾见过
佛流泪的样子，也未曾目睹。

对于传说的寻根究底，止于脚下
石阶的陡峭，和其莫可名状的指向。

定格于镜头里的景观，大佛胸口处
渐被乱草掩盖住的条状疤痕仍然醒目。

从大佛另一侧走出传说前，在仰视的
角度下，内心里突然涌出百感交集的情绪。

2018 年 8 月 11 日

青城山

不为问道。这满山的幽寂，
恰好可以放下我一路奔波的疲惫。

226

也不打探亭台背后的传说。山中
植被茂密，是我所能告诉你的唯一谈资。

雨说下就下了。这让我近乎
枯燥的叙述，有了些润湿的样子。

香火旺盛之所，就不凑热闹了
撵之不去的气味，会让我更加手足无措。

香客，有香客的目的地
而与草木对话，才让我满心欢喜。

它们是我所认为的道和佛，无须进香
不用跪拜，雨中也不用急于觅寻入世的出口。

2018 年 8 月 14 日

在窑湾古镇

对于窑湾古镇的历史，近乎
一无所知。一个雾中观花的游客，
想以所见复活传说里的繁华是困难的

腔调各异的旧方言，曾在此有过
流水样的集聚，而这些音容模糊之人
已被风吹散于古运河的光影中

日过桅帆千杆，夜泊舟船十里
文字上记载的盛景，此时正顿挫于
说古者沙哑、拖长的嗓音里

有些急促的鼓点声中，运河之水
流淌无户。一群远道而来的人
正将七嘴八舌调至静音状态

2019 年 10 月 4 日

228

姜念光的诗

诗人档案

姜念光：先后毕业于湖南某军校军事指挥专业、北京大学艺术学专业。原《解放军文艺》杂志主编。2000年参加《诗刊》社第十六届青春诗会。著有诗集《白马》《我们的暴雨星辰》《大地的教导》等。曾获第十一届闻一多诗歌奖、第九届扬子江诗学奖、第七届鲁迅文学奖提名、第二届丰子恺散文奖、长征文艺奖、刘伯温诗歌奖杰出诗人奖等。

南天门观泉

在这里，我第一次发现，
所有的水当中，
流逝是最好的一种。
据说成吉思汗曾在此张弓搭箭，
但是很难相信，那么粗放的人，
怎能穿过如此细小的针眼。
我更相信我的老乡孔子，
他说，逝川不捐细流，
所以万物在其中不停不休。
我后来又注意到，岩石高峻，
无来由地写着几个红漆小字：
佛家净地，禁食酒肉。

彼时山风正紧，听上去仿佛水声。
我回头，为泉水边的刘立云拍照，
他负手而立，恰好挡住南天门的沙漏。

2016 年 5 月

牛栏山秘事

初到此地者　一脸惘然
牛栏山　没有山
像卷轴展开之后　没有见到匕首
魔术师的柜子也没有钻出　美女
这是本地的秘密
山在望　但从来不会出现
旷野空旷　鸡鸣狗吠
三代人　就这样　在疑虑重重中老去了

其实　本地还有其他的秘密
一座名声在外的酒厂不事酿造
只是往时光里兑水
其实　还有另一座真正的酒厂
它神秘的车间　就像针尖
却搜集了大海的苦涩和群山的起伏
堆积着有史以来的恒河沙数

不要着急　秘密之中还有秘密

230

相当于千钧一发

长河映彩霞　　悬胆如落日

天堂　　露出一个三岔口

狂妄的人假装平静

穿山越岭　　来此离群索居

他想把山贼和老大哥统统灌醉

让他们沉沉睡去

换得山清水秀　　天下太平

具体地说　　事情是这样的

离京城四十公里　　不近又不远

既安静　　又可以随时灭掉满城的灯

潮白河拖着密云水库向南游

白马路牵着顺义新城朝西去

两座隐身的山峰　　席地而坐

在这里　　在黑暗里

我说　　你听

2013 年 12 月

遥寄天涯镇

天边涯镇，见字如面！

今天喝酒我只做了一件事，我一直在努力，

从积雪融化的这些酡红，提取仙草的滋味。

我几乎品出了你与血液平行的那条河，

一排松枯的绿色豹子在低头喝水。
但我该怎么向在座的人解释？
为什么称你为天涯镇，为什么
又突然想到身材颀长的快刀手，
一位遗世独立的桃花源的男子。
要不就直说吧！产好酒的镇子必在天涯。
不在天涯，不可能有旷远，
不可能把一百年的光线收拢在一个瓶里。
不在天边，无法放下沉重的江山，
让颓废也符合疏旷的美学。而在天涯，
连土块都有轻功，可以把肉身愉快地悬起。
至于有些人觉得，文化就是
从酱缸里拿出好酒，用谋略的手腕逼出诗，
天涯镇，请原谅他们的年少无知。
你一定是宽谅的，否则不能张开胸襟，
扒开一条火的裂缝，
把两三个朝代放进去，把一支军队放进去。
还有你无限的单纯，否则不能浇灌天真之人，
抚平一切组织和阶级。
在这里，我们终于要说到这个字了！
"仁乃乾坤并建，刚柔相济。"
不管是仁怀还是怀仁，所谓宅心仁厚
意思就是温润的，柔和的，春天般的。
哦，天涯镇！天涯镇！
如是草草。即颂，春祺！

2015 年 3 月

山间夜行

空余的一天　在山间夜行
夜路不易走稳　深一脚浅一脚
但咕咚咕咚的显得格外有力
群山昏睡　溪水像一道白银
一个亲切的大家伙　神话似的
接近漫长荒芜的历史

我跟在后面
看它的手　眼　身　法　步
大家伙生气　生活便黯然失色
大家伙吹火　整条山谷亮出十里
它冲动时　我胸腹胀痛
它若跳起来　我就嘎吱一声
说到那最古老也最快乐的事
它直接表演　我风云变幻的身体
从一朵花上挺身而立

后来我羞愧难忍　发了脾气
此山是我栽　此路是我开
说完将大家伙一把扔到天上
光明就这样出现了
月光开始不停地冲洗山坡　后来
我能随自己的心意行走了　忽快忽慢

但见霜雪怀抱着石堆　一再闪现
整个世界有种呼之欲出的劲头

其实　这并不是什么稀罕事
读一本好诗人的作品　犹如
在山间夜行　起初你将信将疑
后来发现他是独走夜路
不怕死　不怕嘲笑　没有什么照耀
鼓舞你提头来见
一路走到世界重新开始之处

2014 年 1 月

两地雪

雪与雪是不同的。
北京落雪一指，
山东积雪盈尺。

心与心是不同的。
一颗是掏心掏肺的诚挚，
一颗是得更宜卖乖的侥幸。

歌与歌是不同的。
收音机里的小调油嘴滑舌，
大剧院里的合唱洪亮雍容。

此生与此生是不同的。
血缘千里的怀念是一种，
小心翼翼的生计是另一种。

我与我是不同的。
怀里揣着一座明亮的教堂，
但两股战战走在湿滑的人行道上。

2014 年 2 月

过永州怀柳宗元

江上有雾气　能见度　一千米
柳宗元曾在这里　钓鱼
我心驰神往　站下来　目不交睫
看一只小舟　从上游慢慢划过

听当地人　操着方言　讲文化
渐渐地　我产生了一种自大的想法
遂与山水交口认定　千年之前
有个人　曾经代替我　生存在这里

他两袖清风　晤对林泉
怀抱无边的寂寞　写陡峭的诗
阳光下　我投出他的身影

235

吹动我的风　出自　他的心灵

老柳头　意绪苍茫　书写道
千山鸟飞绝　万径人踪灭
俺老姜　吟到这里　踌躇不前
因为宿命之感　胸中一片飞雪

哦　我们之间　能见度　是一千年
时光目不交睫　他在小舟上也能看见我
太深远了　我吹起口哨　压住
突然的恐慌　催促本地人发动汽车

1996 年 11 月

236

敬丹樱的诗

诗人档案

敬丹樱： 四川人。诗作见于《人民文学》《诗刊》《十月》《扬子江》等刊。参加《诗刊》社第三十五届青春诗会。获第十七届华文青年诗人奖、《诗刊》社年度陈子昂诗歌青年诗人奖等，出版诗集《槐树开始下雪》《周一的火车》。

我们去看稻子吧

穿过农舍，鱼塘，紫红的木槿
抵达金黄的稻田。像只狡黠的麻雀，你漫不经心
啄开一粒稻谷

我在你面前停了下来
稻草人一样停了下来

那么多稻田，我只记得黄鹿镇的，那么多稻穗羞涩地低着头
新娘般等待收割

2015 年

日干乔草甸

乌鸦飞倦了，苍鹰也飞倦了
电线上栖满了心怀远方的音符。落日熔金
牛羊熔金，麻雀熔金
一个人来了，一个人走。在日干乔草甸，最抒情的方式
就是一个人
静静地往身上贴满金叶子

2012 年

贝加尔湖畔

别来无恙?
白云，白雪，白桦，白驼，白浪花
深深浅浅的蓝

我发誓
慢下来的晨昏里，迷恋，采摘，沦陷，都是情不自禁的

收到了吗?
那是一封致歉的长信

2015 年

238

白马

避开它的眼神
马厩前，我轻轻牵起缰绳，在同伴示意下
挤出璀璨的笑容

白马英气十足
镜头里，我的白衬衫率先与它
达成默契
再近些，抚摸它脸颊的手掌握满湿漉漉的鼻息

我希望它与旷野终其一生
互不得见。驮着孩子或者女人溪涧缓行
千万次
拓下昨天的蹄印
而更深露重，没有人能阻止它的仰望——

夜空辽阔，草料场
漫无边际。养马峡星星硕大，没有脚蹬，肚带，马鞍
没有缰绳

2018 年

宝箴塞里的女人

昏暗的灯光下
导游引领我们从宝箴塞内墙
斑驳的图文辨析
昔年辉煌。处处彰显男性智慧的军事要塞
艺术品般令人称绝，我好奇着旧照片里
缺席的女人

细雨黄昏，她们手捧书卷
伸手握住瓦楞上
跌落的雨滴；阳光依门廊雕花的纹样
为对着绣绷飞针走线的脸庞
描画好看的阴影

同宝箴塞何其相似
无论从哪个方位端详，写字楼都像巨大的蜂巢
堡垒易守难攻，像一个人封闭的内心
我埋首格子间
一只工蜂编书度日，写字续命
以为毕生追求，无非蜂巢里精准的生活

我起身捂着热饮踱至窗前
宝箴塞里的女人放下诗书或绣品
起身提着罗裙爬上城堞

极有可能，透过窗玻璃和射击孔，我们投向世界的眼神
有着相似的内容

2019 年

乐冰的诗

诗人档案 | 乐冰：中国作家协会会员、海南省诗歌学会副主席。著有长诗《祖宗海》等。曾获第四届海南省出版物政府奖、第三届海南省政府文华奖、第五届海南省文学双年奖、第六届李白诗歌奖等。代表作《南海，我的祖宗海》获"当代十佳海洋诗歌""新中国成立 70 年 70 首好诗"。

南海，我的祖宗海

渔村的上空

突起乌云

像一个变脸的无赖

妄想把渔民的春天

掳走

南海，我的祖宗海

我的爷爷葬身鱼腹

南海就成了我的祖宗

我的奶奶二十三岁守寡

坚贞不二

她临死前对我说

你是南海养大的汉子

南海是我们的祖宗海
我们的祠堂、神庙在此

清明，别人可以到坟头
为祖宗烧纸、磕头
我却面朝大海
上香、跪拜

我的祖先日日夜夜在南海耕耘
就像我家门后
一亩三分田了如指掌

每当傍晚
遥远的海面灯火一片
那是我的亲人
打鱼归来

2012 年 4 月 28 日

大地上的蚂蚁生生不息

尘世的关照，随处可见
有烟火的地方
温暖随时可以降临

你听，河水在静静地流淌

243

就像大地在轻轻地呼吸
星星在水波里晃动
它会触动我心底最柔软的羽毛

那些被我们追逐的
都是身外之物
蜜一般的生活与阳光同在
在汗水里葱茏
我看到种子在春天发芽
蚂蚁在大地上生生不息

2018 年 3 月 8 日

命薄如纸

和匆匆的人生相比
送葬的队伍是如此缓慢

无数的弱小者，在低低地哭
我必须忍住另一个悲伤的自己

当生命像一张纸被风吹走
天终于黑了下来

2015 年 12 月 22 日

244

在永庆寺为诗人祈福

"菩萨啊，请保佑诗人，
保佑这些天底下最善良正直的人……"
端午节，一位诗人跨进永庆寺的门槛
跪在地藏菩萨面前
泪水夺眶而出

他生长在一个有教养的国度
却是一位卑微的诗人
他的祈祷
像一只绵羊面对辽阔的天空

2014 年 6 月 8 日

我观察蚂蚁的几个动作

起先，我弯着腰，撅着屁股
观察一块草径上的蚂蚁
我看到它们轻手轻脚地忙碌
生怕惊扰了人类的生活

它们黝黑的皮肤
像我面朝黄土的祖先

我看到它们相互用触须轻轻碰一下对方
仿佛是给对方一个拥抱，一个鼓励的眼神

我静静地观察着
从一开始弯腰，到蹲下身子
再到把头埋得很低
最后，几乎要跪下来

2015 年 9 月 1 日

冷眉语的诗

**诗人
档案** | **冷眉语:**《左诗》主编,著有诗集《季节的秘密》《对峙》。
作品散见于《作家》《十月》《扬子江》《星星》等期刊,
入选多种选本。

站在最高处

我已站在最高处

看四周的古建筑,拉萨河

呼吸纯净的阳光

伸手截取一朵云。绕在脖颈

丝绸般的躯体和蓝天

一起倒影在清澈的拉萨河

像一个不会做梦的孩子

睡在一片蓝里

请别叫醒我。月亮在左边

右边安放诗集

我怀揣着孤独来到

来年的春风里。和你们一起

像朵花，被佛看见

2016 年 10 月

钟声

一群早走的鸟儿扑拉拉
在寺外的几株大树间飞来飞去
穿过透明雾岚的钟声很轻
顺着鸟儿的羽翼，滑出很远，很远
山和石头在曦光中一点点柔和起来
屋顶升走温馨的炊烟
一波三扩后，河流在大地的掌心
慢慢趋于平缓
鸟儿也是轻的
天空触手可得
有些飞过矮墙
那盘旋之姿优美，恰如某种神谕

这时候，小喇嘛和往常一样
为它们撒上一地稻谷
它们稳稳落下
我的心也为之安静
看它们一粒一粒啄食，从容，警惕
再次起飞，盘旋，接近钟声内部的弧度
某种吻合使人惊讶而虔诚

248

老喇嘛圆寂后，寺院改革

新闻头条一波又一波

高过祈福的钟声

人们进入寺内，上香，膜拜

将身体低下去

低至尘埃里

2017 年 9 月 8 日

世界的尽头

过了羊八井，就看到唐古拉山

正面是辽阔的那曲草原

玛尼堆，经幡，古塔

万里羌塘的浮云

快乐的羚羊。都是

仰望的荣耀，呼吸的细节

拉萨河是一面镜子

在岁月中倒影着

诸多历史的记录

佛前不灭的酥油灯

照亮刻满六字真言的玛尼墙

踟跌在莲花座上

马儿托着金银汁书写的经书

走进雪域最后的秘境

风光无限与别有洞天

总是携起手来。如果可以
谁不愿意把这里
当成世界的尽头

2017 年 9 月

渔婆港

渔民出海
渔船靠岸
抢鱼、卖鱼
是她们全部的生活

她们熟知
涛声
在每一块石头上的含义
她们与每一条鱼
达成默契
"我们不会轻易
被挤出人群"

天太黑了
胸前的
灯
照不到海上的船

照不到远方与星辰

2023 年 4 月

李松璋的诗

诗人档案 | **李松璋**：中国作家协会会员。出版有散文诗集《冷石》《寓言的核心》《愤怒的蝴蝶》《羽毛飞过青铜》《在时间深处相遇》等。曾获深圳市第四届青年文学奖、天马散文诗奖、中国新归来诗人奖、2018·中国散文诗大奖。

隆冬，深夜的焰火

深夜，在海边和旷野

燃放焰火的人

都是黑暗的叛逆

黑暗，派出料峭的

寒风的兵团

黑衣黑巾，不露颜面

无处不在地

围剿任何地方

可能出现的火与光

藏在花纸卷筒里的火药

是悲壮的荆轲

早已做好

视死如归的准备

燃放焰火的人
伫立不动，如隆冬
一根冻僵的树桩
小心翼翼地
掏出怀中的火柴

一会儿，荆轲们
腾空而去
用自己的粉身碎骨
向黎明发出比启明星更亮的
绝对信号

2020 年 10 月

关于家园

好像一个非常陈旧的词
一块玉，或
一串念珠。遗失后，偶然想起
但已无法回头寻找。很多人
收藏家、还有商人、投机者、窃贼们
在身后的路上形迹可疑
那个词已经陈旧。那块玉，或念珠
不知落入谁的手上。甚至

可能被几经转让
是我的悲情，我的伤痛，我的全部啊
一个无家可归的人，在一片荒凉的土地上
无望地守望。为我自己
也为你们
好了，结局就是这样

2003 年 7 月

致马斯曼·索乌

你的达喀尔村庄
非洲的上帝。泥土在你手上
变成朴实而骁勇的壮士
他们如此生动而好斗
为他们热爱的
女人，还有领地

可他们为什么是悲伤的
玛雅人的脸，悲壮，自信
像徘徊在塞纳河边的你
思乡，不安，跃跃欲试
嘴唇的棱角。白胡须。肌肉。
他们属于非洲
属于塞内加尔，属于
你的达喀尔吗

254

在你的雕像跟前，我听见
一个人贩子对身边的女孩说
求求你快把我哄走吧
我要回家去准备晚饭

你看，亲爱的乌斯曼·索乌先生
是你的艺术
让一个邪恶的家伙
无法离去，并在此
找到救赎的路

2004 年 4 月

相遇

一只四蹄踏雪的猫，黑色的
躲在黑夜的树丛里。黑色的星
吊着荧光的绳，在灰霾簇拥下
悄无声息地摇晃

猫的眼，唯一的明澈
玻璃或琥珀
对视，彼此的内心
都有一种熟悉的陌生
和警觉

255

多想相互走近啊
哪怕只是一步！而隔在中间的
是谁的戒备？是谁的
无以表达的恐惧？或是即将到来的
冬天的气息

2014 年 2 月

石头迎风生长

睡成石头的骑士
梦见战场
唢呐声声，硝烟
饥渴的马饮血，它在等待
骑士
像石头一样
醒来

敌人远去
秋虫开始歌唱
土地茫然不知所属
争夺它的杀声
变成
不再生长的种子
熟睡的石头

迎风生长

2015 年 4 月

风一样自由
——中国行吟诗歌精选

李浔的诗

诗人档案 李浔：生于浙江湖州，祖籍湖北大冶。毕业于武汉大学中文系，一直在新闻媒体工作。60后诗人，写诗也写小说。出版多部诗集和一部中短篇小说集。1991年参加《诗刊》社第九届青春诗会。

为时已晚

一个被光明所累的人
他不能再顺从光了
这片树林就是他停下来的理由

夕阳，斜斜细细地布满了林子
让他仿佛身处在一只疲倦的鸟巢中

2019 年 7 月 25 日　新疆阿恰勒

白杨

没路的时候，我靠在白杨树上
看小互散步，听玉米拔节

258

风让白杨树叶和我说了那么多知心话
这声音，我要把它们放在枕头上
让夜多一点枕边风
让戈壁多一点人间的私语。

没路的时候，我向白杨学习
张开手臂长几片叶子
看乌鸦围着我飞翔，看阳光流到我的脚底
再看夜一点一点被远处的沙尘吞走。
就是这枝白杨，唯一的
当另外的树随着路走远的时候
一定有一个走累的人，会成为它的影子

2015 年 8 月 29 日　新疆柯坪

香山

没有宫女们窃窃私语，不会含苞欲放
不会有忘国恨，更没有怜香惜玉的贵人
乌云压低了空旷的帝国，香山
不能和颐和园比，也无法给江山盖上厚重的印。

只能在郊外，雾与霜特别重
风像刀子，远去的长调像散辔的马鞭
抬头就看见万里长城，低头有落叶

如今香⊔红叶，只能被漂亮阿姨夹在日记本里。

2008 年 11 月 7 日　北京

希猎

在荷马的膝盖上，希腊的血渗入淤泥
谁能想到海伦以及战争
这不是真的，羞层的画眉
在一个国家的天空中歌唱

嘴唇之二，纪想聚集了诚实的消息
雅典早已无所作为
那里的寺和哲学，那里的穿长裙的女人
那里战言遗留下来的船只
满载着悦耳动听的名字

希腊，在手掌中感觉困境的人民
用歌声忘记了自己
雏菊、紫罗兰，以及一滴小小的泪花
支配着命运的祈祷
但他们依然矫健，依然像悬铃木的叶子一样
忧郁一个国家的思想

1988 年的希腊
像羊群一样远离了繁华的哲学

教学以及环形的剧院
也终于存在了意志中的宁静
只有荷马的声音像风一样
静静地吹过希腊的海和无花果的树叶

1988 年 10 月 12 日　武汉大学

梁永利的诗

诗人档案 梁永利：中国作家协会会员、鲁迅文学院广东研修班学员。作品散见于《诗刊》《星星》《诗歌月刊》《扬子江》《诗选刊》《绿风》《诗林》《诗潮》等。出版诗集《海的欲望》等五部，现为《湛江文学》杂志主编、湛江作家协会副主席。

去乌石

朋友乌石归来，只记得天成台
沙比小米小，比我皮肤嫩白
旁边的女人美了，唠叨拍不到落日
落日天天下海，鹭鸟飞翔的姿势
随陌生的笑声变换，鸣叫真野

开渔第二天我去乌石
排拳岛的灯塔未亮，渔排的海鲜
跟我较急。急的是胃口和乡下酒
这里的虾大胆，白灼给城市看
反正能刺激味蕾，眼睛辣辣的
水灵灵的东西，在乌石不只是鱼

去乌石，石头都变青色
人工造型的都镶刻上文字。
我找到一处正发育的礁石
鲜苔覆盖，它可能等待有缘的人

2021 年 5 月 20 日

去留韶州

树枝横斜，让一让，我的微薰有了去路
我认识的风口留在南华。高台处
一片枯叶，为人间世虚浮，零落

星夜奔走，一群人当中，你的心在麻衫外面
想起铃。磬。木鱼。以及走道，千万条
偏偏离心壁，离梵音最近的是韶州

香气顺着曹溪流，一脉动了杂念
追杀声向北去了。一脉熄灭飞幡
出走碓房的人不见密语里的身影
石头开裂，白昼收回小羊跪乳的叫声

剩下扉门外的蝉，剩下缘来缘去的衣钵
你说，戒定是慧，还有什么在犹豫之间

2018 年 11 月 11 日

另一种赞美

海榄树反泡出晚风的湿气
滩涂拥有火烧云

众多白鹭，来回清点榄花的细碎
乡音血红，隐藏树皮里

我钻进林子，海路的接口粗中有曲
朝阳的一面
弹涂鱼挖出爬上枝头的稚语

大风车开始转动
与海榄树把持的视线相一致
湿地的周围，挖蚝人
脱下黄昏加厚的一层绿

2017 年 12 月 7 日

林忠成的诗

诗人
档案

林忠成：生于二十世纪七十年代，部分诗歌翻译成英语、德语、西班牙语，诗刊发于美国、法国、加拿大、澳大利亚、西班牙、菲律宾、中国台湾等地报刊。《诗潮》评诗栏目特约主持。

糕饼师

今晚我们请油菜花当糕饼师
所有参加派对的青蛙　燕子
都嗜好甜食　春天本来是甜的
是众人共同制作的一个大糕饼

蝴蝶　蜜蜂是糕饼上的芝麻
在这块日渐蓬松的大蛋糕上失去警惕
早春三月　行人的笑容仿佛都放了太多糖
在农村　糕饼师是受人尊敬的职业

懒洋洋的阳光使这块糕饼膨胀
斑鸠们撒下的酵母发挥作用了
骑马上京赶考的秀才深深陶醉

在桃柿下睡到天亮

2019 年 9 月

楼兰的月光

楼兰不是一匹白马　是一口枯井
井下堆满白骨　千百年来喃喃自语
楼兰没有楼　据说全盛时期的古国
每家窗前都站着一个脸蒙轻纱的女郎
不知为谁准备　把砂子花光

无穷的田尘为一个人铺去　骨头被带走
楼兰的月光找不到回忆
它照过 10 座木桥　17 个牛栏
它帮 7 个怨妇盖过草屋

一夜之间楼兰消失　留下纷乱蹄印
与来不及舀干的井　盛产神秘女郎的古国
它的葡萄园荒凉　它们匆忙往井里填词
它们盛开的梨花招来汹涌咒语
它的砂子几辈子都花不完

楼兰被反卷走
带到一个更高、更远、更荒凉的远方

那里没有城门　只有窗户指引人前进

2001 年 12 月

喜马拉雅的高度

一群野马在喜马拉雅山脚下狂奔
要去踏平一个人内心的尖顶
在喜马拉雅山上
只要一把梯子就能爬上天空

村里有个老木匠常年替人做梯子
用羽毛和梦幻
趁大伙都睡下了　后半夜 2 点
有月光的晚上
那时天空极度深寒
你扛着纸梯上山
从此不再回来

你要以自己的白骨为喜马拉雅增高 5 厘米
为山下灯红酒绿的人们竖一个高度
要么埋葬于茫茫人海
随便盖几把稻草
要么扛一把铁铲出门
一铲一铲积累自己的心灵高度

267

最后直到没有一个人能与你交谈

1997 年 9 月

鲁橹的诗

诗人档案

鲁橹：女，籍贯湖南，现居北京。诗作散见于《湖南文学》《飞天》《十月》《人民文学》《诗刊》《绿风》《星星》等刊物，有诗多次入选年度诗选本。

在千佛山

很多时候　甚至是黄昏
很多地点　甚至是角落
我真的像一棵小草
躲在深深的阴影里
似乎佛离开禅床　像生活中那个老人
衣服是酱色的　手中的笔还淌着墨汁
似乎佛来到溪边　像那个浣纱的女子
提了提绿裙　纤手弹出衣上的水珠
似乎佛如一阵风　去了遥远
似乎佛笑了起来　眼睛看见八方
似乎佛又没有笑　他只看见了我

似乎佛会转过身来

似乎俳拎住了我的衣领……

2015 年 7 月 17 日 山东济南

盐官观潮

人生会有很多次自作多情
单相思的叶子进入深秋 免不了临终的尴尬
但仰望是美的 心中的窃喜是美的
由此再次打开人生观的大门 是簇新的

我爱死了那些旅行社的戴着粉红帽子的大妈大爷
我爱死了那个到处疯跑流汗的孩子
我爱死了那对轻叫着"来了""来了"的情侣
我爱死了自己 居然有着微微的紧张

——我爱死了依旧平静的水面
它骄傲而从容 素面朝天

当水拧成一根线 白色的微光
遥远的身来 人群的喧哗
如还未打理好迎新的人生
水以花矢的形状 手挽手地开过了
那些紧跟着的泥沙和鱼群
是送亲的部队 检阅了岸上欢乐的面孔

我怔怔的那一刻　泪水喜悦
而潮已走远　它回头的颜值
我不曾看见

2015 年 11 月 2 日

天门山

不要企图抵达它，也不要放出什么豪言壮语
不是人类设计的图纸
你找不到它的暗道修在何处

每一条山道都是封闭的，是草木和石头
充当了钥匙和锁扣，流水和云朵不是因为私心
谢绝告诉你密码

如果惊动了森林中的动物，不要道歉
它们也许比你更莽撞，有那么一刻
它们可能向往大城市

缆车和索道提高了你的海拔，哈，多么幽默
登山者不使用双脚，却激动得大呼小叫
——是谁在张扬这种愚蠢？又是谁
在辽阔的霜天中垂下羞耻的头颅

不要责怪。天门山有深藏的暗室

穿越天门洞，每一朵云霞都接受你的检讨
石头磨好了，它的笔尖正好狂草

2021 年 10 月 27 日　北京废园

陆岸的诗

诗人档案

陆岸：浙江桐乡人，诗媒体《一见之地》创办者。作品见于《诗刊》《星星》《诗潮》《草堂》《雨花》《西部》等刊物。入选《天天诗历》《〈中国诗歌〉年度精选》等数十种年度选本。著有诗集《煮水的黄昏》《无见地》（合集）。

还乡路上

进山林，只见荒芜，何来猛虎？
入庙堂，最多香客，放生也不见慈悲
一路上，我爱的流水那么欢畅

我也往东来，越来越靠近了
那熟悉的属于窗外的梦境
风从熙攘的大街上打探消息

而我只是一个路人
我忽然在道旁流泪
我看见了这些庞大的灰尘

2019 年 1 月 30 日

273

煮水的黄昏

远处的春日正坠落在沙漠上。
而沙漠外的一个窗框内，
我的那个铁制水壶又在悲鸣。

除了煮水，水壶还能干些什么。
除了煮水，火焰还能干些什么。
除了给它们装水点火，我又能干些什么。
春日落下来了，整个黑夜慢慢竖起。
我周而复始地倾听，一种越来越响的噪声。

一个空虚的壶，亦周而复始。
越来越响的噪声是用来拷问的。
拷问周围无边的空旷、对立乃至遗忘。

而她只是一个饥饿的容器，
像尘世所有不能满足之物。
某种声音只是在持续拷问她永不知足之心。
一回回卷进他人，再往后炙烤自己。

春日落下来了。我的水声戛然而止。
无数星辰升起，然而夜空依然漆黑。

2019 年 3 月 27 日

赛里木湖

黄昏中的雪山是暧昧的
他爱上了赛里木湖这棵胡杨

他爱她年轻的颜色
拥抱她。他不惜融化自己

而她拥有了一面巨大的镜子
拥有了雪山之巅和整个天空

当时的色彩短暂和安宁
仿佛有一个秀顽的身影真的照耀过山顶

仿佛树枝上两只乌鸦
一只正努力把另一只染黑

2019 年 5 月 5 日

傈傈的诗

诗人档案 | 傈傈：中国作家协会会员，作品散见《人民文学》《诗刊》等，作品被翻译成英、韩、日、俄、西班牙等多国文字。已出版诗集《突然说到了光》《世界看见我》《像我一样的自己》等八部。曾获《诗神》探索诗特别奖、首届香山文学奖一等奖、2019 博鳌国际诗歌奖年度诗人奖、2020 年首届创世纪诗歌奖、2020 年第二届诗经奖。

沙滩上的名字

在科巴卡巴纳沙滩上
一笔一画写下你的名字。

只一会儿，它就被海浪抹平。
那会儿　我在想你！

阳光在你的名字上闪了一下
像我突然亲吻了你。

2014 年 11 月　里约热内卢

在因特拉肯放出心中的鹤

如果注定有一天
要客死他乡，
就选一个因特拉肯这样的小镇。
每天，推开窗户，
看见白雪皑皑的阿尔卑斯山脉
宁静、肃穆！

此时，该后悔就后悔吧！
半生羁旅：该掏出匕首时，
没有掏出匕首；
该提起笔时，却举起了酒杯。
在生活的重轭下，
智慧和勇气皆严重磨损。

——每一种苟且都有一万种理由。
不如放出心中的鹤，看它
飞过湖泊、山脉、厌倦和眷恋……
飞进痛苦的内部，飞进
雪的苍茫和哀伤，树的愤慨与无奈
——没人知道一场雪就是一首受伤的诗。

我捡起一只
不知从何处飞来的纸鹤，

笨拙地抱起来，
使劲把它掷出去——
原谅我　我知道我的动作蹩脚极了。

2018 年 8 月　因特拉肯

时间的暗河里有闪电的音符

青橄榄白谦逊，错过
夏天的笑脸。
粗糙的手指抚摸瘦削的命运，
已经逝去的许多东西并不适合回忆，
试图说出的真相永远无法说出，但
时间的暗河里有闪电的音符。
远方，仍旧烟雾缭绕。
体内的道路弯曲，
我总在转弯处看见：什么在闪光？
勤劳的蜜蜂不停地嗡嗡嗡，
一切仿佛都是徒劳，但嗡嗡声
是不是在浓雾中擦亮了一个早晨，
嗡嗡声本身难道不是一份礼物？
不要问我，如何在寂寞的旅途上，
做一个热烈的旅人？
在辽阔的海面上拥抱身边的人？
在卢森堡想起一个人，悲欣如风。
也许命运拿走的，已经

以另一种形式偿还。

2015 年 6 月　卢森堡

在横滨贞理院坐禅

千年榕树下的早晨，饱含
汁液。一行人鱼贯而入
在一炷香里坐定。
龟野哲也持事的戒尺
打在肩上，却把魂魄里的
乔布斯打出来了
淡然坐在我的背面。
……轻烟般的手
把身体里的插座、琐事、烦恼
一件件丢弃
心里的妄念，如烟——
身体是灵魂的容器。
我怎样倒空，如何擦拭？
空灵中，蝉鸣和苍翠的绿
悄然流满禅院。
持事轻轻敲击的钟声
仿佛来自遥远的长安。

2016 年 7 月　横滨

在开往圣彼得堡的火车上读曼德尔施塔姆

火车像一颗缓慢的子弹
射向那些倒退的思想。
悲悯的冷风收留了弹壳，仿佛
彼得堡城墙，收留了忧伤的眼睛。

涅瓦河里游弋的弹片和死者的声音
弥漫着火药和苦艾草的味道。
松弛的旅途有紧张的内心，我焦虑
大地上的事情，也焦虑天空中的事情。

啜饮漫漫长夜如啜饮伏特加
天才诗人病死他乡。我羡慕
他用苦难喂养的人生，并为他的苦难
着迷。但我从来不想拥有苦难。

我低头哈腰穿梭于办公楼和酒店，甘愿
服人间苦役，啜饮古老的毒药如啜饮茅台。
像风，在苇草尖上悲鸣，
像挽歌　在等待收尸人。

2017 年 8 月　圣彼得堡

马端刚的诗

诗人档案 马端刚：内蒙古包头人，中国作家协会会员，内蒙古作家协会首届签约作家，出版过作品多部，现为某刊物编辑。

居阴山下

雨滂沱

希拉穆仁捎来消息

如果有风声

青灯一盏，灿烂为舞蹈

明暗已平淡

不再迷恋白云鄂博

为了，每一朵小丽花

聆听心跳

居阴山下，把爱恨

刻在敕勒川的骨头上修行

需要仪式，需要打坐

需要五当召的晨钟暮鼓

夜，消耗着夜

影子，献出了达尔罕的骨骼

沿着马头琴的轨迹

消失的星

在固阳留下斑点

烟雾，缓慢

在一个人的钢铁大街

吞，吐

缠绕着包克图的褶皱

2016 年 7 月 6 日

等飞蛾扑火，等大雪纷飞

落日与河流间

一定会有期待的目光

会有怜惜，弹奏往事的大提琴

拉响邂逅序曲

无法移动的起初是眼睛

像猎豹，守候年轻的羚羊

爱阴山的豆蔻年华

时刻会消融腰肢

路线曲折，悬崖陡峭

慢慢筹划一场难忘的战争

风起云涌时，并不知道

为了你，走了太多险峰

雨季所剩不多，我的干燥

等飞蛾扑火，等大雪纷飞

2016 年 7 月 23 日

在一页惊蛰里，落泪

云游荡

过往就是过往

像雪

融化，消失

地久天长在电影院

故事轻而又轻

忘记

眼打开的混沌城市

昏昏欲睡

水泥般的颜色和皱纹

裂开缝

长出新忧伤

实在安静

酒徒打开了地窖

陈年的水

不再燃烧，不再芳香

咀嚼石头

时间的冷与硬

从晨到夜

形状不一的黄昏
将火带走
脱掉旧支囊
量身定制的闪电
在一页惊蛰里，落泪

2022 年 5 月 11 日

马启代的诗

诗人档案 | **马启代:**"为良心写作"的倡导者。1985 年 11 月开始发表作品,出版《失败之书》等诗文集三十三部,作品入编各类选本三百余部,曾获山东首届刘勰文艺评论专著奖、第三届当代诗歌创作奖、2016 首届亚洲诗人奖(韩国)等,入编《山东文学通史》。

马兰滩

就在这里了,啊,一望无际全是我马家的江山
我要在这里发号施令了
让牧草、马兰花和成群结队的牛羊成为主人
把阳光的金子和白云的帐篷全部变成福利
所有我叫不上名字的流水和微风都分配居处
我要在这里以梦为马,策马畅游
唱歌、写诗、跳舞、喝酒、无所事事
忘掉天下和苍生。我的人民都在这里
谁也不必忍气吞声。啊,马兰滩,我的祖国
谢谢你有一个和我一模一样的姓氏

2014 年 7 月 28 日

芋头侗寨

这里的山是会动的，水是会走的
这里的绿色是活的，它们漫山遍野跑来跑去

这里到处有侗族大歌，有芦笙舞，哆吔舞
还有大戈梁歌会，赶歌，对歌

人们提牛角琴，吹侗笛，弹琵琶，偷月亮菜
喝转转酒，吃合拢宴

这里很多东西是不老的：寨门，鼓楼，风雨桥
更有对萨姆的崇拜，路不拾遗的良俗

如果成为再生人，我一定忘不了向后人讲述：
到此一游的诗人，还有他们成为新郎的故事

2016 年 4 月 11 日　怀化

每一件瓷器里，都埋藏着一片火的海洋

馒头窑里
深不见底的大坑有多少火的尸体
向上望

286

多少精魂被彭城人烧成了星辰

来到磁州窑遗址
我周身的血管都在燃烧
我知道
每一件瓷器里，都埋藏着一片火的海洋

我还知道
峰峰人的伟大在于
不仅用挖出的土塑造起一座瓷都
还用挖出的洞护佑了赵慨的后人

而我一介书生
空怀一腔豪情壮志
遇到一尊陶渊明隐居南山的瓷瓶
就不由自主地流泪

2017 年 7 月 26 日

椰子树是伟大的思想家

饭餐后，沿日月湾散步
天色将晚未晚
大海忽然平静下来
仿佛海仙们都跑进了灯火璀璨的夜市
一排排椰子树沿路站着

它们哪里也没去

笔直，高大，纯粹海南的样子

沉默，安静，好似正在沉思

刚刚，我双手捧着一颗硕大的椰果

贪婪地吮吸着汁液

此时感到，仿佛领受了大自然的馈赠

它们就是伟大的思想家啊

要知道　作为思想者

面对海啸和台风仍如此毫不畏惧地昂首挺胸

一想到人，我就无地自容

2018 年 4 月 26 日　万宁

288

马永波的诗

诗人档案 | 马永波：诗人，学者，文艺学博士，英美后现代主义诗歌的主要翻译家和研究者。出版译著《1940年后的美国诗歌》《1950年后的美国诗歌》《1970年后的美国诗歌》《英国当代诗选》《华莱士·史蒂文斯诗文录》《以两种速度播放的夏天》《词语中的旅行》《自我的地理学》《白鲸》《阿什贝利自选诗集》等。

冬日的旅行

没有暖气的二战时代的午夜慢车
地下工作者蜷睡在木座椅上
小偷（或特务）在对座假寐
车窗上的霜，太阳，早晨
伤风的找人广播像卡进了腐烂的石头
褐色茅屋在旷野远近出现，像隐士早祷
一片霜花在眼帘上化开：大地独自醒来

窗外，一个金色的液体星球不断升起
黑暗和雾气在退潮，留下白色的浪线
在两个相向转动的星球形成的蓝色深渊中
一群麻雀开始了日常生活，觅食，追逐

但没有足够的力量随火车飞到下一个无名小站

1992 年 12 月 14 日

七夕于南下列车上所作

有一些生活我们是没有经历过的
那些隐士的褐色小屋，像帽子和祈祷
落在河流与青山之外
陪伴着满是白杨的故乡
它们入夜时闪出微弱的光亮

那时，雨总会把葡萄架下偷听的孩子
淋得精湿，在土炕上画地图
把初秋的寒战一直传到我们身上
他还没有忘记在逃逸前
尝上几立半青半涩的葡萄

正如有些人隔着一海的距离
他们的呼吸会形成芳香的云
他们的舌语是雪和蝴蝶，越过冬天的海
在我们的脚前安置下羔羊和灯
他们预示着我们未来的样貌

当我在幽暗的窗前愉快地合上书
田野上暮色将临

290

白色弯月慢慢转过她的脸
万物归家，妹妹，你们也是一样

2009 年

开往雪国的列车

这是没有起点的列车
谁也不知道它从哪里出发
它或者是从蓝色的大洋或天空上驶来
世界上任何具体的地点和名字
都不可能承载它的记忆和希望
但我们已身在其中

这是没有终点的旅行
谁能告诉你，童话结束后
还能做些什么，该怎样继续
譬如故事的结尾总是说，后来啊
公主和王子就幸福地生活在一起
那似乎总是意味着单调与隔绝
他们更应该分手，再无瓜葛

也许在森林里盖一间滴着树脂的木屋
或是用爬犁把雪运到山外
把劳动的热气捂住
像用狗皮帽子捂住小白兔

或者就此失踪，和辽阔的寂静对质
也许中途下车是个出路
每一个小站都有另一个你在等待出发

积雪压住的松枝更加阴暗
埋在雪下的列车，窗户低矮
汽笛拉响，烈火熊熊，煤炭黑亮
没有司机，没有乘务员
朋友们在温暖的车厢中联欢
美酒，泡沫，彩带，笑声与欢呼
那些早已不在人世的也默然置身其中

2016 年 11 月 24 日

你是你自己的远方

对于很多人，你就是远方
他们以为你已经抵达了
他们无法想象的世界和风景
而你始终在自己的身体里
你见过的青山碧水大漠云天
都成了你再也抵达不了的远方
哪怕你再一次去到那里
它们依然无法变得真实
就像一艘风船，在茫茫海上
越来越远，却好像在慢慢沉没

你是你抵达不了的远方
你在你所不在的地方生活
你一动不动地旅行，像一个空座位
你既抵达不了任何外在的事物
它们只是潮水，不属于礁石
你也无法深入自己的内部
把里面的天气，像旧毛衣反穿起来
你本身并不存在
你是你所经历的一切
入夜的风雨，远方的晴空
你呼唤，回答你的
总是一个陌生的邻居
你是没有门框和枢轴的门
你打开，你关闭，远方都会砰然一响
你在此地和远方之间
如同一根松软的卷尺
不停地丈量，折叠和缩短
但永远无法将距离压缩成一个球果
一个枯萎的暗黄色的宇宙，在落叶中
向远方和你自己的虚空滚去

2016 年 9 月 28 日

梅苔儿的诗

诗人档案 | 梅苔儿：女，本名张晓，医师，湖南浏阳人。

醉江南

需要湘江河畔的柳条
洞庭湖旦的芦花
制狼毫一管。狼毫需饱饮美酒

画家抱酒狂歌
血液里，填满桃花，阳光大面积淌过
落笔，宜横宜竖宜轻宜重
江南一直醒着
风要拂过两岸，明月要高过屋檐

可以浓墨重彩了。剔出素描的部分吧
抽穗的稻，鱼虫，流水和炊烟，还有鸟鸣和
父母辈的爱情和创造。朴素而丰美的江南

还得勾三成霜色

294

添上犁铧，弯镰，刀剑
磨刀石必不可少。如果丢了气节和气概
江南从此不江南

允许宣纸大醉，可必须站立

2016 年 2 月 5 日

独木器和歌谣

独木器和一个民族
最早来到海南。偏安一隅
"成大器者"，有着不可切割的完整灵魂

我抵达黎族之时
眼里忽然就没有了海
在这里，木头被赋予更深的含义
劳动，智慧，心灵的鸣唱
时间在木质纹理上，安静地走过
金属的碰撞之声，在海岛外

独木舟、舂米臼、杵、凳、鼓
一只独木器独唱，一群独木器合唱
天生的乐器——
民间歌谣由此诞生
我听到的黎族歌谣。淳朴，乐观，清脆

琅琅作叮。是木器独有的发声
如钻木取火，如木简刻字
如阴阳五行之木——
"木曰曲直"

那一刻。天地哑然失音
我已习惯了人间锯齿的轰鸣
却还是沉溺于独木器的
温柔以待

2018 年 5 月 24 日

兰州辞

往西，渡黄河，就是河西走廊
往东，越秦古州，就是天水
往北，就是毛乌素沙漠和戈壁
往南，就是拉卜楞寺

我哪儿都不去了
河流和母亲都在这里，落地生根
我的兰州。黄脸孔，老歌谣
踩水车倒挽黄河水的那人，是我的老祖宗
在黄河滩放羊的那人，是我的老祖宗
新麦和兰群，是我众多的哑巴兄弟

他们成为敦煌汉简上的字符
成为魏晋墓壁画的虫鱼和草木
成为麦秸垛上世代张望的麻雀
粗陶瓷上的水波纹和舞蹈纹
神赐的印记。出处和底细还那么清晰

辞别兰州，我还是一路向西
如一粒飞沙，扑入世间茫茫之荒漠
窟中走出来的佛，每一尊
我都似曾见过

2018 年 8 月 9 日

梦天岚的诗

诗人档案 | **梦天岚**：本名谭伟雄，1970 年生于湖南邵东。中国作家协会会员、湖南省文艺人才扶持三百工程文艺家。出版有散文诗集《比月色更美》、长诗《神秘园》及两部短诗集。另有中华书局出版的历史人物传记《老子》《周敦颐》《王夫之》《蔡伦》等。

浮邱寺

石阶浮在山坡上
寺庙浮在石阶上
诵经声浮在寺庙上

我浮在诵经声里
想借助佛的手
把一颗还在上浮的心
用力往下按

2016 年 11 月 6 日

爬麻布山

没有悬崖峭壁，
一条新挖的路通到山顶。
不算长，也不算高，
容易满足攀爬之心。

有人建议到这里来租一块地，
种各种各样的蔬菜。
而我只想种石头，
种各种各样的石头。
种子是现成的，
阳光和风也刚刚好，
偶尔会下一场雨，
不用除草，不用施肥。
它们会长得很慢，
有足够的坚硬，来考验人心。
它们会一直在那里，
不变质，不腐烂，不会辜负
那个传说中穿着麻布衣的年轻后生，
他可以站在任意一块石头上，
一眼就能望见洞庭。

当我们从山上下来，
迎面碰见炊烟和雾霭，

它们手拉着手，像一对亲姐妹，
我种下的石头里，
必定有它们的情人。

2016 年 7 月 6 日

洞庭湖边的芦苇荡

灿黄似箭镞根根笔挺，密密匝匝，
如同筑在眼前的一面铜墙。

我喜欢发光的物体。因为相信，
那些未曾见过的往事会在光中闪现。
仿佛枪声并未远逝，生死相许的人，
虽一次次错过，又一次次相拥而泣，
而藏匿于芦苇深处的水鸟，
从来就没有失去它们的乐园。

我也想穿行其间，一个人荡来荡去，
如江风拂过苇尖，让这无边的寂静，
发出沙沙的响声。

2018 年 12 月 16 日

谒魏源故居

再来时，院前的稻田已开辟成荷塘，
碧叶团团如盖，闪现出莲台的灿黄。

从前的木楼青瓦被一道泥墙围着，
藤蔓苍翠，它们趴在墙头窥视，
那个在阁楼上温书的少年并没有抬头，
他睁开的眼睛里，有未来的世界。

雨是新的，刚刚把天空洗白洗蓝，
再沿着锯齿状的檐角滴落。
俯身大地的人会看到时光深处的利刃，
人心的疤痕却有了水的特质。

一次次割裂，又一次次被抚平。
我看到有些人把眼睛瞪得很大，
像是在烈日下寻找什么。因为睡得太沉，
似乎没有一种声音能将他们唤醒。

2020 年 9 月 2 日

慕白的诗

诗人档案　慕白：中国作家协会会员、首都师范大学 2014 年度驻校诗人。参加《诗刊》社第二十六届青春诗会、鲁迅文学院第三十一届中青年作家高级研修班。曾获《十月》诗歌奖、红高粱诗歌奖、华文青年诗人奖、浙江省优秀文学作品奖等。著有诗集《行者》《开门见山》等。

五老峰

群峰之上，谁还待月西厢
我登上黑夜的屋顶，向自身的沼泽
投出一块石头，想知道是山高还是水长
而世界总以沉默回答我

2013 年 8 月

姚家源独坐

在江上游
处世无奇的姚家溪

一座独木桥横跨两岸
一把淡蓝色的雨伞飘然而去

临渊羡鱼，这宁静这缓慢
和我有关吗，我站在风中

2014 年 5 月

包山底

是一个村庄
也是一个墓地

我生在这里
我的父母埋在这里

2016 年 10 月

飞云江

这些水滔滔而来
我以为它们是因我而来
我的笑声未落

它们已各离我远去

2019 年 8 月

聂泓的诗

风一样自由——中国行吟诗歌精选

诗人档案 | **聂泓**：本名周建元。湖南省衡阳市祁东县人。2011 年习诗，在《诗刊》《绿风》《诗探索》等刊物偶有诗作发表，著有诗集《一列穿过县城的火车》《又一次听到火车叫了》。

晚霞

母亲坐在窗前
坐在两平方米的金光里
不悲不喜的面容
让这个黄昏更加浩大

真想母亲就这么坐着
这美好的时光
让黑夜为我保存
连星光也不要惊动她

在每一阵秋风里，把一生的愿望
许诺给这个黄昏
让我相信在这世上，会有来生

305

来生，我依然在这里
在这两平方米的爱里
与我的母亲相认

2011 年 10 月 4 日

普鲁斯特的茶点

上午有风
窗外的树轻轻晃动
我正在读一个叫王红公的美国男人
写下的一首诗

用一副旧扑克牌，哄他的小女儿开心
看到他死去多年的父亲
正从艾尔克哈特市醉酒回来
那个上午有风，没有别的事情发生

突然觉得口渴
伸手去抓杯子，却摸到了一个人的虚空
这个上午有风；一匹缓慢的马
和一个一闪而过的女人

2013 年 5 月 3 日

南湖夜色

入夜以后
树上的灯光变得轻柔
她闪烁的样子
仿佛一树情话，整夜不熄

今夜，沿着湖堤漫步
满天的星光在天上闪耀
其中一颗，似乎懂我
我想一下，她就亮一些

这样的回应，就像风起
夜深人静，可以一无所思
可以静静地想一个人

风还在吹
我知道，你还没有睡
此时，湖水拍打着堤岸
让我渐渐地有了感觉
像爱，找到了爱的枕头

2019 年 8 月 28 日

聂沛的诗

**诗人
档案** | **聂沛**：中国作家协会会员，研究馆员。在《诗刊》《人民文学》等刊发表作品。出版诗集《无法抵达的宁静》《天空的补丁》等五种。获第二届屈原诗歌奖、第二届诗经奖、第三届"猴王杯"世界华语诗歌大奖赛一等奖等奖项。

瓶窑的月亮

瓶窑的月亮是天地间最大的玉佩
我把它挂在你的胸前，有爱情的体温

五千年良渚文化的玉佩
多宽的胸襟可与之相配？

圆润、微凉。人满肚子话语
却说不出来，只是端详

岁月悠悠，足以让一个人内心
丰赡圆满如初：人生永远恍若初见

天际朗廓，地平线的张望

让多少世代的念想成为信仰

与疼痛！无数落叶深陷其中
又悲伤又温暖。翻开苍茫大地之书

萤火啊，星星啊，在黑暗中
沉浮；而合上的史诗

封面太阳，换上封底月亮
虽然沧桑，却总是皎洁、静美

我把它挂在你的胸前，没有比瓶窑
更恰当的地方来表达染霜之爱了

风，一直从史前稻作文明吹过来
从早期城市文明的杰出范例

吹到千古不变的爱情流域
拥抱着你，也拥抱我

沉默的原野，不断升起
多少历史炊烟本能的温存

我们曾经是无数的人；又只是两个人
两个在瓶窑的月亮下

相爱的人，无言的人，深情地

仰望天空，双眼噙满泪水

2021 年 9 月

石鼓书院的月亮

十年前，和她到石鼓书院看月亮
经历过悲伤和美好，星空已停止
黑暗的飞翔。就着三江波光
我们只炎日常的琐碎，来填补内心

越来越形而上的空虚，与无语
人间允许这样一个理想的夜晚
散步，有传统文化感，光阴虚度
体验尘埃之轻：那无迹可寻的秋风

书院千年斑斓的梦境付之痛饮
曾经显赫的知识如今难以启齿
我把一小撮诗歌的灰烬放于
她的手心，仍有热忱留下的后遗症

一种急流在水底潜行。两个身影
在清澈的形式里，深深感受到
清醒的凉意。记忆被重新命名

十年后再次路过这里，我独自一人

大雁南飞

大雁南飞
从雁门关一直飞过来
那些成一字或人字飞过的雁
从代县飞过时，有了中国血统

可以雁鸣，也可以沉默
在时间的长河里不知疲倦
飞行的大雁，像天上的山药蛋
可以前赴后继地生根、发芽

撒下的羽毛多了，就是大雪
落下的泪多了会大雨滂沱
从北到南，回雁峰
又何止在一区区湖南衡阳？
乡愁已遍布世界各地
孤独，也遍布天涯海角
长满年轮的大树
被砍倒，才肯透出一点秘密

那是我们在几千年的星空下

311

画了一遍又一遍的圈

直到再也画不动了

跪在大地上，让风和万物静息

2019 年 11 月

青玄的诗

诗人档案 | **青玄：**本名李雪梅，现居新疆博乐市。曾获第十届中国天马散文诗奖，作品发表于《诗刊》《诗歌月刊》《诗选刊》《星星》《诗潮》《绿风》等期刊，部分作品入选多种年度选本。

纳仁撒拉瀑布

这不是岁月的源头，也不是尽头
这是时间留给山岗的
一把竖琴。这是从鄂托克赛尔胸口
涌出的，太阳之光
是我投身于你，寂静
一只奔跑的羚羊

2012 年

每朵云都是一个身披袈裟的灵魂

九月，别珍套山连绵的起伏
坐满了云。每朵云都是一个身披袈裟的

灵魂。雨是无字天书
每一场降落，是探视
也是救赎。伸出手就能触摸佛光的脸

云站得那么近，带着自己的影子
——低着头的羊群
拨开落满草尖的
晦暗
尘杂，背离的盲道
用牙齿热爱着蒿草、骆驼刺幽闭的苦味和
泛白的咸涩，将自己埋在更低的
云中奔跑，羊蹄下的砂子汇成蚂蚁的巢穴

在这儿，云站得那么近
下降的风景在慢慢上升的目光中显现
仿佛认真的在此多呼吸一口
山野之气，就能穿过壁立于胸间的
千仞之山

2013 年

冬窝子

雪在给冬天写情书
漫长的迁徙
家被扛到肩上

314

骆驼领着羊群，羊群追着狗
从一个季节到另一个季节
一个人内心得装满多少热烈
才能对抗
一堆干牛粪和冰凉的石头垒砌的
孤单。一些燃过的火柴数着寂寞
每天
和松绑的风一起
等日落
等羊群挪动天空，挤走黑夜
在一块羊毛毡上
画满炊烟

2013 年

空房子

那是一只洗干净的空瓷碗
倒扣在冬天的餐桌上
在我偶然经过的这里
阿拉套山脚下
我随意地打了一个清凉的比方
我正这么想的时候
大约十米之外
一群停留在白杨树上的乌鸦

315

被惊动了

夜访寒山寺

夜很黑。两棵开满白花的树
借来月光，照亮寺门

我没有入寺。远远地站在
灌满了风的枫桥，眺望

借助那钟声，我将整座寺庙
移入寒冷的身体

喜悦时，我会敲响一次
悲伤时，我会敲响一次

平静时，我就是自己的寒山寺

每一棵孤松都是一位指路的老僧

登黄山，就是在云雾中

留下很轻的脚印，在很深的山间

经过每一棵孤松
遇见一位，指路的老僧

2018 年

如风的诗

诗人档案 | **如风**：作品散见于《诗刊》《星星》《扬子江诗刊》《作家》《作品》等刊物，部分作品入选多种选本，有作品被译为英语、德语、维吾尔语、哈萨克语。获中国新归来优秀诗人、《现代青年》2019年度十佳诗人等奖项。

在远方，遥望着远方

一场不温不火的秋雨过后
秋天，就被早黄的白桦树高高地举在枝头

赛尔山深处的牧场一夜之间就变得消瘦起来
大地，写满了辽阔的忧伤

一只雄鹰俯下身打量这渐渐荒芜的人间
忽地落在一根发白的拴马桩上，望了望远方
又振翅飞入云端

一间被转场牧人遗落的夏窝子
在远方，孤独地望着远方

2014 年 8 月 19 日

那仁牧场

我无法说出玉什填提克山巅一朵云的来历
也无法指明山下一条河流的去向
这人间的秘密，我所知道的
并不比山谷里的野花多

在那仁牧场
图瓦人和哈萨克族牧民都是兄弟
我和橘色金莲花互为姐妹
辽阔草原在等待一次从哈巴河出发的盛大转场
挂满经幡的敖包，在雨中
等待你从远方打马赶来

2016 年 6 月 8 日

我想把落日唱给你听

车过乌尔禾。
大漠之上，云霞燃烧，长风高蹈
远方的人啊，这美妙的时刻
我多想把落日唱给你听

一曲终罢，悲欣俱散

当我眼中的火焰同落日一起坠落
那美好的时刻也如流星划落
我的缄默，汇入
大地的缄默

2019 年 11 月 13 日

在契巴罗衣

转场之后，羊散人去
空荡荡的羊圈装满旧事。

零散的马群
芨芨草一样撒在风雪中。

两只马驹隔山眺望
又各自重入松林。

寂静的山中阴晴不定
风雪之后，西伯利亚红松披着金色袈裟。

这时候，山河远阔，天地苍茫
孤独的山行者，心中装满万物。

2019 年 10 月 19 日

在艾比湖西岸

水，曾经来过
云，曾经来过
白色盐碱滩上，一截干枯的
白梭梭，向着水的方向
倒下

一只鹰，在苍蓝的天空唱着哀歌
它背着太多对湖水的记忆
盘旋于阿拉套山之上

远方的地平线，仿佛云水浩渺
这是最初的，也是最后的
幻象
在白茫茫的人间，超度着那些
向死而生的众生

而天空，这遥不可及的深海
对一粒沙的寂灭
视而不见

2019 年 11 月 7 日

石玉坤的诗

诗人档案 | **石三坤**：安徽宿松人。中国作家协会会员、马鞍山市作家协会副主席。二十世纪八十年代开始发表作品，出版诗集《大地的远》《从清溪抽出丝绸》等。曾获安徽省政府社会科学文学艺术奖、马鞍山市政府太白文艺奖。

鹤云观对谈

"早晨我从子贡岭来，过一线泉
泉悬一线，像条命
等人去救"

"你看见那头豹子了吗？我说的
是庭柯已午荫，放下
使它安静"

"心有绿荫，蝉自在清风里唱"

"微花低吟，竹叶带锋，细小之物
也具磅礴之力"

"你再看，那风，无形无色

充盈山谷"

"空即满，满即空，万物得时
命借一叶长生"

1997 年

冬雨中寻汪伦墓

一个人要埋多少年才值得去看
山径湿滑，冬雨瘦冷
撑伞在山中徘徊
每一次迷失幸得乡人指点
转弯过后总见新风景

还需要一些假设，一个
有千尺深情的人，死
会怎样埋葬自己
岁月深处 有人踏歌，有人舟行
桃花随风像无力的呼喊

墓前，一桥，一树，一涧溪
桥隐人迹，树显古意
唯有溪水在一路追赶，无论
丰盈，或者枯瘦
都揣着一颗四海心

衰草掩冢，石兽寂静
当冷雨滴落坟头，墓碑上
雨水的光亮像来自民间的善
没有一种情感可以重复
"潭畔一痣，只为那人点睛"

2014 年

赤乌井

不可测白人心有多深，仿佛
井水退回深处
就真的找到了事物的源头

有多少人想窥探其间的秘密
木桶有刀的一击
总化解三空洞的回声

桶绳抛下去一尺
沉寂又沉寂一寸，我宁愿相信
它是一口深埋的沉钟
一次次撞击，不在醒世

青铜易锈，流水不腐
不断挣扎的涟漪

或许正是传说中，那枚
彩石的斑纹

2017 年

索菲的诗

诗人档案

索菲：计算机硕士，世界诗人大会终身会员。出版有诗集《倒叙的时光》、汉英双语诗集《巴卡贝尔的忧伤》。曾获 2015 年首届中国城市文学诗歌大赛二等奖，2021 年第二届"猴王杯"华语诗歌大赛一等奖等。

英式下午茶

你不是梁朝伟，来趟伦敦不容易
鸽子就不必亲自去喂了
到大英博物馆喝个下午茶吧
一壶茶，让你从
日不落喝到
日落

2016 年 12 月 21 日　英国

辣的诱惑

一样的玉米卷饼
配以各种卤肉，多种酱料

326

不同程度的辣，不同的辣法

牛油果酱，莎莎酱，三色椒酱……

红着辣，黄着辣，绿着辣

轻着辣，重着辣，重重地辣

几天下来，一股火在胃里燃烧

够了够了，罢了罢了

每天夜里，我都这样对自己说

第二天醒来，又抵挡不住

深深浅浅浓浓淡淡的辣

写到辣时，我多么想说爱

说胃疼时，我感觉心在痛

2018 年 12 月 23 日　墨西哥城

比萨斜塔

我不是来扶正它的

我无力也无意与世界为敌

作为钟楼，它未曾撞过一天钟

却比任何钟楼更倾倒众生

堪比西西里教父，一生从没布过道

却以教父之名震慑江湖

绕着察觉不出的斜道

327

一步步登上塔顶
环顾四周
整个世界，都是斜的

警世之钟高悬而沉默
斜——斜而不倒的绝技
已然让它活成奇迹
扬名立万于膜拜奇葩的人间

走出斜塔，世道依然如故
该正的正，该斜的斜
正的永远比斜的多
斜的永远比正的惊世骇俗

2015 年 12 月 24 日　意大利

科尔多瓦^①的橘子

别碰我。我是一只古罗马走丢的橘子
橘瓣里包裹的酸涩和风雨
无关季节变换，无关朝代更迭

不必涂抹催熟剂保鲜剂
增加表面亮泽与光滑

---

① 科尔多瓦，Córdoba，西班牙古城，世界文化遗产。

别碰我。让我独自挂在树上
守着空荡的果园做完这场梦
把落日还给长河，把秋天还给我
成全一只无用的橘子，有如
成全一只天上的飞鸟

2017 年 7 月 30 日　西班牙

人骨教堂

灵魂与天堂
一直是悬挂在世人身后之谜语
但骨头无疑是冰冷的
四万多具人骨挤在一起取暖
还是凉飕飕的
双手合十。庆幸血还热

2016 年 9 月　捷克

逝去的好时光

时光，请你回一回头
我只要一抹千年维京人之剑的
温柔
比愤怒长两寸

时光，请你回一回头
我只要一口万年冰山伏特加的
醉意
不必醒来

时光，请你回一回头
我只要一滴十二亿年岩层滤过的
西溪湖的纯净
拒绝导电

时光，请你回一回头
我只要一步当年鳕鱼背上的
好风光
——"O buona vista"！

天涯与远方

天涯海角处
两把红色的木椅子
大多数的时光　它们都空着
相伴的　唯有灯塔 大海　和天空

偶尔一对白发老人
坐在那里静静看海

它们空着时　是天涯

不空时　是远方

2014 年 7 月 12 日—8 月 1 日　纽芬兰

风一样自由——中国行吟诗歌精选

谈雅丽的诗

诗人档案 谈雅丽：中国作家协会会员。出版诗集《鱼水之上的星空》"二十一世纪文学之星"丛书）、《河流漫游者》等多部。参加《诗刊》社第二十五届青春诗会。曾获湖南青年文学奖、华文青年诗人奖、丁玲文学奖、冰心散文奖等多个奖项。

南湖秋光

秋光勒紧了奔跑的缰绳

湖水何其浩渺，但我只想把它

装进一只狭小的酒囊。我把灯光拧紧

手里这轮落日

越烧越红，越燃越暗——

整座洞庭湖都聚拢到我的胸口

芦荻在唱歌，漫天飞花，我怕喉咙的澎湃

被湖水打湿，守着这半日光阴

沉沉地坠入了梦乡

到处闪烁金黄的鳞片，从大鱼嘴里吐出

一艘长臂的挖沙船。湖里有深紫的影子

银质酒壶流出满天的蔚蓝
有没有一句比爱更烫心的话
——在秋风中飘散

我们在南湖的秋天相遇，在波浪中相爱
在一只秒表计算落日下坠的五分钟里迷失
我的迷失是你
是整座水波粼粼的大湖

做了一匹岸边的白马，跟随时光越追越远
我感到熄灭的光在召唤我
召唤一个异乡人的靠拢
亲爱的，我有点害怕
秋光就要垂下了金色的幔帐

2010 年

和爱人一起观洞庭落日

远处传来轰轰隆隆的声响
也许洞庭湖上要预演一次相遇

我无法形容湖水，这巨大悬垂的眼瞳里
储存一轮落日，周围的芭茅草在秋风中
释放着柔软。白色、新鲜的点缀
经由我手的温暖

反复在堤坝消失的身影，一行南归的鸥鸟
抹去了湖光山色。一切都刚刚好
跳跃在波光之上的金黄在舒展，麇集
而你在我身后——
你藏匿在一只细小沙漏，深情的流动中

对于美无须太多描述
比如要把秋风化成明媚春光的一种
比如把相爱换成了平淡的相守
我沉默着，只是把嘴唇轻轻贴在
你微白的鬓角边

2012 年

给我一座临水古镇

就请给我一间乌瓦木壁，临水自照的
老屋，靠着澄碧的沅水

给我左邻撑船人，沧桑阅尽的淡然和蔼
右舍洗衣妇，她手腕上戴着骨刻银镂
给我山前青石板，山背入云梯
还请给我沉沉的栗木舸——
弯在木楼，幽静的水边

请给我岸边的古樟、茶舍、柳线、溪响

三二闲游人，催促小楼春风一夜吹来

那眼神温暖的，至爱宿敌

给我遇鳞则鱼，遇羽则鹰的梦境

给我你的，让人活下去的温柔触摸

就请给我一座临湖古镇吧！它清澈

空旷、安详，倒映于如画江水

给我恍惚、怅惘、三千弱水，在画中

看不见你的身影，听不到你的声音

唯有一江清寂的流水，照见了

天涯——

永远不能相见的命运

2009 年

秦溪游

我们跋涉至此，跟随白云涌入山中

如归家的懵懂少女，溯秦溪而上

仰望雪峰山层峦叠嶂

绿野中铺开一幅男耕女织图

无人机拍摄到盘旋的山道

茶山青葱，竹海翻涌

秦溪游于碧海，宛如一条蜿蜒的青龙

崇山养育的溪流清澈

青瓦白墙的家园掩隐于林海
堂屋敞亮，火塘温热
母亲用擂钵捣碎茶叶芝麻生姜
浓郁的擂茶香里注入一往情深

秦溪在白昼的暖阳中浅睡
在夜晚携一艘渔船划入画景
碧翠溪边，流水潺潺
灯光复活秦朝往事，儿时记忆

小桥流水，牛羊牧归
男婚女嫁，诗酒桑麻
仙女裸洗山林，腰姿婀娜
像涧谷无名的野花抖动

这落入桃花源里的梦境
鸟鸣起落，覆盆子艳红
青山，木屋，米酒铺，豆腐坊……
安放着我们早已遗失的心灵居所

2021 年

336

汤红辉的诗

诗人档案

> **汤红辉：**湖南省文联委员。曾参与策划执行中国张家界国际旅游诗歌节、中国永州山水散文节。作品散见于《诗刊》《星星》《扬子江诗刊》《诗潮》《绿风》《诗选刊》《诗林》《诗歌月刊》《芙蓉》《湖南文学》《湘江文艺》《草原》等文学期刊和多种诗歌选本。出版有诗集《月光流过人间》。

听雪

雪落纷飞
我站在窗前闭眼凝神
今夜雪化
仍立于窗前听雪来去无声

这雪已为你我酝酿了千年
在东吴西岭漂泊过
在寒江独钓的船头呆过
也在芙蓉山犬吠声中飞过

请原谅我不能为你抚琴
琴弦太清冷了

请原谅我不能为你煮茶
茶水太清苦了
也请原谅我不能邀你去踏雪
我怕刚走出茅庐
你我就白了头

我只能凭窗听雪
远远地把这世界听成一个庙宇
每一尊佛像都是你慈眉善目的样子

2017 年 12 月

华盛顿的国家广场有个马丁·路德·金雕像

在神秘的白宫和五角大楼前
我们曾与麻雀友好对话

在美国国家美术馆里
我们与凡·高自画像长久对视

在乔治·梅森大学艺术厅
我们举行非遗展览和音乐会

路过国家广场时我倍感亲切
那个白色马丁·路德·金石像出自
湖南人霍宜锌之巧手神雕

338

他的身体里流淌着湘人的血液，每次经过
我都仿佛听到他用湖南方言向我们打着招呼

2017 年 12 月

静坐塔克西拉古城

塔克西拉古城在巴基斯坦的一座山上
我们去时两军相约停火
只为敬重我们这些来自玄奘故乡的人

玄奘于公元 7 世纪来到这里
他在《大唐西域记》留下不少笔墨
城堡中有间残存的房子
当地人称为"唐僧谷"

游人离去
神鸟乌鸦低飞
在唐僧谷门前闭目静坐能听见梵音缥缈
我是一个迟到的沙弥

当年玄奘参禅讲经口吐莲花
如今我面对他静坐
隔着的不是千年盛唐

而是一片莲花海洋

唐月的诗

诗人
档案

唐月：作品见于《延河》《飞天》《扬子江诗刊》《诗刊》《星星》《诗选刊》《安徽文学》《山花》《诗林》《西部》《草原》《十月》《时代文学》《诗潮》《新华文摘》等。曾获《鹿鸣》2015 年度诗歌奖等。2019 年受聘为中国诗歌小镇康巴什首批驻镇诗人。

喊出来

今夜，你要把一轮明月

从唐诗里喊出来

一壶酒的沉默显然不够响亮

你需给酒里下足雄黄

勾兑以子时蛙叫，午夜蝉鸣

最好还要佐以初生婴儿干净的啼哭

今夜，我要做的是另外一件事——

把一首唐诗从明月里喊出来，或许

我们可以一起喊

用两壶沉默，顺便也把你我

从彼此的体内喊出来

2018 年 6 月 18 日

牧讴

明天尚远，此刻，我离黄昏最近
离牛背的摇篮最近，离牛乳的钟摆最远

我目噘落日，直至从群山嘴里夺下
所有回声

与一头小牛一起拱奶喝
是我最想复制的哺乳生活
为此，我在鞭鞘上打满了蝴蝶结
笛孔里塞满了金簪花

黄昏哞哞的长调呵
我抓紧这绳索，乱红般荡起那秋千
与牛尾一起横扫牛蝇，与牛蹄一起加固
一朵一朵牛粪

2017 年

胡不归

你脸上的暮色笼罩了
整个村庄
烟囱里竖起的炊烟
有不为晚风所动的灰色平静
夕阳落入杯中
两个大海溢出
我是干净的
在洗净乌云和弄脏白云
之前，在谙熟河流的身高
与群山的三围之前
我是干净的
我是不能与你相爱的，明月

2017 年

所有的枝条都已准备好了花朵
——致敬阿多尼斯

所有的枝条都已准备好了
花朵，甚至准备好了
蝴蝶和蜜蜂。而我还没准备好
花瓣一样的嘴唇，还没准备好一个

343

像样的黄昏：一条小路
两个因相叠而花香般渐浓的
身影……除非你已在梦中
替我准备好了这一切，并通知了
整座花园，花园里只有
一棵树

2023 年 2 月 4 日

凸凹的诗

诗人档案

凸凹：本名魏平。诗人，小说家，编剧。成都市作家协会副主席。出版有诗集《大师出没的地方》《蚯蚓之舞》《桃果上的树》《水房子》等二十余种，其中获奖图书七部。获中国"名人堂·2018 年度十大诗人""名人堂·2019 年度十大作家"等荣誉。

大河

——梦中的岷江

一条大河，横亘在面前，大得不流动。

整个世界，除了天空、夕阳，就是大河。

尤利西斯漂泊十年也没见过它的样子。

没有岸，水草，渔歌，年月，蚂蝗，和蝶尘。

我甚至也是这条河的一部分。

对于这条大河，我不能增加，删节，制止，划割。

或者推波助澜，掀起一小截尾部的鱼摆。

夕阳倾泻下来，没有限度地进入我的体内。

无数条血管像无数条江流涨破中年的骨肉。

仿佛恐龙灭绝时代的那场火灾、那场大血。

布满整条大河，地球，这个黄昏的呼吸。

又仿佛混沌初开，分不清

天在哪里，地在哪里，水在哪里，血在哪里。
我见过河南的黄河，重庆的长江，青岛的海。
还见过川东地区山洪暴发的样子。
它们都没有那么大，那么红。
并且，早已先后离开我的生活，远去了。
我所在的龙泉驿没有河，因此缺少直接的联想。
现在，除了在阅读中碰见，已很难再记起它们。
这条大河，我不知道它从哪里来，
还到不到哪里去。而那个黄昏的场景，
不仅在夜晚，甚至白天，都会不时出现。
仿佛一个梦魇，一种幻象，大得不流动。
只有那水的声音，日夜轰鸣、咆哮、让我惊怵。

2001 年 1 月 12 日

阆口夜宿，或赠袁家兄弟

再说一路的散风，碎水，多得记不住名。
今夜，卧榻之旁，只容得下大师的罗盘
稀贵的风水；今夜，众鸟归榕，我只属于
杜甫的阆中，袁家兄弟的阆中！两根街指
筷夹的水码头客栈，保宁醋的镇定
压不住压酒的高蹈。老板娘的傍晚浅靥
像次日晨鸟的临窗小调，倦怠的旅者
借杯盏和煮鱼傻笑，一次一次活了过来。
再说这木雕的阆中，坐在石砌的

古代：群山聚首，一条大江停泊环抱
青龙千年静奔。再说，守将割头，流官题诗
革命不革命，都在这里出名。官庙贡院
深宅天井，吃斋不吃斋，都在此处
长出三万锭白银根须。——再说
这碗川北凉粉下肚，麻辣周身撒野、下种
亡者的祖国在木格窗花里拼图、落泪
一朵暖意拽住春尾，不让我骑快舟，连夜家归

2007 年 4 月 20 日

草堂遇雪，或信于杜工部

跨进草堂，丁亥首雪就落了下来。
雪里：不见江船渡，不遇独钓翁——
万里船泊了东吴，水也下了扬州。雪
大概没能更白，但大邑瓷碗
的确大不如前。这是宝应元年以远的事，
建子月逸出的雪。西蜀冬不雪年份，
你只能手搭晾篷，望西、望西：
望窗外山岭的千秋雪，
感受到面的岷山风。今天
我亦见早梅——哦双重的雪！
静于庭树，舞于蜀天，香于纸墨。今天
依着你的铜像并肩看雪，看见了唐代
的雪：你的雪。又，顺着你巩县的目芒

数去，无数的一粒雪也在思想、忧患，
疯狂地下，令你反思想，不激动，偶着
一词。吁，一条东来的侧径昂起头来说：
遇雪我是浪漫的，遇你我是现实的。

作于 2008 年 1 月 13 日，改于 2008 年 9 月 23 日

塞二记，或一百零八塔

在青铜峡，汽车一个拐弯
我一头闯进，西夏的数字时代
相信一百零八种忧烦的，是
一百零八种祈愿；支撑一百零八种祈愿的
是一百零八种忧烦——
在青铜峡，塔是忧烦的，也是欢乐的
定性让位于帝王与工匠
定量从一只掌纹开始，成为数码与功课
在青铜峡，佛是数字的，喇嘛是数字的
转圈，步梯，大河的升降尺度，也是
数字的。而数字，上尖下宽——多么
有形。秩序在山河间生成时间
时间在山河间生成秩序。思想法则和
美学换算，被一只黑天鹅
朗诵在先。在青铜峡
语文老师遇上的数学难题，麻鸭来解
数学老师遇上的语文难题，黄河来解

348

三角形的雁阵倒挂大地
成为龙骨和基本

2011 年 7 月 4 日

失踪记。大海道或魔鬼城

大海那么大，走失了；我
这么小，也走失了。这是在
秋的新疆，我从未涉足过的
新的疆域。魔鬼聚得很拢，又散得很开
我两个小时的失踪、干渴、恐慌
也没能兑取魔鬼的边界
魔的叫，鬼的叫，城的叫，总出现在
风起的时候。叫声高高低低，远远近近
式样多得不能尽数。而哭泣，而乞求
甚至比怒吼更令我哭泣与乞求
——严重得都脱了人形。有那么一会儿
我多么希望大海归来，带走魔鬼。如果
剥不开附体的叫声，剥不开
死亡的时间，就把我一并带了去
让我成为一把水、一粒盐也行的
在大海道，没有看见大海。战败得
如同大月氏的大海
去了无向的另城。而今的魔鬼城
是座空城，空得只剩下

魔与鬼，只剩下我的无助和命
从成都到哈密，我有十万群山的交代
有五千里天空的请托
从哈密返成都，我爱全世界
全世界不爱我。全世界爱魔鬼

2017 年 2 月 21 日

涂拥的诗

**诗人
档案** | **涂拥**：四川泸州人。中国作家协会会员。有组诗发表在
《诗刊》《中国作家》《星星》《作家》《诗歌月刊》等刊，
有诗作入选多种年选。

高棉的微笑

我数过了，巴戎寺的 49 座四面佛像

确实个个都在微笑

安详地舒展景区周围

那些被战火带走双腿而紧锁的眉头

同时也再次闪亮暹粒舞台灯光

善神长生不老

贫穷和苔藓、疾病的荆棘爬满山坡

千年石头仍然长出微笑

雍容而安静的力量

摁住万物躁动，抵达心房

就连山脚下一只路过的野猫

也蹑手蹑脚，我也一样

似乎都想成为第 50 座佛像

2016 年 12 月 16 日

所见

来这个亚欧交界的国家六天了
没有遇到半点战乱
我既庆幸又有点遗憾
第七日 游览一个石头中的圣地
传说许多大师
都曾在此诵经传教
终于看见有荷枪实弹的军人
在维护世界和平
我爬上高高山冈
顺着冲锋枪口望过去
对面悬崖峭壁上，有一幅画
上帝在微笑

2019 年 5 月 24 日

韭菜坪的高度

山脚景区门口
竖有一木框，标有海拔 2777 米

这是韭菜坪高度

也是热闹的高度，人们兴奋的高度

放得下蓝天及游客

此时你还看不到花朵

只有继续往上攀登

山顶上出现同样大小一木框

也是装满蓝天白云

这多出来的 2000 米海拔

多出了汗珠高度

野韭菜花开的高度

只有抵达了这儿

才有可能对分别在两个木框前

都留影了的人

发现他们所处位置不同

2019 年 8 月 26 日

王爱民的诗

诗人档案 | 王爱民：男，辽宁营口人，中国作家协会会员，《辽河》杂志主编，作品多次获奖。

把月亮天天揣在身上

天上一轮月亮
照在城里
一池水荡漾
照在故乡
撒满了一地盐

我看月亮这面
母亲看月亮那面
中间隔着山梁

月亮有母亲的体温
我把它当成硬币
天天揣在身上

2005 年

354

先把东风用完

树让出一个座位
鞋让出一条道路
相见让出怀念

先把东风用完
再交出手里的西风
风里的哭声

时间空出一半
一半是春山的空
另一半是回来的小径

细浪一样地活着
一场场雨
都会从眼眶里回来

2008 年

两块石头

一块石头
摸着另一块石头过河

355

一块石头
坐热了另一块石头的屁股

大水退后
石头裸露悲凉
一只鸟不管
站在石头上
一个劲地唤岸上的另一只鸟

石上苔藓也叫了

2014 年

赶远路的人一夜白头

秋风把一棵树一座塔吹斜
把一个人的影子扶正
把牛角羊角吹弯，然后钻进去筑巢

一夜之间，就是山里山外
就是红脸白脸，就是前世今生
大菜市的吆喝声熟透，冰凉
夹带着几片未落的黄叶和虫鸣
我的身子里有个轮子慢下来
我是人间草木

356

整个秋天的霜都降在小村子里
降在井台，马眼睛里
降在一个个小时候的名字上
降在我的小小诸侯国，我的江山
村子离月亮不远，比霜白

墙角下
一直加紧地下活动的鬼姜蔫了叶子
妈妈拎起镢头三下五除二
将正要潜逃过墙的一干人等一网打尽
酱泡，盐腌，煎炒，全凭一人发落

炊烟逆势上扬，要趁早洗白天空
早起下地的人，镰刀崩出豁口
骨头里有一块块铁鸣叫
石头含霜，赶远路的人抱紧身子
一夜白头

2018 年

王桂林的诗

**诗人
档案**
王桂林：二十世纪六十年代出生，八十年代开始写作。曾获首届汉城国际诗歌奖、第五届卡丘沃伦诗歌奖、第六届大河诗歌双年奖等。曾受邀参加罗马尼亚萨图马雷国际诗歌节和古巴哈瓦那国际诗歌节。著有诗集《草叶上的海》《变幻的河水》《内省与远骛》《柏林墙与耶路撒冷，或曰词的喜悦与困扰》《移动的门槛》等。

白鲸

起初我身上也有燃烧的蓝色
现在长大，在北冰洋里
像一块坚硬的浮冰

如果把我当作一个词
我会突然跃出意象的水面
而如果　把我作为一个意象
我又会迅速潜入词语的海底

时间是我的老师，它一如大海
有铁矿石的大陆架，虚妄的泡沫
永不结冰的冰穴里难以预测的激流

我最大的困境不来自北极熊和虎鲸
当我的皮肤因成长而变得粗糙
我会蜕皮，懂得用岩石
重新擦亮自己身体的珍珠白

每天，我都看到蓝色的冰山在远处闪耀
比红头发的须海豹还容易辨认
我渴望那蓝色，即使我也曾拥有

海水的蓝色辽阔而沉重
为抵抗这无边的寂静
我在冰冷的世界中不断发出声音

2023 年　巴西

迷路

从胡萨兹拉塔国宾酒店
到布拉格市立图书馆
途径五个街区
两座教堂

还有许多教堂
沿途向远处
能被望见

我不懂捷克语，上帝
也不懂汉语
在世界大部分地区
他从不给我们提供
汉语的
道路指示牌

沿着色彩，大小相似的
方形石块砌成的道路
步行到图书馆
必须拐七八个弯
穿过十几个
难以分辨的路口

和祖国大多数人民一样
我也不信什么神灵
但在每个路口
我都会停下脚步
好像那里
都站着一个
容貌相似的基督

我怕一旦走过去
就再也

走不回来

2016 年　捷克

松林之上的云

火车继续
向北方行驶。
从东戈壁滩一路前行，水草
变得越来越丰美。
任何时候，阳光
总是恰如其分地照耀
它能够照耀的地方。
站在车窗前，你的嘴唇
已被晨光穿透。松林
使大地毛茸茸的乳房
微微起伏。
你说起那一年
我们住在巴伐利亚的菲森镇，
推门，就能望见阿尔卑斯山山顶，
白雪映照着威廉二世的新天鹅堡。
屋后，是广阔湿润的牧场……
说起茜茜公主，在瑞士，
她住过的地方现已变成酒店。
西班牙钢铁大王八十岁，
每年仍带他妻子去那里小住。

风一样自由——中国行吟诗歌精选

361

他们用一个小时吃早餐，
然后一整天坐在树下长椅上，
远远看着红色尖顶的教堂，
说话，回忆，打盹，慢慢享用
干燥温暖的黄昏余光。
——我没有说话。我看到
松林上巨翅状的云
垂过林梢，凝止不动。
过了很久，轻轻滑落进
它隐秘沉郁的湾流中……

2017 年　蒙古

望禾的诗

诗人档案 | **望禾**：本名王静，青海省作家协会会员。作品散见于《扬子江》《延河》《绿风》《特区文学》《青海湖》等刊物，部分作品收入《峨日朵雪峰之侧》等选集。出版诗集《低语的埙声》（合集），主编诗歌评论集《湟水谷地：不断返回的原乡》。《现代青年》杂志 2019 年年度新锐诗人。

昆仑玉

只能借一颗石头阅读群山
石头内部，玉质的创口，收集着
落在昆仑的，云的颜色，雪的质地
神的言语

在群山面前，交出
一生的创口
此刻，诸神只能借由我
阅读茫茫众生——

那些生活反复撞击断裂的部分
如何

在漫长的挤压与心底的岩浆之间
成为，本内的玉石

塔尔寺花供

带花前来的，不只是我
诵经的人，掌灯的人，泪流满面的人
都曾把内心的花朵
举过前额

奉上一生的苦难
与茫茫苦海里，闪烁的心火
那些离去的或爱着的人事啊
每个念头，都是泅渡彼此的绳索

命中所有——福祸，悲喜
爱恨，善恶，都会开出花来
神创造所有，便允许所有
我正借由它们成为自我

尽管心里，有一百盏油灯
也无法照亮的隐秘
但度母拈花微笑，并不过问

364

每一朵花的来处

2020 年

路过德令哈

需要一个这样的地方——
土地裸露，戈壁腾出自身

世间才有更多的位置，安放黄昏，大风
如柠条的诗句根系

需要一块画布，空白，巨大
但并不需要精细的质地

路过德令哈的人，才能在无边的生活之外
安放各自的，雨水与苍茫

2021 年

温青的诗

诗人档案 | **温青：**中国作家协会会员、鲁迅文学院第二十届中青年作家高研班学员、河南信阳市诗歌学会会长。作品见于《人民文学》《中国作家》《青年文学》《解放军文艺》《诗刊》等，著有《指头中的灵魂》《天生雪》《水色》《天堂云》等。曾获全军优秀文艺作品奖、河南省文学奖、杜甫文学奖、河南省政府文艺创作奖等。

河南以南

河南以南　群山之北
在诗歌早已生长的乱石与锈土之隙
我的行囊装进了青草的芳香　想象之鸟的清啼
幸运的流浪者用双足狂欢

自然之神洞悉了所有的苦难和颠沛流离
报以鲜花　青藤　白云和流水

2001 年 12 月

366

走遍山谷的鹅卵石

这是鹰鸷下的蛋
在斜阳下浮现乳白色的光晕
它们拥挤着大海的梦
被暴风雪灌满九万年的沧桑
饱满，坚硬
与冰雪和睦相处

它孕育着神灵
在一生一世的流浪中
随时驻足
吸收冰雪不能排遣的孤独
承受鹰鸷的疲惫
倾听风暴拍打骨头的破碎
以无所不在的静默
回味来路的流水

当时光圆满的时候
喀喇昆仑
你鹅卵石一样的爱人
坐上鹰鸷的翅膀
不再返回

2013 年 10 月

大风口

峡谷，费力张开
吹暗一个夜晚
要把所有的星星咽下去
只留下月亮
照耀一双白银的翅膀

这是喀刺昆仑
站立在大风中
扶起所有夜晚出行的事物
鹰鹫和蚂蚁
暴风雪和草

它们以一种方式相亲相爱
除了飞翔
就是拥抱成冰凌

2014 年 5 月

父亲在每一片雪花里长眠

雪花在大地上勾勒出父亲的容颜
那些凸起的部分

是一个个饱含泥土的日子
在寒风中覆盖人间

我是父亲遗留给新年的草籽
在大雪下，收好了旧年里的悲欢
毛壳包裹的一点希望
和父亲一起
在每一片雪花里长眠

2019 年 10 月

白马的隐喻

人世间炮火如花
只有那个内心空旷的诗人
在迷茫中
追随一匹奔向河流的白马

它的孤傲
在流水中沉浮不定
无数绿色的漂萍
要指引它回家
一匹马的惊涛骇浪
如同隐喻，和地平线不分上下

它把奔腾的自由

送给二地
留下一身磷火的骨架

2020 年 8 月

吴乙一的诗

诗人档案 ｜ 吴乙一：当过兵。中国作家协会会员、鲁迅文学院第四十三届高研班学员。出版诗集《无法隐瞒》《不再重来》，曾获第十六届华文青年诗人奖、第六届红高粱诗歌奖、第七届中国长诗奖·最佳新锐奖。

这里有不可描述的欢喜

冬天突然到来。流水变薄，阳光变老
黄叶间的红柿子一只一只掉落
风吹了一遍又一遍，梅花还未开
连绵起伏的是世间的繁华，与匆忙

我们为花香而来
沉默的你。一直握在手中的苹果
渐渐有了暖意

穿过水电站，小路跟上了广梅汕铁路
枕木下褐色的细碎石子经历过
无数轰鸣和战栗，现在又安安静静

关于这条河流，关于这个季节

我知道的并不比你多
只是两岸的竹子突然在水面上
停下奔跑的脚步，尘土飞扬复又落下
不知名的鸟儿抱着树枝歌唱

这里有不可描述的欢喜
这里有需要我独自承受的悲凉

2008 年 7 月 12 日

我看着大雾漫过全身

是洁白。是飞行的大海。是瀑布
在盆地聚积，聚集神的指令
把慈悲倾向村庄和田野
它向上攀升，越过一个山脊
将朝阳洒在草甸上的声响带走
它还取一风的锋刃
不急不慢，将山谷填满
向另一个山脊奔跑，直至高山之巅
我看着它触碰我的嘴唇，四肢
仿佛流水漫过我全身
将我淹没
像洗干净一件即将呈献的祭品

2015 年 11 月 12 日

在平遥

我们没到来之前，平遥已老得弯下了腰
旧巷子里的泡桐，繁花满树
遮挡了民宿的招牌
店铺低矮，挂满了旧事，和灯光
听完梆子戏
遇见送葬的队伍逶迤而过，路人纷纷侧目
后来，我们站上老城墙。有人放风筝，越飞越高
一群鸽子从头顶低低掠过
仿佛我就是它要奔赴的春天
仿佛我就是，它要背离的天空

2017 年 4 月 16 日

雨中赏梅记

雾中，山峦深了
寺就变老了

只有白茫茫的梅花是新的
问询手捧经卷的和尚，家乡何处
他摇头不语
仿佛每一座山峰都在云深处

373

枫树和梧桐掉光了树叶，落满台阶、屋檐
钟没有响。鼓也没有响
所有的鸟都不飞了
所有雨中走出的人，再也没有回来

只剩我
提着木桶走向老井
再一次相信——泉水源源不断
就是爱的恩赐

2018 年 1 月 6 日

向以鲜的诗

诗人档案 | 向以鲜：诗人，随笔作家，四川大学教授。有诗集及著述多种，获诗歌和学术嘉奖多次。

沙漏

沙子有许多用处：建筑最小单位
随风而逝，如同葬送爱情的
眼泪、绝望或祈祷
最值得一提的是，沙子成为
时间陷阱。再没有比沙子
与时间的关联更为紧密的

你抓住一把沙子
就等于抓住一段时间
向大海撒下满含黄金的沙
也就等于撒下无数
时间的金色风暴

沙子的风暴，危险的风暴
有报告说：世界正在沙化

世界正在被时间与沙子掩埋
那些郁郁葱葱的冒险家
羊皮水袋已被烈火吹干

让我一个人静静地躺下来吧
仰望苍穹的斗转星移
当玲珑剔透的金字塔颠倒
我知道，一粒沙子
就是一支离弦的箭

一粒沙子，行走在透明中的沙子
也是一块重若泰山的顽石
而我们所要做的唯一工作则是
将之击碎、击碎
碎到几乎不可言说之地

2001 年

胡姬 侠客或诗人

侠客与诗人同时爱上胡姬
胡姬难于取舍：既爱诗人的绝望
又爱侠客的锋芒
于是她把白天交给诗人
夜晚交给侠客
胡姬的身体中住着孪生的姐妹

就像菱镜前的对视
不知道哪一个更真实
胡姬既幸福又充满恐惧
她知道这场戏剧很危险
正午的情人七步生莲花
却易于凋谢
子夜的情人十步杀一人
千里万里不留名
就在胡姬快要被撕裂之时
她到井水边找到了答案
侠客与诗人只是一种幻象
来自遥远国度的皓腕美人
灵魂中住着孪生的兄弟

2013 年

乌云谣

乌云只是一个灰暗的想法
像浸满毒汁的箭
只要轻弹岷江山色
就会击穿成都平原的爱情

手中的诗卷也顷刻变色
泪水如乌云的魅影
溃败的岂止是清风勇士

山雨欲来落红一点又一片

乌云是晴空涌集的鸦群
它们虽然来历不明
却有着共同的鲜明目标
剥开的云朵落满心头

这突然到来的造物恩典
极目远眺比沙场征战
更激烈白聚和散
正拨响铜琵琶的急弦繁响

在变幻古今的玉垒阳台之上
滚动播放着无尽忧伤
透明的苍穹戏剧
雷电的光辉拉开序幕

乌云只是人生悔恨的瘢痕
乌云只是乌黑之夜的倒影

2014 年

徐丽萍的诗

诗人档案 | **徐丽萍：**《绿风》诗刊副主编。中国作家协会会员、石河子作家协会主席。在《诗刊》《星星》《诗林》《西部》《安徽文学》等报刊发表诗歌、散文千余篇。出版诗集《吹落在时光里的麦穗》《荆棘与花冠》等。诗集《目光的海岸》获新疆生产建设兵团农八师"五个一"文艺精品奖。

你总是和美好的事物在一起

你总是和美好的事物并肩走在一起
倾听每一朵花开　品尝每一颗新鲜的
带着呼啸的自由　让梦在暴风中生长
你是风想狂野就狂野　想轻柔就轻柔
你是令人心动的琴声　把悠扬的乐曲
演奏成一段记忆里最刻骨铭心的爱恋
你是灵感　拍动精灵的翅膀
在眼前在远方　在不可捉摸的地方
不可描述的恢宏跌宕　把传奇推向巅峰
在最高与最低的起伏中　寻找完美的弧线
你总是喜欢搅动风云　来一场生命的探险
你总是喜欢拥抱生活的缺憾与美

时而侠骨柔肠　　时而风姿飒爽
你总是和美好的事物并肩走在一起

2019 年 9 月 20 日

森林音乐会

有时一只蝴蝶会带我到一片森林
奇花异卉四处奔跑　　随意开放
它们姹紫嫣红　　招蜂引蝶
夜晚它们化成精灵　　飞上天空
猫头鹰是夜晚的守护神
夜坠落在它铜铃般的眼睛里
变得安静诡异　　变化莫测
悲情的歌唱　　让梦辗转难眠
金色的小松鼠从松果里的壳里托起太阳
羚羊麋鹿雄狮孔雀
它们在太阳的金辉中　　欢快的舞蹈
森林音乐会拉开它神秘的面纱
风琴　　小提琴　　圆号　　萨克斯
竹笛竖琴古筝二胡
欢快的音符唤醒了沉睡的圆舞曲
我此时沉醉于一首诗的意境
坐在风里听风　　坐在星空下细数繁星
我无法从一个又一个的迷梦中醒来
你就是这样一座隐秘的森林

吸引我一步步陷落在你悠扬的变奏曲

森林音乐会用它舒缓安适的节奏

治愈我笨拙迷惘的　苍老的时光

2018 年 5 月 8 日

明媚的北方

天阴沉着脸显得毫无表情

似乎内心的沉重　已超出它能力所及

偶尔用雨来宣泄一下她的情绪

这些剪也剪不断的爱恨情仇

像一团乱麻缠绕上来

这缠绵的雨季呀　柔韧得像一根藤

紧紧地缠绕在南方翘角的屋檐

我忽然渴望大朵大朵的太阳

漫山遍野　奔跑在北方山坡上的太阳

渴望花朵飞上天空　天空用它的蓝做底衬

给这飞扬的事物　一个温暖嘹亮的怀抱

我忽然渴望策马奔腾

在草原舒展的辽阔里　花香袭人

我渴望呼吸到天空的蓝

让这些迷人的蓝　穿过我的身体

让我成为北方最清透的氧

雨依旧用它的银针刺向世界

而这所有的因果

都在雨的怀抱里茁壮成长

2019 年 1 月 19 日

雪鹰的诗

诗人档案 | 雪鹰：安徽淮南人，现居浙江武义。自由职业，写诗、编诗、评诗，做现代诗传播与推广。

沧州的玉米

要在大雪之前
用最后的颜色，与大地一起
颤抖。巢在身旁摇晃
树叶与鸟鸣，已飞往他乡
乳房献给了爱你的人
只有墓碑和你并肩，西风扬起
白衣或者乱发

我以三百公里的时速
针一样穿透深秋的厚度
我们的姿态不同
生与死的观念
却惊人地相似

2015 年 11 月 16 日

古道

——给伊有喜

青苔与马鸣，是时间的标本
溪流从缝隙里穿过
金华与兰溪，两枚扣子
自古便这么连着，我们
不过是新添的针脚

轰鸣的山溪，水流并不大
声音源自它的高度，与辗转的经历
非青即白的颜色，也是我们
最爱的本色。此刻
权当我们见到了，应有的颜色
聊以自慰

2017 年 8 月

河泊潭

可以抱沙而沉
淹没楚的一片天
诗的一段路，历史的
两千两百九十九年

该流的水流走了
剩下一潭平静
尚不如一群诗人的血
涌动有力。一潭清水
噙在故楚眼窝里
两千多年，欲滴未滴

仿跳，祭酒，诵诗
做可以做的动作
说允许说的话。不可
求索，只能祭奠
屈原，自己，慢慢死去的诗

2021 年 6 月

羊群

它们总是统一姿势
低头吃草，低头吃草，低头吃草

我不知这些羊，为什么
总也吃不饱，总也不会
奔跑，嬉戏，追逐，甚至
恋爱或顶架。这么多羊
如默片上，我的父兄

低头劳作，没有说累
说饿，没有喜怒哀乐

2023 年 8 月

杨碧薇的诗

诗人档案

杨碧薇：文学博士、艺术学博士后。现任教于鲁迅文学院。中国作家协会会员、中国文艺评论家协会会员。出版《下南洋》等诗集、散文集、学术批评集共六部，网课《汉语新诗入门：由浅入深读懂汉语新诗》入驻腾讯视频和知乎。

渐次

站在藏经阁围栏边
安福寺的一角房檐正翘指拈起黄昏
它前面几树繁花自顾潋滟
再往前是屋舍铺开
再往前是院落以旷寂对话世界

那院中有隐约风铃声向我拨来
它携手白鸽之缓步、风中之尘埃
于稳健深处发一声空响
当这一切的善意临到围栏外
我扣手直立，体内执念如春色堆积

2017 年 5 月 7 日　北京

遥远山地草原

那首诗即将饱和了，总还有一孔涌不出；
那首诗永远触碰不到，只能无限趋近。
在它浆果色的核心，
马背的线条，拉动着地平线的节律；
在它难以丈量的边际，
光分解为最小粒的珍珠，
用稳而亲切的力，在狗尾巴草尖停驻。
我想说的还不只这些，
还有山地草原向天空捞来的斜片，
坐在斜片上，
缀满蒺藜的心，被暮色照射出
翡翠般的净化与甘饴。
我还可以继续这样说下去，
一切皆可形容，但草原无法复制，
就像那首诗，它保留的部分，
正是我门自身，
没有入口只有回声的陌生禁区。

2018 年 8 月 24 日　北京

傍晚乘车从文昌回海口

桉树提着绉纱裤管走出剧场
坐在东海岸的锁骨上
《燕尾蝶》与树林的光条平行闪耀
固力果的情歌与明暗贴面
如果让视线持续北眺，过琼州海峡
就会看到雷州半岛的鬓影华灯
但那边与我何干呢
整个大陆，不过是小灵魂的茫茫异乡
此时我体内，太平洋的汐流正在为暮色扩充体量
海口依然遥远，我的船快要来了
水手们神色微倦，空酒瓶在船舱里叮当
擦拭过天空的帆是半旧的
甲板上堆满紫玫瑰色的光

2019 年 1 月 30 日　陕西西安

那女孩的星空

整个夜晚，我们在萨热拉村的旷野中看星星：
报幕的是金星，
为它做烤馕的是木星；
很快，银河挥洒开晶钻腰带，

北斗七星舀着新挤的阿富汗牛奶；
猎户和双鱼躲起了猫猫，
天琴座发响巴朗孜库木。
另一个半球的南十字星耳朵尖，也听得痒痒的，
只好在赤道那头呼唤知音。
十岁的可拉说："今晚我好开心。
等我长大了，能不能当个宇航员？"
——她童孔的荧屏上，一颗滑音般的流星
正穿过天空的琴弦。所有浑浊的事物
都在冷蓝的呼吸里沉淀。
后来，苔吉克人跳累了鹰舞，按亮小屋的彩灯。
魔幻世界倏然隐去，
而某种奇光，已在万星流萤时照进我们心底。

2021 年 10 月 10 日　北京

在滇池

一些际遇正在此刻溜走
我只是仓皇地嗅着你领口的洗衣液香随夜风如轻歌般弥散
我只是静静地听着你给我的琴弦在湖光上爆出青铜的断响

2019 年 8 月 17 日　陕西西安

塔什库尔干河

不与天空争，也不同大海抢
在世界的高处，它区别出了
——塔什库尔干蓝
蓝啊，不愧对"蓝"的命名
让一切和蓝有关的词，都不禁怀疑起
自己的本体
蓝啊，蓝得与蓝相互称颂
蓝得令自在更自在，尽情更尽情

一蓝到底
从克克吐鲁克蓝至塔县
从阿克陶蓝入叶尔羌河
从牛羊的家园蓝去骆驼的谷地
从瓦罕走廊蓝往中巴友谊路
从拉齐尼·巴依卡的哨卡蓝向红其拉甫
从初次睁眼的啼哭，蓝遍夕阳下麻扎静穆
蓝到忘了自身是蓝的
蓝尽塔吉克人的一生

2021 年 10 月 14 日　北京

游憩清新市古镇，见古代防火墙

在房屋的头顶骑得太久，它感到
蓝天已丧失应有的神秘。
它想要一双绿色的腿，像那些会飞的植物一样，
风起时奔跑；秋天来了，就在原野上跳舞。
真的，只要一双腿就行，
它就能言破内心的虚弱，获得另一重生命。
熟练地驾驭着高度的日常里，它隐隐担心
体内豢养的防火材质，
会病变，对抗，坍塌，最终一无是处。
而我的担忧是另一种：
我急于洞穿它幽深的骨骼，
挤进下一座迷宫。

2017 年 11 月 12 日　浙江德清

392

应文浩的诗

诗人档案 | 应文浩：安徽天长人。中国作家协会会员、安徽省诗歌学会副会长。出版有诗集《吾心之灯》《雪，弄停了时间》《永远的美丽》。作品曾获《诗选刊》年度优秀诗人奖、安徽文艺创作年度推优活动优秀作品等，数十次入选重要选本。

桂花开了

桂花开了
报告消息的人
是早起在院子里忙碌的妻子

我跑出来时
妻子的秀发上，落了一朵
就像她年轻那会恰巧落在我家
她此刻的一粒笑
却是不小心落在兰花上的
然而，这一切并非属于完全的巧合
我闻出来了——
她们都有成熟女性的体香

你说什么？我还不算幸福？
哦，忘了告诉你
我一直只想做个简单的幸福人
因为我知道，在这个世上
一定有许多地方，桂花开了
却无人报告消息

2013 年

雪，弄停了我们的时间

一早起来
开门见雪
大亮的世界
仿佛一生的顿悟

澄明里
雪域的弧面上
停着时间的白蝴蝶
在远处，在更远处
雪替我们延伸了边界

世界放在雪上
没有异于雪和冷静的羽毛
净和寂静很低，贴着雪

此刻
你若有踏破之念
就会落进深渊

栏杆外，桂花的叶子
个个驮着雪
如和光下一群
背着孙子的奶奶
像一块薄纸
想要包住一粒糖

天空下面
停泊着干净的光
少顷
渐渐露出的万物，引着我们
再次回到时间的圆物里

2016 年

暮晚

夏草
高过俯视过的眼睛
遮蔽的世界落在黄昏里
有人好奇，有人害怕

晚蝉在测试
河水的平整度
叶子的呼吸

树虚拟的世界
定格在河水里
如一秤杆
秤砣刚好玉在平衡点

不是月出京山鸟
是跃出水面的鱼
打破这一刃
恰如上扬的舞曲
先是尾巴带动整个广场

2020 年

灵河旁

这是红草河公园南园
黄昏尚未到
我看着她扫
落在草坪上的梧桐叶

我看着她扫
不如说我哈着她扫

我喜欢听她用大扫帚
掀起叶子上扬的声音
和眼前这个小世界尚存的沙沙声

草坪路牙石旁
叶子，已聚成火的图案
她放倒一只弥勒佛一样的清洁桶
弯腰双手抓起叶子的瞬间
我又一次听到枯叶搂紧的声音

2021 年

远人的诗

诗人档案

远人：中国作家协会会员。有诗歌、小说、评论、散文等作品见于《人民文学》《中国作家》《上海文化》《随笔》《花城》《天涯》《山花》《创世纪》等报刊。著有诗集《你交给我一个远方》等三十余部。曾获湖南省十大文艺图书奖、广东省第二届有为文学奖·金奖等数十种奖项，有部分作品被译成英文、日文、匈牙利文推向海外。

最西北的旷野和天空

——赠给起伦兄的一首十四行

最西北的旷野在我身边展开
天空很高，高得看不见鸟
房子在很远很远的地方
它们红色的屋顶，也变成旷野的一部分

但我很少去看旷野，旷野太低
像一块薄薄的地板
一条公路将旷野剖开，翻开在两旁的草
明显比远方的要高，但一切高不过

最西北的天空，我凝望得越久

398

它就越加高远，当它高到无穷
我就再也看不到旷野，再也看不到

风是怎样从石头和草叶上吹过
于是我就继续凝望，直到我终于理解
什么叫天高云淡，什么叫盛大无边

2013 年 8 月 16 日　克拉玛依

去湿地看鸟

湿地仿佛一片草原
阳光如被子，盖在
元旦的枯草丛中
河流诞生在周围

我们想在这里看鸟
看一种飞翔和鸣叫
像看另一种生活
奇妙地展开在高处

但鸟整天没有出现
仿佛这里没有鸟
也不会有人，我们沿着草坡
走到更低的旷远深处

在那里，草丛挖开泥土
升起来干燥的气息
仿佛世界刚刚被创造
大地只有寂静和永生的光

2015 年 1 月 2 日

下午的峡谷

下午走过的峡谷
在此刻应该没有人了
其实下午的峡谷也很少有人
非常深的沟壑里，布满
无数碎石和一条溪流
我背着旅行包在中间穿过
我走走停停，既不
寻找什么，也不期待什么
峡谷深得没有一只鸟降临
我很少到一个如此低的地方
岩壁用凶猛的牙齿，咬住
四面八方的寂静（我暗暗
惊心于它们如此久的沉默）
一团团阳光，沿着峭壁滚落
砸到地面时无声无息
这里没有一块石头注意我
我也没有谁可以对话，好像

最深的寂静里总有最深的茫然
我只时不时紧紧旅行包
然后继续走，继续觉察
自己心里的涌动，只是
没有人能听见我的涌动
就像没有人听见石头的呼吸
我确信它们一直就在呼吸
确信它们始终在秘密地生长
此刻我坐在房间，凝视着
给它们拍下的一张张照片
没有哪张照片里有我
于是我知道我只是经过峡谷
像冒险经过天荒地老的永恒

2016 年 11 月 16 日

石头墙

不计其数的麻石
铺成一个叫下司的小镇
我沿着街上的石头行走
两边是屋角翘起的木楼
一长串的红灯笼还挂在楼上
仿佛非常久远的故事
至今还没有结束——
有人在这里相爱

也有人在这里永别
所有的千篇一律
总有无数个细节不为人知
譬如一面石头砌成的墙壁
它忽然吸引我，我走过去
惊讶是什么人砌成它
每一块石头如此沉重
像一段一段往事堆在这里
一块一块月亮堆在这里
今天走在这里的游人
好像没有谁注意它
我走过去，要人拍下
我靠着墙的样子，仿佛
我也把一块石头增加了上去

2017 年 11 月 22 日　镇远

穗丰年水道垂钓

天空有点阴沉，像要下雨
在桥上看过去，穗丰年水道
一直铺至连接天空的地方
被建筑推远的滩涂上只有滩涂

但在桥下，被半圆形围栏
围住的草地上有人在垂钓

他们的鱼竿从围栏的空隙里伸出去
有几辆自行车停在身后的草地

他们和我隔得太远
我看不清垂钓者的脸。过了很久
他们的鱼竿一直没有动静
这很像一幅画，一幅画不会有动静

2022 年 6 月 30 日

风一样自由——中国行吟诗歌精选

远洋的诗

诗人档案 | 远洋：诗人，翻译家。1980 年开始发表作品，出版诗集《青春树》《村姑》《大别山情》《空心村》《远洋诗选》、译诗集《亚当的苹果园》《重建伊甸园》《夜舞：西尔维亚·普拉斯诗选》《水泽女神之歌》《未选择的路：弗罗斯特诗选》等。

朝圣者

三年了，我又一次遇见那个僧人，
从青海的塔尔寺，
到西藏的扎布伦。

依然是举手加额，脸额贴地而拜，
一起一伏，一伸一缩——
夕阳中，一条尺蠖虫蠕动的剪影。

凝视着，久久凝视着，直到暮色昏沉，
直到他浑入夜晚的黑暗中，
直到——我把他看成我自己。

顿悟了：我们都有着一颗朝圣者的灵魂，

404

我们都要这样不断地丈量从肉体到灵魂的距离，

并且用尽整整的一生。

2002 年 1 月 23 日

玛吉阿米

转经的人潮川流不息

千百年来

它伫立在街角静静地守望

它是疲于征逐的灵魂的驿站么

不！它更是令人

伤心欲绝的地方

有一把喑哑已久的爱之弦琴

悬挂在油烟熏黑的墙角

谁再来拨响

有一行泪水浸渍模糊的诗句

藏掖在厚厚的留言簿里

你永不会看到

有一双未来佛低垂的眼睛

满含悲悯

在幽暗里凝视

有一颗孤苦的心灵的灯盏

燃尽血泪
终将归于寂灭

有一阵雪地里嘎吱的脚步声
仍然在深夜静谧的街巷上
回响

有一个人，从你生命中消失了
咫尺就是天涯
你再也不能遇见

这是一个令人伤心欲绝的地方
也是情人心中
神圣的殿堂
幸福花园，却生长着荆棘般的痛苦
你尝尽爱的悲欢

把它秘密埋葬
——"阑珊的灯火邂逅的人
玛吉阿米的酒光里
情人的眼"——

酒光，将锈蚀的一切重新擦亮
秋夜，又把一首情歌
轻轻哼唱

2007 年 10 月 4 日

406

茶马古道

马蹄敲醒山谷
踢踢踏踏，蹄声清脆
云雀从草丛飞起，在天空
嘀吟吟地鸣叫
马帮驮着一抹晨曦上路，远方
雾霭中的雪峰在闪耀

仿佛一阵闷雷在晴空炸响
前面突然发生滚石塌方
受惊吓的骡马凌空蹦跳，失足
掉下悬崖，转眼落进怒涛
马锅头捶胸顿足，欲哭无泪
抱头直瞪着滔滔的江水

向玛尼堆捧上一块石头
虔诚地祈祷山神和观音老母保佑
沿着风马旗指引的方向
又开始在崇山峻岭上行走
天暗了，点亮噼啪作响的篝火
在柴烟熏黑的石崖下风餐露宿

"围着火塘唱起赶马调，
叮咚的马铃响遍山坳。

嘶鸣的马儿也像在思念旧槽。
夜风在山林通宵呼唤，
星星在夜空不停地眨眼，
是否也像我一样难以入眠？"

有多少马帮在千疮百孔的古道走过
留下一行行深深的蹄窝和一堆堆森森白骨
去胸怀宽广的高原草场放牧高歌
到美如仙境的雪山湖泊渴饮沐浴
灵魂化为苍鹰在头顶盘旋
江河融入血液在体内奔突

走在茶马古道也是走在朝圣的路上
饱经困苦苦难，唯求心灵被佛光照亮
而今叮咚的铜铃声已经随风飘远
赶马人的奇闻轶事仍然口口相传
剩下一条荒草埋没了的古道，蝉吟虫唱
等谁来把它寻踪踏访

2007 年 8 月 9 日

张笃德的诗

诗人档案 | **张笃德**：笔名竹马，中国作家协会会员。作品见于《人民日报》《中国作家》《人民文学》《诗刊》等报刊。著有诗集《竹马诗选》《一个人的生命能走多远》《最后的工厂》，后两本分别获得中国作协重点作品项目、定点深入生活项目扶持。曾获第十届辽宁文学奖等多个奖项。

狼

反目为友
曾用刀枪追杀过你的我们
今天　也遍体鳞伤
才知道疼痛在灵魂最深处

我们已经没有旷野可逃
就连凄凉的北风也不会为之悲鸣
我们在都市的口琴格里长大
温顺　虔恭　从不露出狰狞的牙
我们很高贵　懂得唱歌的技巧
流泪的方式也都很抒情

可狼啊

我们痛苦远甚于你的痛苦
无形的锋与刃
直指咽喉

冷酷　虚伪　欺诈
在鲜花和歌声的另一面
撞击着高高举起的血酒

狼　孤独的朋友
能在山中吼叫是多么的幸福
真实地表达内心的欲望
或者把愤怒咬成冷冷的牙
——在我们已成为壮举

1996 年

走

三十六计之外的一种走法
比欲望空灵、比感觉直接
复杂而简单的过程
悲壮而果敢的形式

走，就是在刀锋上前行
血肉模糊　心在匍匐
不可视其谷的芥草
践踏　刈戮　焚毁

永不自虐的心
生长成无涯无际的旗帜
贵族般高昂起头颅

走，肉体可以留下
精神飞扬的喜悦
蒲公英的花瓣
仙女的音乐和裙裾
不跌落的梦，飘逸和浪漫
生命之上的生命

走，再大的负荷
也阻止不了的跃进
听圣堂的琴歌
与天地对话
大智如磐，静若止水
思想云翔吗，浩气当空
淡淡的一阵风吹过
高　山　仰　止
有一个人刚刚走过

1996 年

写给白雪的一封信

此刻，我沐浴　更衣　正襟危坐

鼓足勇气，一字一句写下

亲爱的——灵魂的良药，请求你

以飘逸　脱俗　纯净之心将我接纳

用博大的包容和爱，拥我入怀

我恭候在新年的入口处已经很久　很久

用红灯笼的光为你铺路

玫瑰花的香气将灰尘和污浊掩埋

白可以浸心，心头的愁苦

一点点习化成甜

你来得宜迅急愈猛烈越好

覆盖警车　消防车　救护车的刺耳笛音

化解炎症、褪去高烧，让咳嗽自我救赎

彻底尘封寒冷、凄苦、伤痛和暗夜

爱无处不在，天下大白

2022 年

张绍民的诗

诗人档案 张绍民：参加过《诗刊》社青春诗会和青春回眸诗会。在《诗刊》《星星》《诗潮》《绿风》《散文诗》等发过头条。在《人民文学》《儿童文学》《读者》《青年文摘》《读书》等发过作品。多次获得全国诗歌大赛第一名。著有长诗、长篇小说、长篇儿童文学等作品。

幸运

落进鸟巢的夜色
很幸运

鸟儿能把它温暖
让它有家

夜色在饭碗里
有了归宿

黄昏来临
与这户人家一起穿越黑暗

2004 年

413

破绽

脚印即破绽。

站在破绽上，
才有立足之地。

人走不出脚印这个破绽的包围。

要不是脚印堵住，
人就会掉下去。

有一种爱——
磐石堵住人掉到地狱，
阻止人掉下无底坑深渊，
把人拉上来，
拉进天国。

2006 年

一条路

把一条路
撕裂为两条腿

把一条路
贴上封面封底两个脚印

人走过的路
脚印锈迹斑斑

路流淌躺着的墙
伤疤流淌漫长的处方

2016 年

张岩松的诗

诗人档案

张岩松：当代中国后现代主义诗歌代表诗人。参加《诗刊》社第十八届青春诗会。在中国主要诗刊以"头条"或"首席诗人"栏目发表数百首诗作。诗作《涂鸦》入选《大学语文》。出版诗集《木雕鼻子》《劣质的人》《一个走走的当代图景》。

昨晚在时尚店喝奶茶

我在奶茶店画呈长方形的外圈

碰见了水果布丁

在大伞下只摇晃不融化的冻品

几个女人穿"骰子"T恤

缓缓地摇动

这么转着

我是在马眼睛的菜缸里腌的咸货

坐在圈箍上晾晒

"该放冰块了"

冰块滋溜一声滑进奶茶

融化时漾着扭动的纹浪

我呷一口

我和"骰子"们

416

共同用舌尖去搅奶茶的水沟

没有东西

眼前熟悉的商标字母

它们似昆虫

挂在橱窗之上

2020 年 7 月 5 日

洗手癖

出于好奇

我摸进树干新勒出的沟痕里

新鲜痕迹仍在悸动

我摸到绳索

回家后　我对着镜子恐吓自己

宛如稻草人

放开水龙头冲洗

冲走一个声音

我把手洗得苍白

塞进毛巾里擦干

入夜，我掖好被角

又摸到树痕里粗犷的绳索

我溜进盥洗室

手插进澄滢的水池
我长久地浸泡
手的边象开始浮肿

我要洗干净
这跟我毫不相干的绳索

1991 年 5 月 18 日

过期

以为没人发现
你在城市与城市之间行走
怀揣过期的身份证
你自己也像刚刚过期的人

来到街头排挡
嘴伸进盛满面条的碗里
这种吃法绵延了几十年
仔细辨认
在面汤的倒影中脸上的皱纹
掩藏了什么东西

它抽动着一阵盘问，再瞧瞧吧
十年前的笑容已不属于你了
今天漂在证件外面

418

面孔严峻时无人与你相识

2002 年 2 月 27 日

雪

给世界银白的包装
是一种劳动
你来时携带用不尽的棉花

在野地
我成为另一类雪人
雪飒飒下着
声音正在我身上增加血肉

柳宗元垂向江面的钓钩
钓着了你的身体

出水时，你说的话
我没有听懂
而我的问话穿过了你透明的耳朵

一次洗浴，这情景
不需要解释仅是一次睡眠
单一的事情带来失传的语言
我坐在树枝下面听课

我要用你的语言说明
我脸上的绯红并不是因为激动

2002 年 10 月 26 日

硬壳

你让我停留在路口
慢慢温暖
我把手从棉袄里拽出
迎接你伸过来的柔软的手

我热烈地握住
感觉到软肉里坚硬的骨头
骨头抱着骨头
外面是温暖的握手

拐进偏辟的墙后面
我迎接你猛扑过来的激动
坚硬的牙齿抵住你柔软的舌头
我浑身冰凉

抱住你　慢慢温暖
等我温暖过来
你又浑身冰凉

我抵住你柔软的舌头
手指在你头发的丛林里交叉着
你让我慢慢温暖
我俩都有耐心保持眼前的沉默

1989 年 11 月 28 日

张远伦的诗

诗人 档案 | 张远伦：苗族，1976 年生于重庆彭水。一级作家。重庆市作家协会副主席、重庆文学院专业作家。参加《诗刊》社第三十二届青春诗会。著有诗集《和长江聊天》《白壁》《逆风歌》等。获骏马奖、人民文学奖、陈子昂青年诗歌奖、徐志摩诗歌奖、谢灵运诗歌奖、李叔同国际诗歌奖、重庆文学奖、巴蜀青年文学奖等。

银滩

在这里　我可以蜷缩得比波浪更低
没有什么比这更安全的高度了
当然，我还可以让海平面轻轻围绕着我的双膝
这时候　整个大海都是我的女儿

2014 年

寻人游戏

下半生　我一直在和灵魂玩寻人游戏

在黄果树，我藏在瀑布里面。一条湿漉漉的小道

避开了水帘。你用彩虹找到了我
在银滩，我藏在海平面下面。憋气一分钟
我默默数秒。你用窒息找到了我
在圣索菲亚，我藏在教堂里面。大雪覆盖穹顶
冰激凌反季节出现在哈尔滨。你用体温找到了我

在老家，我蜷缩起来，藏在土地庙里面
小菩萨仅能荫庇我的头颅。你用地窟之光
找到了我的下半生

每一次，游戏结束时，我收起灵魂
生命便损失一部分

可游戏还得继续下去

2018 年

我有菜青虫般的一生

那附在菜叶的背脊上，站在这个世界的反面
小小的口器颇有微词的，隐居者
多么像我。仰着头，一点一点地
咬出一个小洞，看天

2017 年

在北极村，打开水瓶盖

这角度是人间唯一，是北极村最隐秘的方向
这悬空的高度是云朵和青草之间的高度
这倾斜的样子，是雪松倒伏的样子
这两厘米的风口，是一个水瓶口
这迎着风发出的呜咽
是一场凌厉的气流
对一秒钟的时间
彻底的屈服
呜呜——短暂，低沉，如腹痛的雀鸟
如极地对我的谴责
相比于看见虚妄的极光占领漠河的上空
我更愿意听见这
倏忽不再的痛诉之声

2016 年

渝陕界梁

北坡的草绿了，南坡的草还有一些旧颜色
枯白覆盖在嫩绿上，远远看去
青草还在谦让着枯草，生者还在为死者留出面积

我不知道，收尽高山草原枯色，会让积雪多么疲倦
我也不知道，由南向北，返青的过程
我是否有耐心，用近乎失明的眼睛，去看见

嗯，我只想站在梁上，前胸恍若北坡
后背恍若南坡。重庆和陕西临界的山梁
恍若就在我的喉结处——

恍如我对你的爱，一个咕噜，两个省都会抖动

2016 年

赵雪松的诗

诗人档案　　**赵雪松**：修诗、文学与书法。作品见于《人民文学》《诗刊》《钟山》《天涯》《作家》《上海文学》《山花》等。出版诗集《雪松诗选》《前方，就是前面的一个地方》《我参与了那片叶子的飘落》《穿堂风》《大地书写》等。曾获泰山文艺奖文学创作奖、柔刚诗歌奖等。

在西塞山顶看长江

眼前的江水开阔、蜿蜒，
就像一个人在世上行走。

没有白鹭，只有白烟
从两岸工厂的烟筒从上起飞。

吃水很深的船，
像一片片落叶压上整个秋天的分量！

我没有万里心，我只看见：
逆水而行的船——吃力、缓慢，正咬紧牙关。

2021 年 10 月　　湖北黄石

云林寺

在破败的云林寺，
我看见一只鹤，
头被拔去，
里面露出枯草，
但它还站在那里。

它站在那里，
一对翅膀召唤看不见的山水。
仿佛这些年的我
空余身体，
心中杂草丛生。

2015 年 5 月　山西阳高

祁连山中

从刚察县到祁连县的山路中，
许多条溪水穿山越岭。
它们很细弱，
但不断地流淌着，
像有人在大山里写书，
——它们是一行行文字。

427

高山颔首，羊群啜饮它们，
它们流出祁连山，流出青海，
它们是源头——一本书最初的
几行字。

2017 年 8 月　青海

在山西境内爬明长城

在一溜长形土堆上，
我爬上爬下，脚蹬的土——
或已成烟，或松软如泥，或坚硬如昨。

我捧一捧土在手里：土里的声音，又遥远
又新鲜。土里的身影晃动似刀刻。

身后，至今未填平的坑坑洼洼的痕迹，
长满的是第几代野草？

我抬头看天空，那湛蓝仿佛也是一捧土，
被另一双手捧着。

而我是一捧会缅怀的土，缅怀的都在土中。

2021 年 8 月

我被蒙山巨大的寂静拦住去路

薄暮十分，
我被蒙山巨大的寂静拦住去路。

我迟迟不敢往前走，
惴惴地看着萤火虫飘向深不见底的栗子树影。

——如果再没有动静，
我就要放弃自己：我的内脏、面孔
和世俗身份。

我还不能与一座空山相拥。
我还没有一种灵魂与蒙山的寂静相对称。

2022 年 10 月

钟静的诗

诗人
档案

钟静：荆州市作家协会副主席。诗作见于《长江文艺》《星星》《诗歌月刊》《芳草》《奔流》《作家天地》《辽河》《青年博览》《诗潮》等。出版诗集《歌者》。1997年长诗《香港回家》获湖北作家协会年度主题征文诗歌类一等奖。

借荆州

一座城踞守历史的深度
三国的烽云，遮掩岁月的难堪
喘息的桃园
几滴眼泪就得了一座城池
是大智慧，还与不还要看心情
成语故事讲得很凄凉
生存是要不完的无奈
借腹生子正好回归传统
荆州可借却借不了江山
借光阴度日，还子孙繁衍生息
借台阶爬上去，在寺庙还愿
借一池月光还不了莲花的皎洁
借多少人心才能还城市的灵魂

借一座古城缄默不语
还多少百姓盛世的安宁

2019 年 3 月 18 日

霜降

从荆州到西安，八百里追寻
快乐与愁绪系上安全带
一路喋喋不休
道路敞开限速的胸怀，两旁的
植物面黄肌瘦，褪下一切伪装
阳光推荐孤傲的菊花
举起白色的忧伤，送秋天
最后一程

季节最晚抵达，夜色如霜
未央宫只剩下遗址，岁月流淌
早已泾渭分明。一边
是非常静默的日子
一边是十月的辉煌。时间
仿佛凝固，呼吸不畅
生活面露羞涩戴着口罩
只有内心如深秋的石榴

晶莹而饱满，水分充足

致辽阔或青春

——给 M

辽阔或瀚海只有草原与之匹配
蓝天作幕，白云作帐
草甸作床。蒙古包是草地
长大的乳房，喂养骑马的民族
和豪迈。长调悠远把鹰送上天空。盘旋于苍穹之下

移动的羊群如雨后的蘑菇
风车的三片叶轮惊呆了
跳跃的阳光扑捉年轻的倩影
自由，无拘无束，朝气在
脸上荡秋千

把天空涂成蓝色
扯一片白云当丝巾，小草的
心情逐渐枯萎，而青春的
胸脯如秋天的果实
你伸开双臂与白云对歌
骑马射箭。站在秋的草甸上
等风来

入夜，围着篝火跳舞
喝马奶酒，躺在草原上数星星
我苍老的心早已在泛黄的
草尖上返青

2023 年 8 月 28 日

《中国行吟诗人文库》诗人诗选

主持人 刘起伦

（按姓名音序排列）

蒋雪峰　李　立　刘起伦　罗鹿鸣

田　禾　汪　抒　向吉英　肖志远

张国安

履痕处处是风流

刘起伦

    由百花文艺出版社出版的"中国行吟诗人文库"第一辑，是2023年中国诗歌出版的一个盛举。八位诗人如一股清泉注入诗坛，必定各占方圆，自成风范。承蒙李立兄美意，嘱我将诗人自选作品归为一辑，写一篇综述，一并收入他主编的高端诗歌年选《2023年中国行吟诗歌精选·经典选》。

    这些年，李立致力于行吟诗创作，尤其去年他围绕中国边境自驾漫游创作的系列长诗，有行云流水般的自然与浩荡，这种自然浩荡又与随处可见的活泼、恣肆、警策相融合，形成纵横博辩、随物赋形、机趣横生的文风，相信不少诗人和读者关注到了这些作品。

    对他所托，我在感动之余，又有几分忐忑，担心自己才疏学浅、对诗歌理论和诗歌评论缺乏研究，负了这份信任。又因这辑收录的几位诗人，我除了与罗鹿鸣兄交往深厚、与田禾兄有过短暂接触外，与其他五位素无交往与交流，对他们的创作和生活状况知之甚少，所以受命之时是惶恐的。终因李立兄雅意难负，只能勉力为之。当然，以诗人们几首自选作品为蓝本作评析，虽有管中窥豹、尝鼎一脔的快意，却难免失之主观臆断。不当之处，还望诗人和读者海涵。

    在我认识的诗人朋友中，有专心学诗而将余事置于脑外者，亦有不怠事务又立志于诗者。罗鹿鸣无疑属于后者。鹿鸣兄职业生涯可圈可点，卓然有成。殊为不易的是，他几十年一直保持着对诗歌的热爱，犹如初恋。鹿鸣大学毕业时主动申请支边，在青海工作多年，早期诗歌追求唯美，语言风格隐约能感觉到是受了湖南籍诗人昌耀的影响。入选的这组《我的青藏高原》，表达上酣畅淋漓，是他对天地造物一吐为快的礼赞，而这种赞美使大自然雄伟的原生姿态得以完美坦露。我读了之后，心中畅快，忍不住击节称好。鲁奖获得者、与我一同参加过第十六届"青春诗会"的诗人田禾，也是心无旁骛，在诗歌园地笔耕不辍，成果丰硕。他的诗不似罗鹿鸣那般高蹈，却充分体现了他的平民性——虽在都市活得风生水起，但他诗歌创作大多取材于乡村生活——他自选的每一首诗都像一幅乡村生活素描，情景交融，情感浓烈却不动声色。他像一位亲和力很强的导游，在舒缓有致、娓娓道来的叙事中，轻易就将读者带进了他的文学原乡。在评论他人诗作时，我总是提醒自己切忌从诗作中找出符合自己心理期待或规定的方向（这往往是靠不住的），但我遇到自己特别喜欢的诗，还是忍不住要多读几遍，并不吝赞美之词。汪抒的诗让我读出了意外和惊喜。"他打通了人与雪山内部的通道／我们得以自由地在雪山中进出"。一个全身心融入大自然中的人，他的内心世界一定很纯，笔下流出的诗行也是灵动而唯美的。"所有的草木／都在抱头痛哭：／终于活到这一天了"（《立春》）。蒋雪峰诗笔冷静、老到，行文大多短句。他的有些诗句，似乎并不能让读者从字面上完全意会到诗人的真意，但我仍然能从他看似平淡的叙述中，隐约触摸到诗本身孤傲清高的风韵。"但每一座峰／都是孤立无援的"好的诗歌，或许应该这样，是客观冷静的素描，赋予健全的良知，而避免过于痴烈的抒情。经济学博士、大学教授、诗人、湖南湘西汉子，这些标签贴在同一个人身上，让我对向吉英产生过某些神秘感。因为组稿的缘故，我们互加了微信，又由于交流不多，他名字中一个"英"字，让我犯了先入为主的经

风一样自由——中国行吟诗歌精选

验主义错误，在这篇小文的初稿中，居然将他当作女诗人点评。现在，我得严肃地说，吉英兄的诗，因写出了真实而诗意盎然："我一个外来人，比不顺从的鸟还陌生 / 站在鸟和渔民中间 / 成为第三者"（《盐洲岛观鸟》）"我只有把脚踏实 / 避免掉进坑里 / 孤独如夕阳一样，在黑暗中消失"（《夕阳》）。我还想说，知性的吉英兄因诗歌写作的诚实，给我留下达悟之人的印象。"河越流越宽，见过它的人 / 正老在高铁里"（《三月》）"我迷恋黑夜，迷恋和大人们扛着板凳 / 徒步，赶一场露天电影 / 到达时，主人公已是中年"（《唯有星光，懂我漆黑的眼睛》）引录张国安自选诗两个小节，是因为他的诗作流动着一些属于个人的东西，让人欣慰。我一直认为，个性化是诗的生命。太多的分行文字死于同质化而成为垃圾。与田禾一样，肖志远的自选诗也取材于乡村生活。"苦焦的日子，在乡间蒸腾 / 或轻或重的叙述 / 无法改变岁月里一株庄稼的长势 / 就像父亲，从来没有埋怨过 / 那头白骡子一样 / 只因为他最清楚它所受的苦"（《或轻或重的叙述》）。虽然也是对乡村生活的描写，但我能感觉到他的每一首诗作，都是因关注生命与生存状态而写，因内心燃起火热的激情而创作，这让人欢喜。

新诗百年，对于什么是好诗，一直见仁见智，并无定论。窃以为，诗就是诗，终究是借助语言的艺术来表达自己的真情实感，并不一定非要达到某些诗歌理论家倡导的哲学或深刻智性的高度。退出军旅职业生涯之后，我追求恬淡生活之念甚强。这些年生活舒适了，创作真情反而衰退。受中国自古以来"文以载道"思想的影响，年轻时我的诗歌写作，希望写得深刻，要承载沉重的哲学命题或思想，要完全符合生活。如今，我不多的诗歌创作开始趋向禅的意境，希望自己的行吟诗，能用一种纯朴简洁的语言实现亲炙自然的理想。不知入选的这几首拙作是否让读者感受到了这种关切和憧憬？

在通读这一辑诗人自选诗并写作这篇小文的过程中，我有了这样的感慨：诗人在漫游中，当大自然的美在他的灵魂里找到词语的对称，生发出一份来自生命深处的欢愉，这是一件多么福至心灵的事！所以，在结束这篇小文时，我引用最初学诗、最终以小说成名的作家阿来的一句话："作家必须和世界保持真实的接触，只有在行旅的过程中，他才会在大地上遇到各种各样的生命体。行走可能带给作家双重体验，当作家深入这个世界，呈现这个世界，他就拥有双重体验。"想必此话也会引起致力于行吟诗创作的诗人们的共鸣。

2023 年 7 月 26 日　　长沙

蒋雪峰的诗

诗人档案 | **蒋雪峰**：四川江油人。中国作家协会会员。出版诗集、随笔九种。曾获四川文学奖等奖项。

悬崖下面的山路

路在悬崖脚下
有时候绕进柏树林
从巨石的缝隙穿过
从箭竹林钻出来 一抬头
悬崖又出现了
下面是涪江六峡
江水辽阔　平静得
像叹息后的老人

整个上午　悬崖凝视着
山路上　三个人时隐时现
恍惚已经过去了很多年

2016 年

440

立春

所有的草木
都在抱头痛哭：
终于活到这一天了

2018 年 2 月 4 日

孤峰

地球上的山
大都属于某个山系
比如安第斯山脉　阿尔卑斯山　秦岭　龙门山脉
一座一座山
有名的无名的
相互搀扶着
你知道不知道名字
它们不在眼前
就在天边

但每一座峰
都是孤立无援的

2022 年 1 月 5 日

峡谷

峡谷风大　独木难支
灌木抱在一起　也难成气候
白云在崖顶　向下　偶尔瞄一眼
不停留　走了　继续访道
涪江在这一段　被大坝驯服
波平浪静　在六个峡谷中
兜兜转转　不吭一声
它是个水晶棺　装着
三国古栈道和一个行政乡

没有什么是永远的
只要日月还在把我们照成古人
我们还在一遍又一遍
给水让路

出峡谷时　船没有码头
临时找了个岸
愿不愿意　我们都得下去

2019 年 8 月 12 日

李立的诗

诗人档案 | 李立：当代行吟诗人，环中国大陆边境线自驾行吟第一人。主编《中国行吟诗歌精选》年度选本和《中国行吟诗人文库》诗丛。作品见于《诗刊》《人民文学》《花城》《天涯》《芙蓉》《西部》《诗选刊》《扬子江》《星星》等报刊，获诗歌奖项十数次，出版诗歌、散文随笔、报告文学集共六部。

清晨，在深圳河邂逅一对夫妻

太阳还没睁开眼
深圳河打着哈欠

唤醒河水的
是一对早起捕鱼的黑脸夫妻
它们洁白的翅膀轻轻抚摸着水面
脖子像推着犁铧在水中耕耘
动作整齐，步履轻盈优雅
仿佛在演绎一曲双人芭蕾舞蹈
其间双方的头，脖子，胸和翅膀不断磨蹭
这些亲昵的动作频繁上演

现在它们依偎在浅滩
含情脉脉的给对方梳理羽毛
可能还说着别人听不懂的情话

河畔长椅上有两个人在小憩
身上的黄马甲荧光灯一闪一闪
累弯了腰的扫把倚着水泥护栏一言不发
女的把头枕在男的大腿上
一支粗糙的手掌不停摩擦她的黑发和脸颊
她呢喃着我听不懂的家乡话
像河中那对恩爱的黑脸琵鹭
在这春寒料峭的早春
彼此用柔情温暖着对方
还有晨跑中略感寒凉的我

世界是多么安谧和温馨
此刻，我突然发觉
我是多余的
慢慢升起的太阳是多余的

2017 年 3 月 14 日

凡·高自画像

饥饿的炊烟，从阿姆斯特丹的天空
飘进你的画布，还有乌云般饥渴的

爱情，其实你只是单相思

你从来没走进过房东女儿，寡妇表姐的心，甚至
多病的妓女都弃你而去，只有
弟弟提奥，在心里给你留着至上的位置

你与失望的父母也不相往来，你把自己
修饰得还算精神的准备送给双亲的自画像
也没送出，你送给世界一幅血淋淋的自画像

你这个驼背的年轻小老头，有一副臭脾气
与唯一的知己高更不欢而散，你竟然
把怒火泼向自己的左耳，刨须刀

完成了这次收割。但你的人生连年歉收
在你的有生之年只卖出过一幅画，多病，失恋，屈辱
你把美好的向往倾注给热烈的向日葵

但你心灵的那枚太阳，始终没有升起
你离开精神病院，走向那片熟悉的的麦田
用枪口抵住自己的 37 岁，扣动扳机
惊飞了一群乌鸦，定格在你乌黑的画布上

2018 年 2 月　荷兰

锁翠桥

桥面上被千万人踩踏过的五花石板，就像是
千万人的爱，留下过数不清的岁月的划痕
亲爱的，我们能否承受住彼此之间那么多的无心的伤害？

曾经美轮美奂的飞檐翘角，已褪去昔日艳丽的色彩
仿佛激情澎湃的山盟海誓，已失去感人肺腑的热度
亲爱的，容颜易老，你在我怀里的感觉，我依旧像是触电

今天不是七月初七，这里也不是鹊桥
亲爱的，我们相约手牵手走过百年锁翠桥，我知道
你是想告诉我，只要相依相拥，就是木头，也能抵御
百年风雨

2019 年 1 月 29 日　丽江

在好望角给诗人刘起伦寄一张明信片

海水湛蓝，冰凉，漂着肥大的海带
这片海洋属于自然保护区，严禁捕捞，水生动植物资源丰富
而我的想法就简单多了，想在距离北京
12933 公里外的非洲大陆最南端，给诗人刘起伦寄一张明信片

一张小纸片，载荷不起大海，草原，蓝天
装不下羚羊，斑马，大象，狮子，河马，长颈鹿
甚至连满山坡青葱的小草，也只能容下一小片
岩石岬角最高处的灯塔只露出一个白色小角，而且
留白少之又少，不容超过十二个字

我突然被难住了
狂野不羁的原生态非洲是寄不过去了
海狮的歌唱，猎豹的嘶吼，白云的微笑，都会超重
当我写下 Changsha, China，塞进山顶邮筒
如释重负。导游不识时务地说，一个月也不一定能收到。
有人奚落我老土：obstinate，微信方便，快捷。
他们不知道，手机更新换代，像快节奏的现代人生活
常常把许多美好的事物格式化，我需要
用一种慢，锁定浸透纸背的时间

2019 年 2 月 15 日　南非好望角

我的楼兰

刀枪锈蚀，战马仅剩白骨
上空落寞，大地空寂，风沙
把黏土和红柳条夯筑的城墙，烽燧，粮仓
和苍茫，一再拉低
像罗布泊的水位，被岁月风干
只有地下深处，还传来水的流淌声

447

3800 岁的"楼兰美女"，我已听不懂她的
一口纯正的吐火罗语族楼兰方言
她使用过的石斧，石刀，石箭镞，木器，陶器，铜器
仿佛还留存着她的余温，在这个东西方
文明碰撞的丝绸之路，她的一壶煮酒
曾经温暖过许多往返的商贾过客

佛塔上的铜铃常在梦里响起
河里汲水的姑娘头顶陶罐，迤逦而来
微风吹起她的头巾，仿佛一朵飘逸的白云
风干的胡杨林，为了印证她的传奇，传承后人
伫立了数千年，死了，也要一丝不苟地
挺直腰板，以便给后来者指明方向

瞅着这片土地，我仿佛隐隐听到了抽泣声
一些来自地表以下，一些
来自我的灵魂深处

2019 年 7 月 13 日　新疆

448

刘起伦的诗

诗人 档案	刘起伦：笔名起伦，作品见于《人民文学》《诗刊》《中国作家》等报刊，曾获《诗刊》《解放军文艺》《创世纪》等诗歌奖，以及 2016 湖南年度诗人奖、《芳草》2019 年度诗人奖。参加过《诗刊》社第十六届青春诗会、第七届青春回眸诗会，以及全军诗歌创作笔会。

夜宿壶瓶山

一路的山道弯弯，峡谷幽深，危崖陡峭

像无可救药的爱情，被山上罡风压制在山下

我们在暮色四合时分抵达东山封顶

这湖湘大地的制高点，离天近了，离神仙也近了

这是今天行程终点。我们在此下榻

有人想明天赶早，看日出，照耀辉煌前程

我却喊来一场夜雨。雨，无限加深山中之夜

独留下梦，这唯一干净的芳香之地

我只想做自己的神仙

2015 年 5 月　常德石门

山居，给曹清华兄

车到山顶已是傍晚
风，鼓荡每个人雀跃的心
千里的波浪线奔涌入眼底。暮霭里
群峰谦逊，拱手作揖，仿佛四海之内的兄弟
我们下车，徐行，感受净界不可多得的清凉
不远处山居人家，是今晚的归宿
一阵人间的香味飘来
夹杂出尘的清愁
不用说，也知道生米正走在熟饭的路上
白云那么低
轻易就把人间的炊烟接走

2020 年 5 月 15 日　南岳

在呼和浩特

昨夜与今晨
都在诗之外。海拉尔大街比我想象的冷清
头北脚南，我枕着东西走向的阴山
历史在我深深浅浅的鼾声中渐趋平和
胡马，胡马，今安在？

450

长风吹着我辽阔的思绪，吹着草原

2018 年 8 月 14 日　呼和浩特

普罗旺斯晚霞

从阿维尼翁回蒙彼利埃
七号公路转九号。那一刻
普罗旺斯晚霞，在天空的镜子里
映出薰草前世今生
沃克吕兹群山多么恬静。晚霞，盛满大地的杯盏
该醉的醉了，该醒的醒着
我们乘坐的奔驰，像是受到
阿维尼翁少女多情眼眸鼓舞，激情难抑
欢快地奔驰着。我的心
因思念而安静
像罗纳河绵绵不绝的静水深流

2018 年 12 月 5 日　法国

藏经阁前的野花

他们登堂入室
虔诚与否，不敢妄言
这些诗人都想用诗行打通寺中言说

风一样自由——中国行吟诗歌精选

以祈求神助，确是真心
我是个门外汉，没想过不朽
因此放逐自己中年
得以与藏经阁门外野地里那些小花偶遇
这渐离尘世的邂逅让我如此心安
你看，每朵小花都是面镜子
照出我影子。同样，我略带忧伤的眼眸
洞悉它们干净的灵魂。它们独自开放
像朝圣者走过每一个日子
芳香和余温，只有同样孤寂的野蜂能够体会
山里的风，在不可言说中传递某种信息
我按捺内心喜悦，不说五彩斑斓
只想像佛拈花一笑
便灿烂山中这个初冬的上午

2018 年 10 月 14 日　南岳

452

罗鹿鸣的诗

诗人档案 | **罗鹿鸣**：中国金融作家协会副主席，常德市诗歌协会、湖南省金融作家协会、湖南省诗歌学会、中国建设银行湖南省分行写作协会创始人。发表诗歌千余首，出版诗集与报告文学作品共十五部，主编诗歌、金融为主的图书八十余部（卷），获第八届丁玲文学奖一等奖、中国金融文学奖一等奖。

土伯特人

高原如盾牌抵挡太阳之箭抵挡雪风之九节鞭
岁月之利戟还是把它砍伤了沟沟壑壑可供考证
这自然之杀戮却催生了一群高原之子
他们同牛毛帐房一道菌开在漠野
他们是土伯特人是高原青铜之群雕

他们手抓糌粑用奶茶雕塑骨架
站立如大山躺倒如巨原奔驰如羽翼之马
他们将哈达从历史之死线团里拽出来
拽出来成白洁之河流过生与死
涨起诞、婚、节日之方舟

他们用锦袍用狐皮暖帽用牛皮靴子
给生活刻画线条给牧歌插上翅膀给人生打上戳印
从莽原索取野性冶炼成粗犷锻压成豪放
却将绵羊牦牛驯化成温顺之楷模给女人效尤
却不把奔马之四蹄驯化成没有脾气的木头
否则就没有女人用丛生之发辫去缠他们的肩膀

女人们古今都是天地牙缝中的尤物
金戒指银耳环白项链绿玛瑙把每一个晨昏碰出声音
她们以此为马尔顿来打扮穷富
笑花和泪雨和情人的眼睛也少不了它们装饰
就这样一丛华贵的金属给她们套上了重轭
经过少女嫁娘老妇之驿站没能松脱始终

他们用火抹去生老病死之苦痛
他们请鹰隼腹葬总难结果之欲望
让灵魂在活佛念珠的轮转中超度永远
然后把天堂在心上筑成浮屠
他们幸福的归宿便在脸上开出高原红

他们古朴善良独角兽一般纯洁
他们是土伯特人是高原青铜之群雕

1985 年 10 月 31 日

永远的橡皮筏

——献给长江首漂勇士尧茂书

于是，我戴着雪峰之头盔行进没有回头

行进在雪莲、红柳、沙枣花的队列

行进在历史与现实交响的休止

两岸之沙丘像我的痛苦无目的地搬迁

白毛风是我的歌子传播我的悲喜

我抖动肩膀将星星的注目搅得模糊

我合张的肺叶如江河源奔泻迂回

给我橡皮筏给我意志之木桨吧

我要漂流流出历史之河床流向立交构思

让野驴、野牦牛列成游动之堠堡迎接

让白唇鹿因嫉妒而奋蹄叩击回浪之悬崖

让天葬之悲声将我推向波动的原平线

让欸乃之声让涌浪之声覆盖我的灵魂

让生死之狭缝里突发最后一道闪电

抽落我三十年里森林般的日子

不知道世界多大而自己只是地球上的流萤

应该通体燃烧照亮哪怕簸箕大的一块沉静

长寿的碌碌无为不见得胜过辉煌的短暂

如此我在千万人目光的摸触中沉船

波浪笑得平静我拒绝不了它的诱惑

然后变成鱼在长江下游听渔歌号子

变成记忆在后生中听怯弱的忏悔

变成灵感迫使小说家的笔戳穿稿纸

使自然对我刮目使所有的不解者对我仰头

我沉生为暗礁这是水族为我立的丰碑

我将更多膜拜我的化身召集起来编成连排

在某个咯血的早晨突然长大为一座山

使河流改道听任吩咐我是自然之王子

令滂沱的天文雨抹去缺乏刚性的花

令殒落的警钟在历史的长廊里震响不息

人们意识了昔日之可悲胆子赶不上漂流之枯叶

便有蝗虫般涌来的橡皮筏向未来宣示什么

1985 年 11 月 2 日

祁连山的回声

摸着一长条冰雪中的铁，锯齿状的

极像触摸着祁连山脉八百公里的起伏

还有从南到北四百公里的宽厚与高峻

脱下歌赞的衣袍，接近白雪与圆柏

峰峰壑壑的忧伤深埋在大饥荒的白骨之下

它的欢欣在雪顿节与那达慕的日子里沸腾

不知不觉，高铁变成一头头生龙活虎的巨兽

比豹熊还威武、强劲，比龙蛇还迅捷、优美

不管油菜花黄万顷，还是百里青稞荡金

总在祁连山钻出钻进，不时地驾雾腾云

疏勒南山的那场弥天大雪啊
没有封存我在柏树山下葳蕤的青春

宗务隆山底下的导弹一直瞄准着天狼星
而我抖落一身的雪，抱着暮色独坐湘江之滨
遥遥地谛听祁连山的回声，看橘子洲上
一颗冲天而起的花炮，在高处燃爆
所有的色彩与光明，都熄了灯。大地寂静

2020 年 2 月 22 日

田禾的诗

诗人档案 | **田禾**：国家一级作家，湖北省作家协会第六届主席团副主席。出版诗集《喊故乡》《窗外的鸟鸣》《田禾诗选》等十五部，俄文、德文、日文、韩文、蒙文、阿拉伯文、土耳其文、波斯文、格鲁吉亚文和英文双语诗集十部。曾获第四届鲁迅文学奖、《诗刊》华文青年诗人奖、徐志摩诗歌奖、《十月》年度诗歌奖、《扬子江》诗学奖等。

小雪

今天没有下雪
是日历向人类撒了个谎
但天还是出奇地寒冷
早晨的雾霾笼罩着村庄
站在门口的父亲打了个冷战

一股冷空气由北向南而来
北风呼啸，怀上了风雪
一场雪正在赶来的路上
我似乎听见了雪的脚步声

往山上走，羊，雪一样

闪跳。老羊倌紧裹着棉袄
他一边放羊一边不住地
把光阴往他的烟袋窝里填

晌午，外地来的货郎
沿村叫卖着。他在村头稻场上
歇下担子，有几个抱小孩的
妇女，正围着讨价还价

黄昏，天边飘着几朵灰色的浮云
鸟雀叽叽喳喳地叫着
像几个陌生的词语在争吵
那时没有人能够扶起一条马路
但风把一缕炊烟扶上了天空

2020 年

小寒

七爷硬是没熬过这个冬天
深夜一盏冰凉的灯火
照着他死去，三片雪花
把他抬进了土里

小寒，名曰小，实为最
雪停了，但天冷到了极致

一个人在冰天雪地里行走
从头顶冷到了脚趾尖

寒冷可以称重，黄昏没有
斤两。夕阳的坠落，给河流
带来了晃荡。一列火车
跑进黄昏，瞬息穿过村庄
和万顷倒伏的芦苇

小河流淌的声音凝固了
流水和残叶冻在了一起
一炉火也能被冻住
黑夜像被冻住了
鸡叫了几遍，天还没亮

飘飘忽忽的云彩悬浮在半空
林中的夜鸟悻悻地叫着
乡村寒冷的夜，黑得让人害怕
飘零的草叶提着过往的风声

2021 年

江汉平原

往前走，江汉平原在我眼里不断拓宽、放大
过了汉阳，前面是仙桃、潜江，平原就更大了

460

那些升起在平原上空的炊烟多么高，多么美
炊烟的下面埋着足够的火焰
火光照亮烧饭的母亲，也照亮劳作的父亲
八月，风吹平原阔。平原上一望无涯的棉花地
白茫茫一片，像某年的一场大雪。棉花秆
挺立了一个夏天，叶片经太阳暴晒有些卷曲
我顺着一条小河来，手指轻轻抚摸河流的速度
上下游的水都以一种相同的姿势流淌
摘棉花的农民把竹筐放在河滩，当走近一座石桥
河里的鱼翩然跃起，但河水还是来不及停顿
继续向前流淌，水中的落日可能被绊了
一下，没到黄昏就落了下去。这时候
远处村庄里，点起了豆油灯，大平原变得
越来越小，小到只有一盏豆油灯那么大
豆油灯的火苗在微风中轻轻摇晃
我感觉黑夜里的江汉平原也在轻轻摇晃

2013 年改旧作

流水

江南是水做的，水做的江南，到处是流水
一万年前的水，一万年后的水
都朝着一个方向流淌
水从深山流来，从峡谷流来
从云端和高山流水的源头流来

那年，我与黑八爷上山采药，无意中
我追着一条小溪一路跑到山下
水顺着小溪，哪里低就往哪里流
从山谷一直流到低处的民间
把村庄一口快要干涸的池塘填满后
继续向前流淌，流经陈艾草的半亩蚕豆地
经过一座榨油坊的旧址时突然
拐了一道弯，然后继续拐弯
拐过油菜田和几家穷人的后院
沿途无意中收养了几朵野花
和秋天的最后一场秋雨。当汇入村前
的一条小河时更是显得深不可测
一些水被木桶或水罐取走
一些被农民抽去浇地，一些以平缓的姿势
慢慢流淌。它们去远行又像回家。

2009 年

长江每天从我身边流过

长江每天从我身边流过
从我生活的这座城市匆匆流过
浩渺的江水把一座城市
三分天下：武昌、汉阳、汉口
还分出江南和江北
我的朋友从江北过来

462

淋湿在江南的烟雨中

江南涨水时，江北也在涨水
但江南下雨时，江北不一定下雨
而风是散漫的，一直从江南
吹向江北，或从江北吹向江南
只有下雪天，两岸的雪下得最均匀
只有江水日夜奔腾不息
我不知一滴水一生走了多少路
一江水到底养活了多少人

两岸的码头依旧拥挤
每天总有那么多人坐轮渡过江
在汉阳门一眼就望见江汉关的钟楼
像一座泊在岁月深处的古船
江水到这里似乎加快了它的流速
我远方的兄弟坐着一条长江
来看我，流水走过的过程
把整条江又丈量了一遍

水从唐古拉山脉流来，瞬间流走
我从来没看见它停下来歇脚

2013 年

汪抒的诗

诗人档案 | **汪抒**：出版有诗集《初夏的鲸和少女》和《苍穹下的身体》等。

途经江西、湖南、广西

不断飞逝的赣西，我为什么觉得自己
像一个暮色中
急速的木塞子，那轻浮的透明之瓶呢？
——我没有担当和位置。
南方的云、山川、人民和更多细致的景物，我的肉身
接受这热风的熏陶。

湖南我浑然无知，夏日浓厚的黑夜
仿佛含有高药效的麻醉剂
可能只有血管中暗藏的零星的星光，是这个省份
送给我的
一点难言的虚无的精神食物。

广西在一个我完全陌生的词语中苏醒。
我原来觉得它应该是浓绿的，但稻田在晨气中

黄熟的颜色和远山的苍黛
强劲地从词语的外壳中穿透而出。
心理的极限和新鲜常常混为一谈，异域的磨砺
是催我衰老，还是将我推回到
更善良的懵懂状态？广西的旭日
哑着亚热带稠厚的嗓子，替代我内心中
那喷薄的无声的表达。

2012 年 2 月 18 日

额尔齐斯河边

一头正吃草的牛或羊不知道
站着或倒下的白桦不知道
冷松也不知道
就连身在激流中的密密而巨大的
卵石，也不知道
那遥远的下游和归宿

鄂毕河和北冰洋即使是一片梦境
也不会向它们飘来

大峡谷中湍急的额尔齐斯河
不断把冰冷的声响灌进我亚洲北部
苍凉的耳朵

我与陡峭的斜坡上一块残雪
有过对话，但已录入阿尔泰山的体内
而不愿流走

2023 年 5 月 14 日

听一个图瓦老人吹楚尔

那样的腔调，适合阿尔泰山
楚尔也确实是阿尔泰山中的灵草制成

他全部的人生经验，此刻都
汇集在他按住笛孔的手上
汇集在他如石头般缄默的嘴唇上
在那一口气上

那样的腔调里有鹰的悲伤
马的忍耐、羊的无奈
还闪耀出寒温带各种树木坚忍的低调的气息

他打通了人与雪山内部的通道
我们得以自由地在雪山中进出

2023 年 5 月 16 日　途中

中亚的雪水

中亚的雪水饱含着石头，也饱含着阳光
它以寒冷的棱角，炽烈地滚动

我不会音乐，但我用手指
蘸着雪水，在羊皮鼓上写下一行深谷般的诗句
给随地球旋转而旋转中的荒漠、草原和冰川
也给一直充当坚强头颅的苍穹，给
生生不息的人类

我写下的虽然短促但不会干涸，它随羊皮鼓的敲响
像一颗辽阔的心在震动

2023 年 6 月 1 日

向吉英的诗

诗人档案 | **向吉英**：笔名疾鹰，湖南湘西人。经济学博士后，深圳职业技术大学教授。已出版诗集《有风吹过》、散文集《越走越南》。广东省作家协会会员。

我要造一个阿姆斯特丹

我也要圈一块水田

筑一个坝

把风车置其中，不仅排水

还要碾米榨油

沿坝堤种上郁金香和绣球花

建各种动物形状的房子

芦苇编织房顶，牛羊狗和鸭子们

能够找到回家的路

田垄里满是麦浪和花海

把凡·高请来，树立旗帜

鼓噪着的乌鸦不敢接近

即便铺张黑色的影子

也覆盖不了向日葵的微笑

再造一个城郭

水渠纵横，廊桥相连

不需要军队守卫

入夜，让伦勃朗巡游

打更声只是一支催眠曲

清凉的空气中

弥漫着法律和自由的芬芳

我要圈一块水田

造一个阿姆斯特丹

2016 年 8 月 15 日　阿姆斯特丹

大昭寺

用身体丈量这片土地

直立，屈膝，双手向前

再匍匐在地

用鼻嗅出泥土的气味

用胸测试大地的温度

用头叩击地壳，听他空洞的声音

然后在山口和房顶

挂上经幡，让风吹动

洗涤地球上顽固的污垢

你做好这一切后

就可以来到大昭寺

469

与佛辩经

2018 年 8 月 1 日 拉萨

王村

一个王倒下了
一帘瀑布挂起来

在营盘溪，水草疯狂生长
千年古镇被逼到悬崖
眺望远去的酉水，总是喃喃自语
退到码头，与唐伯虎借月掬影
题写"楚蜀通津"
看一个王朝随水而逝

沿河栈道的石板路上
一个老妇把落叶扫入畚箕，动作迟缓
背上背着背篓，眼里住着菩萨

2020 年 8 月 7 日 湘西王村

肖志远的诗

诗人 档案 | **肖志远**：鲁迅文学院首届陕西中青年作家研修班学员、第十六届全国散文诗笔会代表、陕西省作家协会会员。作品见于《诗刊》《十月》《延河》《延安文学》《诗潮》《散文诗》《黄河文学》《岁月》等刊物。著有诗集《或轻或重的叙述》。

热爱

把目光放的再低一点

只能揉进自己的村庄，和一缕缕

懒散的炊烟。就独自站在对面洼的

阳坡之上，任向晚的风拂去肌肤深处的

那些微痛。静坐下来，在黄土坡上思量这一生

思量土地上的事情，父母耕种的年月

不再用心去想目光的长远，有多少光景

能比得上此刻的亲近

2008 年 5 月

山梁上传来的歌声

由远及近。从峁梁的深脊中传来
土得掉渣，酸不拉唧的信天游
从这个人的口里吼出来
浑厚。旷远。寂寥。忧伤

我想他一定是个壮年
刚翻完麦地卸了骡子
肯定是有了相爱的人儿
要不歌声中尽是酸不溜丢的曲儿

多少年后，这种猜想早已有了答案
那歌声里的三哥哥、二妹子
如今很少能听到在对面面的圪梁梁上响起
从前的唱情歌的汉子也已满脸皱纹

那一年，我对于爱情懵懵懂懂
在后来的记忆里
那山梁上传来的歌声
仍让人有揪心裂肺的疼

我想，那年山野里的孤寂
如今却成了我的孤寂
可山梁上传来的歌声

永远属于那年、那月、那人的事情

云朵，羊群和我

死一般空寂的高原，云朵在舞蹈
围在栅栏里的羊儿，像一群最忠实的观众
它们记住了这样的一个午后，一片片云朵
以漫天的姿势飘过。它们的眼神如此神情
如此地忧伤，像渴望肥美的水草般
把这个酷暑一遍又一遍地啃伤
而我，就站在空荡荡的村庄里
听着羊群撕心裂肺的蛮叫声
一门心思地数着天上的云朵
就连我自己都不可思议，是什么样的原因
也让我成了羊群和云朵最忠实的观众

张国安的诗

诗人档案 | **张国安**：笔名尘子、章印。江苏省作协会员、《中国校园文学》第二届签约作家。作品见于《诗刊》《诗选刊》《星星》《扬子江诗刊》《诗潮》《诗歌月刊》《芒种》《青春》等。著有诗集《后知后觉》，偶有获奖，并入选多种选本。

唯有星光，懂我漆黑的眼睛

我喜欢黑夜，喜欢远离白月光的静谧
村庄。笼罩一层神秘
腐草中萤火虫怀念微弱的虔诚

我迷恋黑夜，迷恋和大人们扛着板凳
徒步，赶一场露天电影
到达时，主人公已是中年

我像热爱光明一样，爱着黑夜
爱着昨天太阳的死亡和今天的葬礼
唯有星光，懂我漆黑的眼睛

2019 年 3 月

风入松

一定是按照他自己的审美塑造的
不然我的模样怎么这么像他
丹青手，倚在山石边
和我撒下的影子重合在一起

不需要世人的目光来衡量
考验只需要一阵风
猛烈而无常
火，赋予酒魂魄

同样，风唤醒我
砚台是我的乳娘
笔和墨是我的生存之道
一张宣纸构成凉薄的尘世

2020 年 9 月

像雪一样下着

终于等到一场风来
吱吱呀呀，一架老旧的纺车在院子里开始旋转
日子棉线一样悠长

棉花雪白如旧时光阴，堆积得比我还高

开始舞动，舞动……
累了，我抱着纺锤
躺在竹床上，紧闭着眼睛不愿醒来
害怕睁开眼睛外婆就不见了

2021 年 12 月

柳叶湖穿过我的余生

柳树在岸上行走
速度与湖中人保持高度一致

小船是驮着我们前行的车马
意外总是在不经意间让直行的人改道

水路不通就走陆路
绕行无疑为旅途增添几处风和景

方言在石头上晒太阳
一生期期艾艾的人，没法直奔主题

怀揣一枚柳叶
在夜晚的唇边

你我不疾不徐，吹奏余生

2022 年 8 月

压轴诗群 · 京津冀诗群诗歌大展

主持人 罗广才

（按姓名音序排列）

北野 大解 大卫 朵渔

李南 梁梁 罗广才 裴福刚

石英杰 汤文 殷龙龙 郁葱

吆喝一声吧，声音直达远处

罗广才

  京津冀地区是当代中国的"首都经济圈"，古为幽燕、燕赵之地。三地本为一家，交往半径相宜，地缘相接、人缘相亲，地域一体、文化一脉，是我国历史底蕴最深厚、文化发展最具活力的地区之一，是汉语新诗百年的发轫之地、开拓者、领航者，也是"汉语新诗"的"首都"。汉语新诗百年，那一长串闪光的名字，几乎都是工作、生活在"京津冀"这既有海洋、山峦，也有湖泊和高峰的华北大平原上的。

  行吟，是诗人用来廓清与世界关系的一种媒介。"在反复的吟唱中比对，寻找着物与物、物与我、我与人的共通和不同之处，也在寻找此生此在的证明"（杨章池语）。纯粹的诗歌作品，读者会读出颜色里的反差，读出精神的血脉，读出寒战后的温暖，留下挥之不去的烙印——他们所路过的这个时代的烙印，留下了他们的赤诚。

  无论是郁葱、大解、梁粱等"老诗骨"，还是大卫、殷龙龙、李南、北野等实力派诗人，以及朵渔、石英杰、汤文、裴福刚这些"战将"，他们都是始终行走在汉语新诗最前沿的"孩子"，甚至可以说是有着英雄情结的诗者，也是在行吟路上活着的烈士或无名氏。

  一首好诗，无论是从陌生的文字和语境出发，还是复杂陈述得入情入理入心，或者语言简单却浓情，都可以。如果脱离了这三点，一首诗的无效性就成立了。

我们的读者是很包容的。

我们的读者期待的是以沧桑之感、超越情怀、纯诗意向和边缘处境，有独特的视角，有神意，能够刻画出人性，体现生命的疼痛感，写出"如梦忽觉，如梦忽醒，如仆者之起，如病者之苏"的文本作品。

人贵直，诗贵曲。诗意的表达是应该通过意向来传达给读者，而不是语言本身。写诗，是寻找新词语和另外一个自己相遇的过程，而不是造句或成为一种工具。

一首好诗，读者会从很短的行数和词句里读到信息量的密度、生活经验的广度、情感脉络的深度，以及想象力在天地之间是如何畅游的。

我读诗，通读一遍后就有判断——作者的词语体系、阅读量、知识架构是怎样的一个水准。然后看这首诗哪一句是作者的独特发现；哪一行是我们读者想表达却表达不出来的；哪些文字让我们一入眼帘就很难淡忘。

为什么很多人爱读诗，就是想在诗中能遇到我们失去的岁月、情感和江山。

写诗，就是好好说话，把话说好。说好人话，就离不开情感的温度，离开了情感就是口吐莲花也是文学意义上的笨嘴拙舌。

我们可以一辈子不写诗，但每一首诗都要像一辈子。

丹麦哲学家克尔凯郭尔也是语言的掘金者，他说：任何哲学的出发点都只能是个人，所以我就从个人出发。京津冀诗人群体始终在出发的路上，情绪、牢骚、理想、苦难、悲悯、欢乐，时而胸怀天下，时而故步自封，高尚和卑微较量，这些都集于他们自身的体验中。他们终归是上路了，甩掉人们熟知的那些技巧的羁绊，克制着语言的虚假，他们甚至不相信纯粹的呻吟，但他们是真正的诗人，我总觉得他们是有这种使命感的。

就像我们这些"京津冀诗群"的作者们，他们是这样一群诗人：在辽阔的华北平原上仰望蓝天，脑海里却总是"穿越"到悬崖下倾听着自由的歌唱：

"吆喝一声吧 / 声音直达远处"。

2023 年 8 月 30 日于沽上寓所

北野的诗

诗人档案 | **北野**：1965 年出生于河北承德，满族。作品见于《人民文学》《诗刊》《中国作家》等文学期刊和多种诗歌选本。著有诗集《普通的幸福》《身体史》《分身术》《读唇术》《燕山上》《我的北国》《上兰笔记》等。

白马寺

"马的美，在无用时
才咄咄逼人"，马的死，在被风
驱赶时，才流下泪水
喘息，吃草，它那么平庸

白马寺，不知道还在不在？
峰岚万里，都是烟云瘴气
但一个幽灵，已完全不用它隐身

白马身披袈裟，坐在台阶上
木鱼敲得慌又急

乱军，危石，急速消散
只剩下那蹄踏，沿着夜幕传来

483

仿佛整个大地在卷起

只剩下那最后一夜，它用
雪白的骨架
凌空一跃，成为星空里的碎屑

2012 年 12 月 14 日

白马飞

一匹白马，在地上啃草
偶尔打个响鼻，证明它还活着
还没有进入寂静的雕塑
一道虹霓，跨过白马的脊背
它拖来远处一列山岗，只有风声
留在原地，它们阴影一样
在远处游荡。小雨过后，灯笼花里的
露珠，纷纷坠落，泥土和草木的
香气，从地下释放出来
牡鹿为此有了新鲜的斑纹
它跃过河汉，在虚空中停下
眼神有些恓惶。一匹白马是我的伴侣
一匹白马被惊动，它警觉地抬起头
远远站在草地上，一匹白马
突然一抖，它身体里的雨水飞溅出来
是一团旋转的光。白马

在时间中隐匿。白马把自己
拴在一条河流上，它脚下的激流
是跳跃的白银，它的鬃毛
进入了缓慢的飞翔。我知道它在
敲我的脊背，我知道它在融化
白马，白马，我希望这个世界仍然
有边际，而白马，我希望
你慢慢融化在塞堪达巴罕草原上

2013 年 5 月 6 日

沙地月夜

浑善达克沙地，在一个夜晚
开始向南移动
过了界河，它就变成了一阵风
沙粒在它的身影里飞舞
我知道牧人和斧头，已死在风雪中
柴草车陷在冰层之下，它迅速
被堆成了一个雪丘
现在我是绝望的。斧头和猎枪
完成了记忆中的杀牲比赛
野兽的血迹，在雪地上是猩红的冰
马是孤岛。月光是更大的孤岛
它们明晃晃的
停泊在遥远的天空

沙坡敞开窗户，露出黑漆漆的心
而我的脚下，是大地
滑倒和旋转的长袖，它正从天空里
被一节节抽出
一股更大的风刮过来，我听见了
月光突然破碎的声音

2013 年 9 月 7 日

梭梭马

那些马是唤不醒的，它们用骨架
证明了奔跑的结局是一堆灰
它们用幻觉的姿势在睡觉。它们
用思想的头颅在飞
夜晚蒙了一层黑布，森林蒙了
一层霜雪。天狼星在草原边缘滚落
它发出的响声是深夜的闷雷
枯草已被烧焦，浮云汇集了短暂的阴影
风声穿过鞍槽，把它的四蹄
磨成了黝黑的翅膀
它想到的飞翔，是兀鹰对大地的逡巡
它发出的嘶鸣，是枯干的河流
突然站上悬崖的涛声
它在西拉沐伦河边找到的女人
是一个部落衰败的母亲

这个在星空下，扶着马鞍哭诉的老妇人
转眼就变成了一朵乌云

2014 年 5 月 5 日

马镇

用一根缰绳，拴住一匹马的头颅
但你拴不住它的思想
用一圈栅栏，装入一群马的暴怒
但你装不下它飞翔的身影
如果是一万匹马呢，你就必须
用一片天空，才能完成对它的豢养
交配，葬礼和奔腾

乌云在天边卷起，闪电和雷霆
这些陆续出场的事物
隔着一道山冈，我们就可以
看见它们飞扬的烟尘。狂风的歌声
由沙哑的喉咙完成。大海的浪潮
由深渊里的怒火完成
天空里的涡流，跟着天马星座
向宇宙中心移动
而大地所需的沉睡，正汹涌而来
它需要用一声长鸣

才能撕开马镇的寂静

2016 年 1 月 12 日

误死马驹册

建武三年十二月，癸丑朔丁巳
月亮好像在异域，驿马
出了居延关，当年的守塞蔚
正是少年，为了表示自己
已经长成了一个男子汉
他专门蓄起了乌黑的长髯

而传檄的驿卒，却老态龙钟
他们心里，各有一轮夜行的月亮
路边漆黑的驿所是一座古堡
它的门前，总是斜插着一根木桩
月光拖着它的影子，在大地上
跑成了一列列黢黑的烽燧
驿马歇下时，另一匹马要带着掾史
继续飞翔。檄至庶虏，大雪暴涨
天地间一片苍茫
没有人看见，他一个人
走了三天三夜，渺无人烟
他的绝望，像一片死亡的荒原

昨夜的泥泞，如同一场
你死我活的战乱
这个画面，适宜放马归厩
而病死的马驹
却要驮在冰凉的马背上
死驹须乘夜色，还给主人
而苍老的驿卒，正埋骨在星空下
雪地上，只剩下他
孤零零的身影，步履蹒跚
他要一个人走回家乡

月亮是异域的，驿马是鬼魂的
居延关锁住的边塞，是刀客、暴雪
和月亮出没的东汉
而伏在油灯下，写谢罪折的边关小吏
正为一匹病死的小马驹
露出满脸的羞惭……

2019 年 3 月 17 日

大解的诗

诗人档案 | **大解**：1957年出生，本名解文阁，河北青龙人，现居河北石家庄。著有长诗《悲歌》、寓言集《大解寓言》、长篇小说《原乡史》等多部，作品曾获鲁迅文学奖等多种奖项，作品收入近四百种选本。

百年之后
——致妻

百年之后　当我们退出生活
躲在匣子里　并排着　依偎着
像新婚一样躺在一起
是多么安宁

百年之后　我们的儿子和女儿
也都死了　我们的朋友和仇人
也平息了恩怨
干净的云彩下面走动着新人

一想到这些　我的心
就像春风一样温暖　轻松
一切都有了结果　我们不再担心

生活中的变故和伤害

聚散都已过去　缘分已定
百年之后我们就是灰尘
时间宽恕了我们　让我们安息
又一再地催促万物　重复我们的命运

2001 年 11 月 10 日

原野上有几个人

原野上有几个人　远远看去
有手指肚那么大　不知在干什么
望不到边的麦田在冬天一片暗绿
有几个人　三个人　是绿中的黑
在其间蠕动

麦田附近没有村庄
这几个人显得孤立　与人群缺少关联
北风吹过他们的时候发出了声响
北风是看不见的风
它从天空经过时　空气在颤动

而那几个人　肯定是固执的人
他们不走　不离开　一直在远处
这是一个事件　在如此空荡的

冬日的麦田上　他们的存在让人担心

2002 年 12 月 18 日

河套

河套静下来了　但风并没有走远
空气正在高处集结　准备更大的行动

河滩上　离群索居的几棵小草
长在石缝里　躲过了牲口的嘴唇

风把它们按倒在地
但并不要它们的命

风又要来了　极目之处
一个行人加快了脚步　后面紧跟着三个人

他们不知道这几棵草　在风来以前
他们倾斜着身子　仿佛被什么推动或牵引

2007 年 4 月 6 日

风来了

空气在山后堆积了多年。
当它们翻过山脊，顺着斜坡俯冲而下，
袭击了一个孤立的人。

我有六十年的经验。
旷野的风，不是要吹死你，
而是带走你的时间。

我屈服了。
我知道这来自远方的力量，
一部分进入了天空，一部分，
横扫大地，还将被收回。

风来以前，有多少人，
已经疏散并穿过了人间。

远处的山脊，像世界的分界线。
风来了。这不是一般的风。
它们袭击了一个孤立的人，并在暗中
移动群山。

2017 年 3 月 1 日

灵魂疲惫

常常是这样：我在此，灵魂在别处。
最远到过北极星的后面，也曾经，
隐藏在肋骨里。怎么劝都不出去。
窝囊废，懒虫，没出息的，都说过，
但刺激没有用。
常常是这样：灵魂疲惫，从远方归来，
一无所获，却发现要找的东西，
就在体内。
为了莫须有的事物，
我几乎耗尽了一生。
其空虚和徒劳，有如屎壳郎跟着屁飞。
悲哀莫过于知其缘由却听凭命运的驱使，
一再出发又返回。
我这个人啊，可能改不了了，
我原谅了所有的事物，唯独不能宽恕自己。

2020 年 3 月 16 日

494

大卫的诗

诗人档案 | **大卫**：1968 年出生于江苏睢宁，本名魏峰，著有随笔集《二手苍茫》《爱情股市》《别解开第三颗纽扣》《魏晋风流》、诗集《荡漾》《内心剧场》等多部。

我爱这宽肩膀的夜

我爱这宽肩膀的夜，雨水刚刚停止
椰子树的身上，有晕黄的光芒
道路该拐弯时拐弯该笔直时笔直
走得太快或太慢
积雨都会把鞋子弄湿

星光蹲在树梢上
田野在路的两边坐着
冬瓜、白菜和茄子都很安静
走在深深的夜里，尤其空旷处
你能感觉到雨水从芭蕉上滴落
与从棕榈树滴落
姿势差不多，但重量又不完全一样

这样的夜晚其实适合遐想

495

适合斜靠一棵树

适合与月亮手拉手，适合做一个有意思的梦

——且是双眼皮的那种

一个人走在路上会想起另一个人

露珠在草叶上一动不动

波浪在波浪中摇晃

空气中充满了甜的蜜

走在深深的夜里

星光被你的身体不停地拨开

仿佛这宽肩膀的夜

不够用的，你得把更多的寂静借来

然后把这寂静一分为二

2017 年 12 月　海南桂林洋

燕子矶

一只超低空飞行的燕子正试图拎起暮色

肯定有一条长长的河流在故意迷失自己

我不是游子，游子从来都在远方

月光缺席，没有一朵浪花可以提供故乡

在一条江的上游写诗

辽阔是他自己的事

两岸的暮色，到底是谁伸开的翅膀
母亲不在，每一厘米都是他乡

2005 年

青木关

路从这儿拐了出去
几百年前我就经过这儿
鸟飞过头顶之时
它对我，比对缙云山
和嘉陵江更感兴趣
仿佛我是它刚刚产生的影子
经过青木关的时候有人把我的前世
轻轻丢在这里

宝峰山和虎峰山仿佛两只手掌，轻轻
一碰，就把寂寞拍出了声响
一条路走得太快了会长出羽毛
我不是一个人
而是一支部队
进关和出关的路
有着同样的脾气
树开花的时候

花不在原来的位置

天空是慢的，它在变蓝的时候更慢
——写给观音山

这儿没有时间，或者说时间在这儿过得很慢
叶子不按天绿，而是按月，
比如一个月绿一次
有些叶子懒，也会两个月甚至三个月绿一次

极目远望，溪水清亮，仿佛这些水
刚从石头里沁出来
鸟儿坐在枝杈上，拢了翅膀小睡
差一点忘记它们是能飞的

不敢说我是幸福的，但此刻却适合恍兮
适合惚兮，适合恍兮惚兮

天空是慢的，它在变蓝的时候更慢
落在水里的天空也是慢的
慢得你几乎认不出它曾经是
头顶上的天空……

岩石一动不动，仿佛它才是最慢的天空

2010 年

河流在转弯的时候

河流在转弯的时候是有梦的
它喊天空，把天空喊蓝了，也不答应
我怀疑河流的那些弯是它自己喊出来的
一条河流一旦有弯了就不停地做梦
大鱼是大梦，小鱼是小梦
涟漪一放松，就变成了蜻蜓

河流在转弯的时候遇见蝴蝶
一个人一扭头看到了自己的前生
走在河的左边，也走在河的右边
不能说出蝴蝶的性别，相对于天空
它是女的；较之于大地，它又是男的

河流转弯的时候遇见蝴蝶
在天地之间不停地飞着
越飞……越像一只蝴蝶
倘若飞累了，整条河流都会
因之而停下来，万物屏住呼吸
把自己丢在这里
仿佛我就是那条河流

有丰富的寂寞，亦有无奈的辽阔

在流经大地的时候，灌溉，渗漏，消失

泛滥……我有谨小慎微的恨

也有谨小慎微的爱

在体内饲养了万千条河流

浪花白得可以站起来

蝴蝶是天空的一次对折

2010 年 9 月 8 日　通惠河畔

朵渔的诗

诗人档案 | 朵渔：1973 年出生于山东，现居天津。作品散见于《星星》《十月》《诗刊》等文学期刊及多种诗歌选本。著有诗集、随笔集二十余部。

默祷

骤雨初歇，雨后的蝉声让人焦躁

那因痛苦而降低了高度的天空

并没有带来一个内心的天堂

只有一种白色的孤寂在缓慢生长

那是为内心独白所创设的寂静

借用但丁的舌头，我轻轻默祷

仿佛自心底升起的无声歌咏——

不要将自己委托给无知之物

要与死亡保持一种尊贵的友谊

并做好谦卑、清洁和节制这三门功课

词语太轻了，在你的生命里

还缺少些真实的压舱之物

丰饶来自极高处，也在自身的罪里

人类的语言亦无法赞美，这是一个限度

默祷虽未允诺一个丰饶的未来
你只需饮下这酒，掰开这面包
如同掰开自己卑污的灵魂
骄傲从你手里拿走的东西
羞辱会再次交还给你，分毫不少。

2019 年

有一种沉默的语言

像每天那样，坐下来，面对一张
白纸的心情，有如面对一座沉默的教堂
他的几本诗集，放在书架上，仿佛
一堆雪中最不起眼的部分，并将在
今后的岁月里不断融化，以至于无形
也许会有一两首留下来，但那又如何？
写作无非是保留自身的脆弱性，并邀请
无限的少数人来庆祝人性的失败。
人只需欣悦地哭泣着，将自己交付出去
让生命涌现，而诗也并非无可替代
有一种沉默的语言，更胜于言说
他知道，一群挑剔的读者在等着他
写出点什么，他却把笔合上
什么也没写，只把心中的话
向上帝默默地祷告了几句

就像他每日清晨所做的那样。

2020 年

流光

几日闲散后，再也聚不起精神
流光仿佛屋角的阴影，不觉间溜走
时光并不在生命里，它只是穿过生命
逝去，无影无踪，不重也不轻
天上的话语已很久不在耳边响起了
而每个不曾聆听钟声的日子
都仿佛不曾真实存在过，生命逝去
却没有真实地记录在神的刻度上
需要多大的痛苦，多么坚实的信靠
才能往时光的天平上增加一舍客勒
多少属灵的良知都是用痛苦唤醒的
人的话语最轻，而哭泣却最美妙
你听，当她叙说完一段话后，就继续
哭，仿佛话语只是哭泣间的短暂逗留。

2020 年

束缚

从最后的诅咒中抽身出来，坐在
昏暗的灯光下，想象着世界的善意
并没有消失，它只是短暂地隐身了
在一种狂欢般的践踏中，体会自身的
罪，并从内心获得一种轻松和欣快
这罪并非人为你定的，乃是出于神
如果你内心仍有一丝不平和委屈
就还没有真正认领自身的罪

河水轻拍堤岸，是一种对束缚的感恩
你定我的罪，也如同那堤岸般威严
当水流干了，在人间留下两道堤坝
而我们的人生在何种情形下
才能变得整全、圆润、充满欢欣
和喜乐？只有在恩典中，在罪里
这些诗，也如同留在人间的遗迹
你在其中做的功，历历可见。

2021 年

在我为生活奔忙的这段日子里

在我为生活奔忙的这段日子里

我活得越来越像一个人

却再也写不出一句诗

我写下的每一句都是属人的语言

庸俗，乏味，枯燥，无聊

而诗是喜悦，也是哀恸

是忏悔，也是交付

是怀疑，也是更新

是一种赞美的力量

亲切得就像某个人的微笑

像那些渺小、黯淡而又脆弱的事物

就那样平静地活着

不打扰任何人，也不被人打扰

你能感受到那种微弱的善意

就像太阳在冰面上的闪光

2020 年

是该目送自己进入旷野了

目前来看，你狂热的进取心

该停一停了，现在每走一步

都在离真理更远一些

是该目送自己进入旷野了

大地上已没有纯洁的宴席

你还没有回到一个人的孤寂

你在众人中依然如鱼得水

你还生活在现实的逻辑世界里

这个世界里只有原因和结果

你所依凭的依然是魔鬼的语言

你以为大地上还有完美的居所

这是天大的误会——完美的居所

只存在于乌有之地，大地上的教堂

也不过是它并不完美的倒影

你要摘取的并非尘世的果实，你是

你自己的献祭，你要讨好的影子在天上

不要再贪恋大雪中的房舍

如同贪恋夏季的绿荫

去亲近旷野中的荒芜吧

在那里，在那荒芜中，有最终的善。

2019 年

李南的诗

诗人档案 | **李南**：1964 年出生于青海，现居河北石家庄。作品散见于《诗刊》《星星》《诗选刊》等文学期刊和多种诗歌选本，著有诗集《时间松开了手》《妥协之歌》《那么好》等。

野草湾

暮色来得多快　转眼间
看不清家的方向
蒿草盲目地跟在
稗草后边

白天的神龛
只剩下　漆黑一片
点灯　　闩门
换衣的妇女
她需要稍稍侧过身去

我见过正午的　野草湾
它喝天上雨露
被远方的汽车

507

无限缩小

野草湾　信任菩萨
是个苦命的
村庄　它从不说话
只在狂风刮过地面后
挣扎了一下

2002 年

在凤凰

回不去了。每一扇门都向我们敞开——
故居、祠堂、店铺和纪念馆
可是再也回不去了
急遽裂变的晚清，风起云涌的民国。
找不到了
吊脚楼上原始的苗歌
少女翠翠眼睛里的清澈……
虽然我再次来到凤凰古城。
翻山越岭来到这里
只是为了完成一种奇妙想象
走在绵绵细雨中
只是为了抖落翅膀上的风尘。
当诗人们带来一些词语
凤凰古城就捧出她所有美景。

太盛情了！就像旧时那些侠义的土匪
拿烟倒茶，打酒割肉。
太迷人了！婆娑山影
掠过江水奔往世界的尽头。

在鼓浪屿草木诗经咖啡馆留宿

半夜醒来，海面上传来渡轮的马达声
使我再一次确认，身在何处
又将去往哪里。
我在无数往事中穿行、停顿
并被其中一件绊倒
不知不觉中
天光已经微亮——
大海宁静，而人世汹涌。

2015 年

冬日在卧佛山脚下散步

散步到卧佛山脚下
不能再往前走了。
抬头是卧佛仰面朝天

密林的秃枝挡住了我们视线。
谢然回望来时的小路
原来竟然是踩着黄金地毯走过。
冬日的阳光加入我们的交谈
时而热烈，时而慵懒
有一棵树难住了我们
分辨不出是龙爪槐还是蜡梅树
寒风把叶子和果实洗劫一空
初春和盛夏可不是这样。
枯叶尽头，我仿佛看到了我们的晚年：
分不清性别，看不出成败。

2020 年

梁粱的诗

诗人
档案

梁粱: 1955 年出生于山西岚县,现居北京。曾任《军营文化天地》杂志主编。著有诗集《麋鹿跃过罂粟花丛》《远山沉寂》《风中的日子》、散文集《远距离》、纪实作品《围攻碾庄圩》《锤击双堆集》《雪压陈官庄》等十多部。

远山沉寂

鹰翅南行

南行于无限无边无际无涯

而苍山依然

听到骨节紧握时的叫声和叹息声

心室或冷寂或喧嚣

坠铁般沉入茫茫

斜看西天薄红无数

无数薄红正收藏经卷

脚步,印章般走入字里行间

夜是圣殿

容纳宽肩膀钢牙铁齿瘦骨嶙嶙的山大王
独谁在扯片片经书化作卷云
去千年古洞前徘徊圣主台阶

斜刺里挑起一声呼哨
七种感官在刺猬般耸动
一片竹梆、一管铜号、一眉弯弯的笑靥
熨帖枪刺、星座和隐红微微芒刺四射

门前卧佛不如卧一只巨鹰或家犬
祭祖的红布条不如满山插三角形绿旗
如烽火般连接，缀成钻石玛瑙羚羊角饰物

一当红光满天
情人们都去亲吻太阳
你尽管放了心，只把平安的感觉留在背后
背后，铁青色的大山炫耀铁青色的我

天狼星幽灵般或现或隐
而地平线依旧苍茫
我们倚弦边，也倚天，作一粒小小弹丸

1985 年

一个人走在黑夜的草原

打一声呼哨，天河就伸手可触了
星星挂露，月亮披霜
一个人匆匆行走
就是整个草原在匆匆行走

没有目标
目标遗忘在酒杯里了
就像草原遗忘了那些打马而过的帝王

蹄印和车辙不经意间踏出几十条路
随便走上一条就对了
我真的没有目标
只是想快点把自己走得再热些
再热些，不然就要笑死了

我的马也累了，比我更累
瘦干的脊梁用我的皮袍包裹
它远远跟着我
像是永远也甩不掉的影子

迎向风或者顺从风
脚印都会被风擦去
从哪里逃离的，去投奔谁人

路都醉着，像一条响尾蛇在舞蹈

止了人声，停了狗吠
老狼和风雪灌满了洞穴
这就对了，天地还敢让一个生灵裸露
一个莫名其妙的罪人
本来就应该在暗夜里行走

2019 年

云的仪仗

听谁人的律令，那天边的云朵
是羊群在听从牧羊犬的吆喝
还是，滑向飞檐的六兽
服从神灵的密码

一只大猫或者大狗引领着
三四只小狗、四五只小猫
享受太阳的针刺和风的梳理
一串马兰花，一路追着蹄印、车辙

从探出第一个额头、眉眼
到无目的的旋转、缠绵
像裸露半边肩膊的牧人
用温暖的一面迎接冷风

将寒冷的一面接受暖阳

睫毛一扑闪之间
一切都不见了踪影
撤离和集合都那样迅疾
他们先前的行程是为洗净天空
享受日光变幻的七彩棱镜
总有一只手将刀枪剑戟的棋子
——归于棋匣

狂怒的时刻
归纳大地上所有不平的山川
在晚饭过后
"黄云雨大，黑云吓坏老婆"
均匀的细语总是一架竖琴
而暴雨则是一个硬汉子不能再痛的哭诉

曾企图网格化天空，束缚每一处轨迹
在和云的抗争中
人总是甘拜下风
我们何曾将心中累积的雨水
排出符合几何学、物理学、化学的图谱

或者将自己和云的位置调换
让它以天空的视角品评你自己
你，我，他，惊奇地发现
原来，我们都是滑稽的不倒翁

在摔倒、匍匐、俯仰之后
又摇晃着复归原来的位置

没有谁听谁的律令
变幻莫测的云朵
开始又一次排列组合

2022 年

我曾是草原的某一阵微风

微风只是奔跑、追逐
微风不去思考
自己是不是微风

刮过很久了
还要继续刮下去
他们来去无踪
手抓不住他们
思考也抓不住他们
他们骑上马背，越过草尖
作彩蝶和蜜蜂翅膀上
一缕光

不管是飓风还是微风
他们都不去思考

因为他们不去思考
所以他们是风

我也该像微风那样
不去思考自己
只看到人们
有微笑与清凉
有呼吸和依拖

此时最不应该思考的是
我是哪时哪段哪片草原上的
哪一丝微风
一旦这样思考
微风就会离我而去

2013 年

罗广才的诗

诗人档案 | **罗广才**：1969 年出生，祖籍河北衡水，常居京、津、黔三地。作品散见于《诗选刊》《诗刊》《星星》等文学期刊和五百余种选本和文摘报刊，诗歌《为父亲烧纸》《纪念》等作品广为流传，著有诗集《罗广才诗选》等。

一条黄河装不下我的爱情

黄河南岸有生活的片场
小伙子为姑娘擦拭嘴角的菜渍
很投入、轻柔
眼里有黄河的波纹

"我多想爱人在身边，
也为她擦一下嘴角"，我说
姑娘反应迅捷："那您也带嫂子来啊！"

"怎么带？一条黄河装不下我的爱情"
我脱口而出

流水汤汤，长势蔓延的高贵
更接近幽美

在四季枯荣中澄澈
春风在跑，在舒缓中叙事
眼前的恍惚还是老样子
像隔世的回眸

我请这位姑娘和小伙子
再现一下刚才的场景
姑娘羞涩的双手捂面
笑得像幸福一样

空腹的沙子被缝入大河里
漂白了飞翔的行囊、大地的烟火
一条黄河装不下我的爱情

2018 年 3 月 3 日

这多像杜甫当年

一场雨改变了一次行程的初夏
窗外的雨断断续续地抒情
我用无所事事来安排一种来临
只有这样，今天才会发生些什么
若干年后的记忆才可能有一些
小小的漩涡

这多像杜甫当年

浪迹海角时还心念天涯
这由盛到衰的天气
这风云突变的冷暖
穿越时空。多像我的无足轻重
多像杜甫的诗名千秋

盘点生活中苦痛和慌乱
多像杜甫当年的离别、交困
我的无病总呻吟
杜甫现实的忧愁与挂念
即使切断网络、电话、电视、邮件
也切不断杜甫当年为活在今天的你
写下的预言

许多人如我。半百之身
战未休，兵未歇，人无归处
这多像杜甫当年
心远远如水墨
冷月如霜，霜不近此刻
生死如隔，隔不透黎明

这多像杜甫当年
汉字替我们忙碌在人间

2019 年 5 月 8 日

在南岳，群山静卧着我半世的荒唐

低下头的时候我什么都看到了
晴空碧树，和你肩上的浮云

双手合十的时候我好像什么都握住了
虚空的尘世，满山的开示

衡山，就是一张大长椅
赶路的、停留的都不是客

当赞美会微微发颤的时候
衡山的感受凹陷了

在手机时代我放下手机
一支笔更接近衡山的怒马鲜衣

一座大山是一种大慈悲
一座名山是一种持久的大慈悲

群山静卧着我半世的荒唐
群峰突兀我余生的悲悯和成全

峰峦知道这些，草木也知道
它们早已经习惯了对生死的叹息

离衡山越近，
我越变得言从字顺

女儿突然从银杏叶后走来
搀扶我倒着行走，很平稳

连绵起伏的山峦是寂静的
也不可捉摸，像岁月发起的一场"捉迷藏"

2019 年 8 月 5 日

福严寺的素斋

山水清远得心照不宣
一只只空碗
空空地和我们对望

眼中有碧树凌空
心里有红墙绕寺
这舌尖上的禅意
如同关了滤镜，关了美颜，关了瘦脸
和土有关。刨出来的，埋进去的
马铃薯、芸豆以及我和我们
都隔着一层土相逢

一碗清汤里没有怨恨，
一碗素菜中没有厮杀
恶业不聚。一只只又空了的碗
回到香积厨的石池、石槽中修身

我们离开斋堂，和那一只只空碗
隔着古藤老树对望
隔着参天翠黛对望

2019 年 8 月 5 日

还在拼图的洵河

我面前的洵河是一幅拼图
河流沿着河卵石七扭八歪地
流淌。散落的河冰与积雪
轻描淡写地拒绝着阳光。河水浅得
一双手就能捧起。河畔的冷锅灶
正等着明天的立春就要冒起炊烟
像完成一桩婚事。途经此处的
我、张姐和小于，都曾经历过
而如今，和洵河一样都是单身
据说环秀湖是洵河的大水缸，似乎
也算有了归宿。而此刻，我似乎代表着洵河
带着曾经的春心荡漾
波涛汹涌和秋水长天，在枯黄的田野旁莫名惆怅

水面在晃动，像洵河在摇头
村落里传来的叹息中
暮生的少年在凝思中轻摇旧时光
着紫衣的张姐还在盘算着
4月份手术后去林芝
采几朵桃花放在洵河
安抚每一滴水的孤单
在平原长大的小于还在
忽略河水的晃动，就像忽略动荡的生活
只是说起枯枝很快就会发芽
洵河很快会花红柳绿。即使
即使洵河真的没有过爱情。我还是笑着
在冬天找寻诗句，为河床规划水位
为一条裸体的河流设计保暖的绸缎

我突然发现，万家灯火下的
洵河更像一幅婚姻的版图：
近岸两侧的水流闪着波光静静地前行
放眼望去最夺目的还是形成河心岛的
河卵石，像爱情的活化石
大面积还是半冰半水像婚姻的
琥珀。倒映的山峰和红灯笼
就像一场艳遇。匆匆感慨间，月牙
挂在我们的头顶，还有一颗星星
悄悄地尾随，像是来默默探望

这条还在拼图的河流

2022 年 2 月 3 日

裴福刚的诗

诗人档案 | **裴福刚**：1983 年出生，满族，河北宽城人。作品散见于《诗刊》《天津诗人》《诗选刊》等文学期刊和多种诗歌选本，著有诗集、随笔集、长篇报告文学等多部。

秋日绘

大雪在赶来的路上，小镇兀立
街两侧的旧建筑物掏出自身的灰白
像野火推着旷野的潦草

捕虾人竖起衣领，娴熟的筛网
来自童年的滩涂。今晚他要在酒杯里
出走一段美梦的时间

天空无知的蓝，配得上一架飞机掠过
上帝的果园色彩浓稠
一座山峰在陡峭中谨慎地拔高自己

落叶的头颅几番滚动，生命的一极
是老派出所脱落的蓝色墙皮

所谓的警示，不过是某块金属的反光

而另一极的还原，是霓虹，或闪电
几个老人在棋盘上的较量
让一些事物变慢，并催促新生的浮现

暮色把小镇浓缩，空中两只闪烁的眼睛
可能是变电塔的灯光，也可能是
一只高飞的山鹰，驮走一尊隐身的神

2019 年 11 月 12 日

东北街12号

胡同悠长，供孩子的哭声传进祠堂
屋顶灰白，供童年的鸽子短暂落脚
窗棂破损，供一束月光侧身映照
炊烟断断续续，供出走时忍不住的回眸
四方桌红漆剥落，供衰微之年
在家谱上续写名姓
旧柴门犬吠已绝，供游荡的野鬼羞怯返乡
小院里四季缓慢，衰败多于葱茏
供身份证上的镌刻，供辗转，供怀念
供一个带着乡音四处奔波的人

生在这里，死在这里

2020 年 3 月 6 日

鲸落

入秋了，大雨不再说来就来
余下的光阴里，蝉蜕可以反复确认自己
存在或虚无，都是留给晴空的遗作

看不见的地方，一张偌大的网被打开
一些肯定的光会慢慢撒下来
我说的是肯定，但不是现在

现在我想到的是祖母，去世九年
我想到贫苦年代的榆树叶，柳树芽
粗瓷大碗里的僧袍和刀子

哦，我尚欠田野和走远的亲人一次回眸
秋天就彻底摊开了身体
像蔚蓝的大海撒回了汹涌的涛声

2021 年 8 月 10 日

伐檀

要略通兽语，以躲避北风和陷阱
要屈膝问路，山神隐身于针叶林间

这些删繁就简的高手，如何理解毁弃
伐檀即放树，一把油锯切开生存的冰点

没人记得《诗经》里的石斧遗落何处
木屑如大雪，催促一群弯腰的人继续变老

直到遇见一棵足够大的树，可以容纳
一个人的睡眠和淤积的病灶

那些香气和再次生长，成为最后的倔强
在春天，大地抵抗什么，它就送来什么

2022 年 7 月 5 日

石英杰的诗

诗人档案　**石英杰**：1969 年出生，现居河北保定。作品散见于《诗刊》《天津诗人》《北京文学》等文学期刊，著有诗集《春天深处的红颜》《光斑》《在河以北：燕赵七子诗选》（合集）等多部。

易水，我深爱的河流

我深陷于版图——
你在我的背上
流淌着。漩涡裹挟着泡沫
抚摸着龟裂的朝代
抚摸着密密分布的丘陵、平原

背负起上游和下游，背负起断代史
河水荡漾，掀开伤口
一百年，一百年
露出星光照耀下的异乡

你像泪水流淌着
在我的脊背上刺青，文身
你像流民呜咽着

用狼毫笔写下草书与楷书

写下八卦，传说，族谱，庙号

我匍匐着，拿出整个胸脯

去爱满地的沙砾和卵石

去爱消失的倒影，淤泥

我这样爱你：用后背替代河床

为你持守，为你湿润，也为你干涸

我的灰白的尸骨，抬着古朴的诗篇

抬着悲怆的河流，抬着怀抱落日的河流

抬着贫穷的喝劣质酒的父亲

抬着干瘦得能数出肋骨的父亲

抬着塌下腰来的父亲整夜整夜的咳嗽

我背负的河流之上，正刮过一场秋风

它席卷着黄沙，又被黄沙所遮蔽

它不会认出这条河流

不会看到葬在河流下面的我

不会看到

瓦解的英雄，损坏的竹简，生锈的镔铁剑

2010 年

荆轲塔是件冷兵器

微光渐渐退去。这件冷兵器
遗留在空旷的大地上，只剩一个剪影
像小小的刺
扎进尘埃，扎在诡秘的历史中

将枯的易水越来越慢
像浅浅的泪痕
传奇泛黄，金属生锈
那名刺客安睡在插图里

天空下，那个驼背人
怀抱巨石一动不动
他的头顶
风搬运浮云，星辰正从时间深处缓缓隐现

2012 年

山间的灌木

再过三十年
我也会像这段消失于荒野的长城
变成沉默的废墟，绝口不提往事

当被迫说出这个秘密
我又不知不觉往前延伸了一寸
但我并没害怕，灌木的影子中依然藏有青春与悲悯

2013 年

燕山下

乌云的翅膀一动不动了
草原仍然向苍茫的远处走去

孤独的山羊蜷卧着
眼里闪动的泪水就要落下来

我看了又看
怀疑她不是羊，而是一座受伤的山坡

2016 年

汤文的诗

诗人档案 | **汤文**：1968 年出生，祖籍江西宜春，现居天津。作品散见于《天津诗人》《鸭绿江》《诗歌月刊》等文学期刊和多种诗歌选本，著有诗集《两栖类》。

说到水

说到水

你一定能说到长江、黄河

说到所有常识中，有关水的一切

比如：上善若水

比如：一个水一样的女子

面水而居的　一段经历

而我要说的，是有关水的深度

当我们在水中挣扎、反抗

水漫过我们的呼吸和屋顶

那是怎样的，无休止的水啊

你不要说这是我们憎恶和畏惧的水

要说，就说我们的盲目和无知

要说，就说水的宽厚和仁慈

水为我们沐浴，冲刷我们的污点

水在喂养我们渴饮的时候
使我们忘记了自身的卑微
当最后的拯救，由水中走来
你会看到的：
水的光芒，就是我们丢失的
信仰的光芒！
这是点燃宗教的水啊

水有着更为深刻的目的
那几乎就是圣书的目的
当水，从我们身边流过
它那巨大的失去
会令岸边的我们发疯
这消逝如斯的水啊！
这无视我们生息的水
在水的身边，在水的记忆里
人类的骄傲从未高过　水的表面
水，从深处等待我们
它破译我们生存的密码
它甚至可以渺小到
仅仅一滴：就将我们杀死！
终结所谓的文明

……水，致命的水！
当我们再一次说起水
我们一定要说到人类冲动荒蛮的童年
说到那些羞于启齿的暴力

说到：上恶，亦如水。
因为，在水一样浩渺的岁月中
在水的面前：
我们所有的智慧，
只不过才刚刚抵达
挖一口　更深的井

2008 年 10 月 8 日

它们比我更需要这样的慰藉和认可

此后，我将束手就擒。埋于琐事和亲朋
热衷柴米。听命一个孩子的眼神
听命一盆泥土、一株无人问津的植物
隐秘而感激。如果时间还够，还能容忍：
我寂静地老去，死在该死的地方。

为此，我低下头颅，羞于昔日的浮夸
谦卑。隐忍。乐于接纳挑剔的人们
包括他们的嘲弄和诋毁。我恳请这样的境遇
像迫于一切——领取它应得的下场
哪怕晚景凄凉，我也安然认命。

这是我最后的需要。生长在肉体里
一个小小礼拜堂的需要——骨骼和血液的需要！

536

它们需要这样，需要从我的忏悔里赢得它们上路的钟声
它们为我的罪孽、荣光和平庸：支撑、奔劳了一生
它们比我更需要：这样的慰藉和认可

2010 年 7 月 6 日

致女画家萨贺芬
——看电影《花开花落》

我邀请的天使

还在路上，我的画展像婚礼

情人，迟迟不来

我等了很久，

从早上开始

像用了整整一生

而现在，已是另一个黎明！

我已不能　再用拖地和泡茶

来遮掩我的焦灼，

我已经没有力气

我的小鸟全都死光了，

这个世界也死光了

每只苹果都喊疼；

每片叶子都在哭！

我应该扔掉所有的银器

砸碎这口烂锅

到上帝那儿去

——去问问他！
对！就穿着这件婚纱
——这块白色的纱布
裹着身体和受伤的灵魂！

2009 年 7 月 8 日

由一场暴雨中穿越

上午的时候，这些积雨云
就开始撩拨我的视线
从城市到郊外，从旷野到水边
幽暗的云影下，炙热的光明中

我是在黄昏才迫不及待
留下它们已经发黑的影像
金色的火焰沿着它们的边缘燃烧
直到夜幕降临，零星的雨滴落下

这让我想起同样一个骄阳似火的秋天
同样一份恩赐！我们一伙人驱车
深入一个无名的山谷
由一场暴雨中穿越

2020 年 9 月

殷龙龙的诗

诗人档案 | **殷龙龙**：1962 年出生于北京，圆明园诗社成员。著有诗集《旧鼓楼大街》《单门我含着蜜》《我无法为你读诗》《汉语虫洞》《脑风暴》《今生荒寒》《胡为乎来哉》等。

站在大海一边

越来越想

站在大海一边

越来越想提前过生日；气息膨胀起来

像马达轰鸣但却给它消音

疼痛在夜晚被吹灭

上帝得意地叫我们枕着圣经睡

叫梦坐在副驾上

一片蓝弓起

我的爱在船上打电话，在水中接电话

听到座头鲸！

它的尾鳍高高举起

一部立法者的著作

我的爱，不再混迹诗人圈

隔着苍茫时空
无须在甲板上短叹
最好的诗歌无法让更多的人知道
自由啊，你真的不自由

要做就做我们厨师长的女儿
美食装在五层楼里
有空虚
乘虚而入

她从此烧成陶罐的模样
她的声音有点沙
让人觉得银滩是从时间的缝隙漏出来的
漏向我之前
她捞起方向盘，哭着，逆生长
你可能听说过她的侠义
我再告诉你她的小气，只许我爱一人
像针灸只认准一个穴位

兜住诗和病吧
一袋买生存，一袋卖形骸
海水涌进来
它们都被压成半月形
它们的颈椎嘎巴嘎巴响
脖子似乎要断
疼痛就是一部诗史

疼痛搁浅了
自我放逐的肩胛骨，终于战事连连
海浪前赴后继
伙同一些舰船

毕竟，只能留一条命陪近处的渔火
脊柱骨全部串在大蚝之乡
如果以前没影响你
这个脑瘫的，靠朋友接济的
你珍爱的
今后会在无用中挥霍大海的积蓄

2018 年

安的妮

阳光需要自己独行。
你不要跟着，黑夜正发飙。
在它的边缘，一年一次的边缘
一座城绕着足迹燃烧。
三千个勇士没有不流血的
三千根蜡烛没有不流泪的。
今晚我把这首诗吹得大大的，里面装满
生命，风和自由
权当生日礼物

送你。

2015 年

郁葱的诗

诗人档案

郁葱：原名李立丛。当代诗人，编审。著有诗集《生存者的背影》《世界的每一个早晨》《郁葱的诗》等十余部，散文、随笔集《江河记》《天地清尘》《艺术笔记》，评论集《谈诗录》《好诗记》等多部。诗集《郁葱抒情诗》获第三届鲁迅文学奖，《尘世记》获塞尔维亚国际诗歌金钥匙奖。

宽窄巷

此巷，关乎风情，关乎冷暖，关乎日月，
望不到尽头，走不到尽头，
岁月更替，暑热寒凉，
皆不是尽头。

在巨大建筑的屋檐下，它几近于无，
巷子口总有一些落下的叶子，
我常常问：你是哪一枚？

我曾和爱的人一起走过，
我曾和不爱的人一起走过，
那时我想，多少爱恨情仇，
西风下已然了之。

543

天地不久长，

风月不久长，

路灯昏黄，石板路有几代的光泽，

宽窄巷，这一阶一阶地向前向后，

人皆苦矣，

人皆远矣，

人，皆老矣。

2020 年 11 月 2 日

山河辞

在河北与山西交界的关隘，

一块有着纹理的青石上，

我听到了一些从先秦到南宋末年的声律。

这时候残阳西照，

没有故事，我会想象一个故事，

没有经历，我会虚构一段经历，

从一刻想到一天，

从一天想到一年，

从一年，想到一辈子。

我能说什么？

树木在，我能说什么，

古人在，我能说什么，
山河在，我能说什么，
神灵在，我能说什么？！

2018 年 12 月 5 日

在黄河边数大雁

秋高南行，春暖北飞，
那大雁，知道人生在世，
其实终为一人，
所以人形一形。

前行者遮挡风雨，
后来者因时而动，
仁心恒信，近远高低，
高天的那些大雁，
它们飞翔不是为了让人看见，
仅仅是为了生存。

不知去岁雁阵，
今年如何北归。
天一会冷了一会又暖，
雁一会北了一会又南。

苔原冻土，四野凄草，

在天在地，不喜不悲，
春为柳意，秋乃雁天，
大雁不独活，
且辽远，此行彼行。

风动振翅，星寒早栖，
头雁更替，队形变换，
渺茫一粒，连缀成行，
叹三春雁去，一秋人老。

无所有，亦无所无。
秋高远，雁阵惊寒。

2021 年 11 月 17 日

在多瑙河南岸看星河

2019 年的秋天，在多瑙河边，
我望见大片大片的星河，
它们在高处，在有些亮色的天边，
在多瑙河的水面，
从容的灿烂，无处不在。

一团一簇地压下来，
压在我轻薄的头顶。
重量像斯梅代雷沃古堡一样，

我见过的厚重，它都有。

那星河与多瑙河交相辉映，
不知道谁是谁的支流，
子夜亮，凌晨亮，
甚至正午也亮，那天真蓝啊，
其中，若有白色的宝石！

星河下看不到杂草、尘埃、灰烬，
尽是葡萄、苹果和青草，
它们是无数的兄弟、无数姐妹，
无数孩子和更小的孩子。
多瑙河沿岸，菜蔬青绿，野蜂飞舞。

璀璨之下，世间无尘，
夜里的路上不需要街灯。
这漫天的星河，我都爱过，
它们钟情地跟我，从智性的滹沱河，
走到深远的多瑙河。

在多瑙河岸，星河之下，
我震撼了片刻，留下的泪，
是半生的浑浊、黯然和苍凉。

2020 年 11 月 1 日

太行山记

太行秋夜，就觉得他出奇的阔大，
松声羽声山石声，
胸有万壑而面若平湖，
这境界，人所莫及。

太行腹地，云翳雾绕，
清月之下如古人：
万卷古今，几载流年，
三窗昏晓，一树寒凉。

这经典太行，有洁癖、有激情，
融入和交汇许多白天和夜晚。
灵魂一定是干净的，
内在与外在都干净，
夜笼罩着它的身体，
——油画般的，
那时候就觉得这千山之重，
——重的浮生若羽啊！

北夜微凉，南水乍暖，
天不掩晚月，地不遮青纱，
万千青叶，几粒稻黍，
那些卑微的生命，都是智慧。

蚕丛鸟道，山吟泽唱，
世道顺畅还是坎坷，
乾坤明朗或是黯淡，
看阔野里那些茅草枯了黄了，
秋风一过，一风吹散。

曾有一日，我在傍晚向太行山遥望，
群山依旧，与记忆中的完全相同，
只是觉得它们比早年略微矮了。
后来我想，一定不是那山矮了，
而是我见过了更多、更高的山。

如此，世俗的什么得失、利害、长短，
甚至箴言和真理，皆如浮尘。

山河如此，我亦如此。
山河怎样，我就怎样！

2019 年 6 月 6 日

为好诗歌好诗人建档立传（编后记）

还有诗人问我，什么叫行吟诗歌？

2022 年卷的序言《行而吟，风光无限在远方》已尝试阐释，本年卷的序再次试图说明。这里，我想特别声明一点：诗歌，首先得让人看得懂，但凡装神弄鬼者，皆为巫术；故弄玄虚的，那无疑便是皇帝的新衣。

那么，什么样的行吟诗歌才是好作品？读者可以试着在《风一样自由》找寻答案。

我们在织一张网，期望把真正的好诗一网打尽。组织征稿启事前，这个问题在我脑海里缠绕了数月。

首先，年度头条诗人人品不但要善良、正直，作品必须具备极强的辩识度，富有张力和感染力。人多力量大。请编委每人推荐两名候选诗人，用作品说话。为了让好诗的光芒不被埋没，让读者以更加愉悦的心情进入诗人的内心深处，除产生一位"年度头条诗人"外，再选出 4 名诗人作为副头条诗人，设立"灯塔·2023"栏目，力邀自带光芒的著名诗人姜念光加持，相映生辉，本年选的开篇可谓是星光璀璨，熠熠夺目。姜念光编委撰写的前言《当诗歌是一种行动》，专业、严谨、睿智、富哲理而不失灵动，阐真理而诗意盎然，可谓字字珠玑，斐然成章。

西部不仅是中国地理的高地，也是中国行吟诗歌的高地。有多少诗人在此修行和疗伤，就有多少思绪在此策马奔腾，叱咤大漠日落月升，驾驭高原风起云涌。那里的蓝天、雪山、湖泊、沙漠戈壁和草原无不都是诗歌的引子。"西风烈"栏目酝酿已久，却一波三折，原本想以此抛砖引玉，为日后编辑"西风烈"专卷投石问路，未曾想，狠狠一拳打在了白皑皑的雪地里，雪崩并没有如期而至。直到西北汉子诗人郭建强矗立于青藏高原振臂一呼，我们才听闻烈烈西风拂面而至。郭建强编委身兼数职，事务繁忙，能屈尊主持，令我感动，其敬畏诗歌之心，让我由衷钦佩。为了这一刻，我足足等待了数月有余，以至于该卷的出版比往年晚了些许，但非常值得。此为其二。

第三，"高峰"栏目依然是在过往的思路上既坚持也不失创新，诗人远人是潜心于文学创作，以作品立世之人，同时又甘愿为诗歌默默付出。不与春风争妩媚，始得江海终相随，花开花谢，大地不喜不悲。行为安静，灵魂干净，已非常稀缺。人一旦活通透了，隐于闹市修行身心更显功力。与不于会场饭局流连忘返的人打交道，心情自然轻松愉悦，与志同道合者携手同行，可谓是做事的最高境界，其结果往往是事半功倍。清流，自然有青草、蜜蜂、蝴蝶相生相伴，便构筑起旷世风景。

第四，军旅诗人刘起伦是一个谦谦君子，温良而诚挚，缜密而谦卑，沉静而炽热，是一个无比热爱生活和诗歌的真情汉子，对二者的严谨和虔诚令人由衷地钦佩，他把军人雷厉风行的作风展现得淋漓尽致。"《中国行吟诗人文库》诗人诗选"是最先完成选编的栏目。我们都想为真正喜爱诗歌，并为之不懈努力的诗人做一点小事。爱缪斯，就要爱到骨子里，且始终不渝。

第五，本年选的"压轴诗群"应该说有点波澜壮阔。京津冀地域太广，诗人太多，十来个人数十首诗怎么样也难以展现藏龙卧虎的龙脉之相，热衷于为人作嫁衣的诗人罗广才穿针引线的功夫自然了得，从这豪华的阵容就不难看出他苦心积虑地花了不少心思，而且，金玉其外，物华天宝其中，每一位诗人都拿出了自己百宝箱里的珍品，无不令人赏心悦目。这"轴"压得坚若磐石。

当然，一部诗歌年选都不可能把所有的好作品无一遗漏地一一收录，难免会有遗珠之憾。下一年度，我们真诚地期待更多更好的诗歌收入其中。只有编者、作者和读者心照不宣，共同努力，才能杜绝这种遗憾的发生。

我们都是行吟诗歌的义工，无偿付出精力、时间和金钱，唯一的念想就是打造出一部读者喜闻乐见的诗歌年选。把创作时间跨度尽量拉开，把作品张力无限扩大，把诗人最好的作品呈现出来。我们负责把这些闪烁光芒的文字归类、存档，送上书桌、送进书架、图书馆，让当下读，让未来读，让春风读，让花朵读，让时光读，让岁月读。让诗人的金句令读者拍案叫绝，让诗人的思绪令他人喜不自禁，让诗人的作品流芳百世。

等到哪一天，人们想搜寻中国行吟诗歌时，能自然而然地翻开《中国行吟诗歌精选》系列诗卷，并将其视为一种诗歌工具书籍，那么，我和编委们的苦心孤诣才算是初有成效。我们将对自己的倾情付出深感慰藉。

对本年选我们有自己固执的坚持，至少，我们必须不负诗歌、读者和自己。厚重、大气和高档的衣裳，必须拥有相应的肌肉和内涵才显得般配，否则，本年选绝无必要苟存于世。

为好诗歌好诗人建档立传。这是本年选的宗旨，也是编委们自始至终的追求。

李立

2023 年 11 月 20 日

定稿于高加索山城格鲁吉亚第比利斯